下

马伯庸　著

上海文艺出版社
Shanghai Literature & Art Publishing House

博集天卷
CS-BOOKY

图书在版编目（CIP）数据

大医.破晓篇: 全两册 / 马伯庸著 . -- 上海: 上
海文艺出版社, 2022（2024.3 重印）
ISBN 978-7-5321-8356-2

Ⅰ . ①大… Ⅱ . ①马… Ⅲ . ①长篇小说 – 中国 – 当代
Ⅳ . ① I247.5

中国版本图书馆 CIP 数据核字（2022）第 119868 号

发 行 人: 毕　胜
责 任 编 辑: 江　晔
监　　制: 邢越超
出 品 人: 周行文　陶　翠
特 约 策 划: 李齐章　王　维
特 约 编 辑: 万江寒　张春萌
营 销 支 持: 霍　静
版 式 设 计: 李　洁
封 面 设 计: 主语设计
内 文 制 作: 百朗文化

书　　名: 大医.破晓篇: 全两册
作　　者: 马伯庸
出　　版: 上海世纪出版集团 上海文艺出版社
地　　址: 上海市闵行区号景路 159 弄 A 座 2 楼 201101
发　　行: 上海文艺出版社发行中心
　　　　　上海市闵行区号景路 159 弄 A 座 2 楼 206 室 201101 www.ewen.co
印　　刷: 三河市鑫金马印装有限公司
开　　本: 700mm×980mm 1/16
印　　张: 28
插　　页: 4
字　　数: 507,000
印　　次: 2022 年 9 月第 1 版 2024 年 3 月第 2 次印刷
I S B N: 978-7-5321-8356-2/I.6595
定　　价: 108.00 元（全两册）
告 读 者: 如发现本书有质量问题请与印刷厂质量科联系　T:010-59096394
团购电话: 010-59320018

第八章
一九一〇年十月（二）

法租界的总巡捕房位于紫来街的路东，叫作麦兰捕房，不过老百姓都呼其为大自鸣钟巡捕房。只因这里的三楼楼顶有一座大自鸣钟，定时报响，钟声洪亮，与外滩江海关大楼、跑马厅彩票楼的自鸣钟并称为"三大钟"。

　　自鸣钟每天早五点开始报时，每小时一次，直至夜里十二点。所以方三响在牢房听到钟声一响，便知道差不多已是十月十二日的晨前时分。

　　不知道是史蒂文森有意晾他一晾，还是法国人手续太多。他被抓到巡捕房之后，没有被立刻提审，而是关在一间监牢里，和几个醉醺醺的华洋汉子同处一室。小隔间里酒气冲天，偶尔还会有小小的鼠影从栅隙间飞速钻出，这让方三响不得不保持着警醒，避免灰黑色竹席里的跳蚤跳上身来。这个时节，可不知哪只跳蚤身上携着阎王爷的请帖。

　　大自鸣钟五点晨鸣之后，终于有几个巡捕打开牢门，把方三响拽到一间审讯室里。史蒂文森和另外一个负责全程见证的法捕早已等候在那儿。

　　"十月十一日上午，你在哪里？"

　　史蒂文森的第一句话，果然是冲着那个英探的事来的。方三响镇定心神，回答说去劳勃生路的一间坐褥铺子出诊。史蒂文森冷笑说："红会总医院离劳勃生路很远，你又不是什么名医，为何他们偏偏要找你？"方三响也不隐瞒，把他与青帮的渊源说了出来，只是隐去了陈其美的存在。

　　"你的意思是说：你看在青帮的面子上，前往坐褥铺子出诊，在铺子的地窖里发现了身染鼠疫的小沃伦？"

"是的。我检查他的身体时，他已出现了显著症状。我立刻返回医院向院长和自治公所做了报告，并提交了病历，这些文件应该也抄送了公共租界工部局。"

"这个坐褥铺子老板，你认识吗？"

"不认识。我和青帮的合作方式是：只要帮众有事，就可以拿刘福彪的片子直接去找我，每月结算。所以每次出诊，我并不认识对方，只知道是跑码头的。"

"一个坐褥铺子的地窖里，居然藏着一个英籍包探，难道你不奇怪吗？"

"我是一个医生，医生只管拯救生命，其他的不在我的职责内。"方三响从容道，"何况这是青帮的地盘，我没有能力，亦无义务去深究患者背景。"

"这么说，老板也没告诉你，小沃伦为何被关在地窖里？"

"没说过。"方三响面不改色。他说的是实话，坐褥铺子老板确实没跟他说过。这是陈其美教他的策略——不需要说谎，只要说出部分事实就行。

史蒂文森不动声色道："好，那么我再问你，你发现沃伦身染鼠疫之后，做了哪些事？他有没有说过什么话？"

"我只给他灌了点鸦片汁，以及念了一段《圣经》。他说希望回到利物浦，回到妈妈身边。"

"就这些？"

"那是鼠疫，先生。鼠疫的发作速度极快，没有任何药物能保证拯救他的生命。而这种疫病正在我们脚下的土地上扩散，工部局却无所作为。"

"卫生处已经着手控制了，只要你们足够听话。"史蒂文森对方三响的强调不屑一顾，继续问道，"他有没有提及类似军火、走私之类的词？"

"没有。"

"然后你就离开了？"

"是的，我必须立刻向当局发出警告。"

史蒂文森终于露出笑意，像是猎人窥到了树枝的摇动。他拿出一份文件："你的报告确实抄送给了工部局，但里面有一个细节让我迷惑不解——为何沃伦探员在被你诊治之后，便被送去了女子中西医学院？那里距离劳勃生路可是很远的。"

"这个问题我来回答。"

一道尖锐的女声从审讯室外头传进来。三个人同时转头，看到一个挺拔高挑的身影出现在门口，背后是一束从气窗射入的晨光，映得她如同一位威风凛凛的女武神。在"女武神"的身旁，还跟着一个头若冬瓜的壮实华探，嘴角朝两边撇凸，好似蛤蟆。

史蒂文森皱起眉头，去看旁边的法捕，仿佛责怪他怎么随便放人进来。法捕一摊手："那是黄金荣探长。"

"黄金荣？"史蒂文森瞥了眼那冬瓜头。此人他早有耳闻，在法租界巡捕房里混得风生水起，极得信赖，大小案子没有摆不平的，据说和上海黑道勾连颇深。就连总巡，都要卖他三分薄面。

"事涉军火与上海安危，谁来说项也没用。"史蒂文森沉下脸去。黄金荣却笑眯眯捏着帽子："我不是来说项，而是来协助调查，给阁下送来一个重要证人——张竹君女士。"

他殷勤地搬来一把椅子，张竹君解开围巾，毫不客气地坐在方三响旁边，直勾勾地盯着史蒂文森："我来告诉你，为什么那个不幸的英籍包探沃伦，会被送到我的学校。因为他乃是崇礼派的信徒，而在我校担任教职的纽曼嬷嬷则是基督教社会联盟的成员。"

崇礼派兴起于十九世纪中期，是英国圣公会的分支，主张兴复宗教仪轨，不承认世俗法庭对宗教的管辖权，因此屡屡与政府起纷争。这一派的教徒为求自保，结成了基督教社会联盟，隐而不灭，始终在英格兰传承不绝。

崇礼派在华人数不多，但很团结。信徒临死之前，自然希望向同宗的神职人员做忏悔。沃伦临死前去女子中西医学院，完全合乎这种宗教精神。

史蒂文森没想到，张竹君会抬出这么一条理由，登时哑口无言。张竹君又道："沃伦在抵达学校三个小时之后，在纽曼嬷嬷的见证下回归天主怀抱。我们也在第一时间通知租界巡捕房和卫生处，发出鼠疫警告，并移交了尸体。"

"那么沃伦临终时有说什么吗？"

"虔诚地祷告。"张竹君的回答又快又狠，仿佛早早算定了他的问题。

史蒂文森一阵气闷。本来他已经快要攻破这个医生的防线了，可女校长一来，把说辞弥合得再无罅隙。两人都有着正当的、合乎逻辑的理由，但他凭借直觉，认为这个医生和这个校长一定还隐瞒着什么：百分之九十九的供词都是可被证实的，唯独那百分之一狡黠地隐匿起真身。

现在这案子唯一的线索，就是坐褥铺子老板。可史蒂文森也清楚，那家伙只是个幌子，就算抓到也没什么价值。明明白白一桩大案，却被这些可恶的中国人搅得混浊不堪。

"还有，我的学校早已经改名了，不再叫女子中西医学院，而是上海女医学校。下次用词请严谨些。"张竹君的口气，如同教训小学生一样。

这时黄金荣凑过来笑道："探长，时间差不多啦，我们今天可是会很忙的。"他敲敲手里的怀表，已近六点。史蒂文森不悦道："我还没审完。"黄金荣道："这是证人，又不是嫌疑犯，拘押已经超过三个小时，我们在总巡面前也很为难。"史蒂文森大怒："他到底是不是疑犯，我还在审！"

黄金荣却冷笑着推开窗，外头一阵声浪涌入。"您出去看看，街上全是公共租界跑过来的人，我们全巡捕房的人都得出去维持秩序。"

他这话已经说得很明白了：你们公共租界搞出事情来，还得我们法租界收拾，现在还好意思继续惹麻烦？史蒂文森盯着这个可恶的冬瓜头，最后只得含恨起身，让方三响和张竹君在供词上签了字，悻悻离开。

在黄金荣的陪同下，张竹君和方三响并肩走出了大自鸣钟巡捕房。只见眼前的街上行人与车子明显变多，人人惊慌不安，一看就知是公共租界跑来的，可见鼠疫检疫的影响在持续加剧。

张竹君伸出手去："今日有劳黄探长了。"黄金荣忙不迭地握住她的手，眼睛旁边笑出三层褶子："我和无为兄都是在帮的好兄弟，又是亲切的革命同志，理应互相帮衬。"张竹君不动声色地抽回手："他已暂离上海去避风头，待回来再请探长吃酒。阁下高义，中山和渔父都是看在眼里的。"

一提这两个名字，黄金荣的大嘴激动得颤起来，直似蛤蟆喷水一般。他依依不舍地松开手，殷勤地把两人送上姚家那辆汽车，这才回头。方三响注意到，他全程都没朝自己这边看一眼。

"你不必可惜。"张竹君似是看破了方三响的心思，"黄金荣这个人，可用而不可交。贸然靠近，只怕你会连骨头都不剩。"

"我没有……"

"没有最好！有也早点收了心思。"张竹君的语气既直且快，"你不知道，这家伙本是上海县的一个捕快，使尽手段进了法租界巡捕房，勾结流氓先做下诸多案子，自己再去破获，借此平步青云。他见青帮名头响，便整天以天字辈自居，其实连坛里香都没敬过，就是个空子。刘福彪气得半死，却也无可奈何。总之这是一个见风使舵的沙尘仔。"

这一番履历听得方三响瞠目结舌。他可无法想象，居然会有这样的人存在。

"最近他攀上了陈英士，还捐了三千银洋，所以我才能借他之手捞你出来。黄金荣这么做，大概是想借此和中山、渔父搭上关系。嘿嘿，这种人品性虽劣，嗅觉却最灵，连他都来讨好同盟会，可见大清的气数要尽哪！"

这几个名字里，方三响只知道陈英士就是陈其美，只得将双手放在膝盖上，乖乖坐在原地。张竹君打量他一眼："你不用问了，英子已经回家了。沈敦和害她不浅，她得好好调理下精神才行。"

方三响对他们两人的恩怨略有耳闻，不敢接茬。这位校长的气场太强，在她面前方三响总觉得自己是个犯错的孩子。张竹君道："先说清楚，我来捞你，不是看英子的面子，而是因为陈英士的推荐。他说你是个有原则的医生，能保守住同盟会军火的大秘密——很好。他给你那两本册子，都看了吧？"

方三响老老实实道："只是草草翻了下。我看两位前辈说的，无非是三个字：为什么。"张竹君拍了下膝盖，显然颇为满意："不错，'为什么'三个字，确实总结得切中肯綮。"

方三响摸了摸身上的瘀伤："我在劳勃生路挨了一顿打，脑子反而被打清楚了。工部局这一次鼠疫检查为何如此霸道？只因为他们不怕我们，打了便打了，没有后果。倘若我们也有办法打疼他们，那些人怕疼，便会坐下来跟我们平心静气地谈事情了。"

"你比那个姓孙的小滑头要有见识。"张竹君颔首表示赞赏，"道理正是这个道理，由人及国，概莫能外。你若要别人尊敬你，就得先教他怕了你。如今谁都不怕吾国，自然也就人人都来欺负吾国了。"

说完她朝后窗看了看，有个三光码子尾随，不远不近。这种三光码子是上海特色，指的是巡捕身边的闲汉耳目。有这样的人跟着，说明史蒂文森还没放弃。

"对了，陈英士跟你说过一次，我也再问一次：你有无兴趣参加同盟会？"张竹君问。方三响沉默半晌方道："红会总医院有要求，医生要保持中立立场，不得参与政治团体。"

一声不屑的嗤笑从张竹君鼻孔里喷出来："又是沈敦和那套论调。他也经历过日俄战争，难道不知道，朝廷宣布局外中立，却忍看日俄相斗，伤的是大清肌体，死的是大清子民？这种中立，有个屁用！"

方三响对此无言以对。他现在满腹心思都在鼠疫上，其他的暂时没心思想。张竹君转颜一笑："看来你仍心存侥幸啊。也罢，我本打算自己去的，干脆带你去见识一下。"

见识什么？方三响抬起头，有些茫然。不防汽车猛然加快速度，冲出拥挤人群，把那个三光码子远远甩开，绝尘而去。

很快他们便离开了法租界，进入上海县境。这里道路陡然变窄，四周建筑也逼仄了许多，车子灵巧地走街串巷，很快便来到了大东门旁的水仙宫前街，停在了道台衙门的门口。张竹君似乎对衙门很熟，带着方三响直入签押房，沿途无人敢阻拦。

还没进入签押房内，先闻到一股刺鼻的味道，有浅蓝色的烟雾弥漫出来。方三响先以为是着火了，再仔细一闻，才发现是香烟的味道。

两人踏入房中，看到一张圆桌旁围了七八个人，个个手里一条烟卷，脚边落满烟灰。张竹君事先关照过，方三响知道里面有上海道台刘燕翼，也有自治公所的总董李平书，还有几个上海总商会、博医会的代表，沈敦和也赫然在列，无不是华界闻人。

这些人胖瘦高矮不一，唯一的共同点是，眼睛都熬得满布血丝，显然昨晚一夜没睡。不用说，一定是在讨论鼠疫的应对之策。不用说，也一定是毫无成果。

"满朝公卿，夜哭到明，明哭到夜，还能哭死董卓否？"张竹君一开口便是嘲讽。

这是《三国演义》里曹操的原话，讽刺朝廷公卿懦弱无能，不敢反抗董卓的欺压。在座诸位面面相觑，一时竟无人敢反驳这位男装女子。末了还是自治公所的总董李平书道："竹君，大疫当前，华界该当休戚与共，讽言刺语不必再提。"

当初张竹君留在上海，正是李平书一力安排，女子中西医学院亦是两人合开。所以他一开口，张竹君也只好收敛几分，只是眼神依旧咄咄逼人。

"既然如此，便问些正经的。眼看租界鼠疫大检疫就要开始，诸位可拿出什么章程了吗？"

刘燕翼递了个眼神给沈敦和。沈敦和情知躲不过去，只好轻咳一声，硬着头皮对张竹君道："我们已商量出一个草案。博医会承诺可动员志愿会员五十六人，我红会倾力出动，也有三十七名医学生可用，自治公所可动用民夫工匠两百有奇。至于一应药品物资，道台会从官库拨给支应。"

沈敦和一边说着，一边露出苦笑。这些事原本应该是官府出面组织，刘燕翼却成了甩手掌柜，全扔给民间慈善组织忙活。

张竹君仍旧没什么好脸色："所以你们放弃与工部局交涉了？只打算在华界防疫？"

"力所能及而已。"沈敦和抱拳一拱。在上海地面工部局就是土皇帝，大清官府畏之如虎，更不要说据理相争了。刘道台坚决不肯跟洋人正式交涉，沈敦和也没有办法。

"上海华界有八十万人，公共租界至少会有二十万人逃出。首尾一百万人，你这不到一百个医生，两百多民夫，能济得什么事？"张竹君连珠炮一般道，"再者说，防治鼠疫的要旨是防止人员流动，请问是否已有华界分区封路的方案？安抚告示可曾拟定张贴？防营是否凑足了人手来封锁？库银是否拨付？"

她紧紧盯着沈敦和连连诘问，可每一句话都是冲着道台去的。刘燕翼有点坐不住，沉下脸呵斥道："你一个妇道人家，不要在这里妄议国是！"

"你们一群男人，也没议论出个子丑寅卯哇。"张竹君反唇相讥，"大人，您对妇道人家分得清楚，可这计划里，怎么没考虑到男女有别？鼠疫大检疫一起，难民拥入华界，您打算让防营的糙汉们去摸女子的身体？"

"你这么多意见，又做了什么？"刘燕翼大为恼火。

张竹君一拍胸口："我已经把上海女医学校的学员们都召集起来了。各级一共三十八名，皆有基本医护经验，可为女子检疫。"她目光灼灼，显然早做了准备。

看到张竹君这么主动，刘燕翼反倒微有喜色。鼠疫扩散已不可避免，自己做多便是错多。既然沈敦和与张竹君愿意在前头折腾，由着他们便是。做成了，自己坐揽大功一件；做不好，也是他们做替罪羊。

一念及此，他赶紧耷拉下眼皮，如菩提树下的悟道佛祖一般。

沈敦和对这点官场的心思很了解，可一场大难即将临头，总不能因为管事人撂了挑子，就不做事了。他只得勉强笑道："张校长深明大义，令人钦佩。我这就派人去做对接，即刻补入医院。"

"补入医院？你把英子诓去红会总医院不说，又要把我的学生全骗进去？不行！"

沈敦和知道她误会了，赶紧解释道："我说的不是红会总医院，而是新建一座应对时疫的专门医院。"

"呵呵，你又要建医院了。"张竹君的语气里带着毒辣的嘲讽。

"不是我要建，而是形势至此，不得不建了。"

沈敦和与工部局交涉之时，麦克利曾讥讽说："你们连隔离医院都没有，谈什么华洋合作？"此话虽然难听，却也不无道理。上海华界没有这种设施，克莱格以这个借口来拒绝合作，无从反驳。

他这一次跑到道台衙门来交涉，就是希望能尽快得到官府许可，建起一座传染病专门医院，一为治疫所需，二来可以在工部局面前更有发言权。

"张校长且看，这家医院的选址就在闸北横滨路上，天通庵镇的西边。"沈敦和移过来桌上的一张上海及周边地图，上头用朱笔标了一个点。

"这是什么地方？"张竹君一脸疑惑。

沈敦和用指头在地图上一点："这里有一座补萝园，地处僻静，易于隔离。距离市区又不远，便于物资与人员往来。”

“地皮有了，设施呢？你当建医院是变戏法，一转手帕就出来？”

“现建自然是来不及。但补萝园已经有两座双层小楼，有三十余间房间，略做改造即可使用。急切之间，这是最好的选择了。”

李平书走过来截口道：“这补萝园原是一位居沪粤商的产业。他也是总商会成员，热心公益。他愿意作价三万三千两，把补萝园卖给红会充作隔离医院。”

“三万三千两？”张竹君先是一怔，旋即冷笑，“沈会董果然是大手笔，看来红会收入颇为丰润哪！”

沈敦和道：“其实补萝园的市价是四万两，多亏了刘道台作保，才谈到这个价格。此院绝非沈某私人之产业，立成之日，即定名为中国公立医院，以示公心。”

张竹君又道：“这种临时改建的医院，我怎么知道能不能防疫？”沈敦和道：“红会总医院的柯师太福医生负责督工，他在光绪三十三年（一九〇七年）曾经监造过一家急痧医院，这方面经验最为丰富。”

李平书轻哼了一声，示意张竹君不要继续纠缠了。张竹君耸耸肩，悻悻讽刺了一句：“玩弄名目，左右逢源，本来就是你沈会董最得意的手段嘛。我有什么不放心的？”沈敦和闻言，两撇胡须尴尬地抖了抖，不知该如何辩解。

签押房内的争论，方三响在门外听得一清二楚，心中愤懑比在巡捕房监狱里还浓烈。

张校长和沈会董的攻防且不说，那位地方大员的表现实在难堪。他听了这么久，道台衙门除了为红会作保购置土地之外，竟是毫无作为。鼠疫大难当前，他们却一味推诿，只让沈敦和四处奔走串联，真不知道谁才是这片土地的父母官。

现在方三响才有点明白，张竹君是要让他见识什么：见识这些大清官员的颟顸，见识他们的怯懦与愚昧。这样一个朝廷，怪不得从西洋到东洋人人都要来踩上一脚。

他的拳头刚刚攥紧，耳畔忽然听到一阵急促的脚步声。一个穿蓝色号坎的差役匆匆跑过来，手里捏着一封公文。这差役跟跟跄跄冲进签押房，一迈过门槛便嘶声喊道：“租界来文！”

这是道台衙门在租界安置的采访使，每天会送一次动态简报过来。昨天鼠疫的消息传出之后，送报变成了每两个时辰一次，难得地高效。毕竟鼠疫无眼，官员们为了保命，也得随时把耳朵支棱起来。

刘燕翼接过通报展开一读，脸色骤变，手腕一颤，竟把通报跌落地上。沈敦和俯身去捡，刘燕翼有气无力地摆了一下手，示意他念给在场众人听。

原来就在这段时间内，租界内外又起了两次大的冲突。一起发生在西华德路。一个丹麦教士上门传教，敲门时被误认为是卫生稽查员，被殴至重伤。另外一起发生在闸北华盛里。一个静安寺捕房的西探去拘提一名女人贩子，带出上街时，周围民众误以为是被卫生处拽走，不放行。西探被迫开枪，误伤一人，伤者还是个青帮徒众，结果引发混乱。最后巡捕房动用了马队，才算驱散他们。

公共租界巡捕房对此反应极为强烈，干脆发布了一则通报，划出了五块街区，封闭通道，要求居民不得外出，留在家中静待检查。更让官员们焦虑的是，巡捕房发布的通报里，是用"potential riots（潜在暴动）"来形容这两次冲突的。

这个词非同小可。一旦被定性为暴动，就意味着黄浦江上的诸国军舰随时可以介入，届时局势将不可测。

这是刘燕翼最为忧心的消息。而沈敦和、张竹君、李平书等人看到的，则是通报后面所附的医学快讯，仁济、同仁、广仁、圣心等各大医院都陆续报告有鼠疫病例出现，其中最惨烈的一项，乃是云南路上一家卖馄饨的店主，一家五口全数身染鼠疫而亡。

稍具医学常识的人都明白这意味着什么。租界官方与民众之间已不存信任，工部局若再这么一味强硬推行检疫，居民逃难人数会更多。这些人拥入华界之后，只靠红会、博医会、自治公所、上海女医学校这些民间团体，根本防御不住。

一时间，各人各怀心思，面色的凝重程度却差不多。

"砰"的一声，沈敦和一拍桌子，慨然而起："李总董、张校长，还有其他几位同人，请你们按之前拟定的方略去调集人手，提早做好准备。"

"那你呢？"张竹君的语气毫不客气。

沈敦和把那张地图卷起来，揣进袖子："我再去工部局一趟。这一次，无论如何也要说服克莱格董事停止现有方案，实行华洋分检。"

"人家凭什么听你的？"

"克莱格董事拒绝我的理由有二。一是华界没有时疫隔离医院，二是红会身份尴尬。如今医院建造方案已有，我一会儿会电告盛杏荪，请他以大清红会会长的身份授权我与工部局交涉。这样克莱格应该没有推托的理由了吧？"

张竹君一怔。她对红会南北之争知之甚详，如今听沈敦和的意思，他竟要舍弃他极力维持的沪会独立地位。

"我知道希望实在渺茫。可大劫将至，不能知其不可便不为！"沈敦和掏出怀表看了一眼，语气变得焦灼起来。

他既然表态到了这个地步，即便是张竹君也无话可说。刘燕翼大概是内心有愧，拍着胸脯说派专人去帮办补萝园的地契交割事宜，从速从简。李平书也表示，城厢自治公所会派出最好的施工队伍，半个月即可改造完成。

此时已经是十二日的上午九点，没有多少时间可以耽误。沈敦和拜别众人，推门出去，一出去看到方三响站在门外，不由得一愣。方三响尴尬地搓了搓手，叫声"会董"。沈敦和无心深究，只点了一下头，便匆匆离开，不防脚下一个趔趄，差点摔倒。

方三响正要去搀扶一下，却见张竹君也走了出来，面色凝重。她一拽他的胳膊，来到走廊尽头的转角，压低声音道："如今有一桩紧急的事情，只能你去办来。"

"什么？"

"刚才你也听见了。工部局封锁了五处街区，其中也包括派克路。陈英士正藏在派克路上的一座公寓内，只怕会有大麻烦。"

方三响闻言一惊："他不是离开上海了吗？"张竹君无奈道："我那是说给黄金荣听的，你这孩子还真信了？"她顿了顿道："陈英士的藏身之处正好出现在封锁名单里，哪里有这么巧的事？我怀疑是史蒂文森使的障眼法，打着控制疫情的旗号，准备突袭搜查。"

上海女医学校原址设在派克路的梅福里，一年前才迁走，所以张竹君对这个地名格外敏感。

方三响眼皮骤跳。史蒂文森可真是一条狠猎犬，居然连疫情都能利用。张竹君道："我这里事情多，现在只能请你跑一趟去警告陈英士了。无论如何，得让他撤出来。"

于情于理，方三响都没有拒绝的理由。他毫不犹豫地答应下来，抓起医药包挎在身上，临走前忽然又问道："英子也会加入检疫队伍吗？"

"对她来说，忙碌是摆脱颓丧最好的办法。"

丁零零零，丁零零零。

铃声一迭声地响动着，孙希手握扶手，脊背弓起，双脚踩踏如轮，自行车风驰电掣地在租界内穿行。自从离开伦敦之后，他还没有在城里这么快地骑过车子。

孙希昨天在工部局的贸易室里泡了整整一个通宵，然后掏光兜里的五个银洋，从一个犹太商人手里租了辆自行车，心急火燎地往红会总医院赶。如果这一次查阅到的情报无误，那么事情尚有转机，但前提是在今天下午检疫计划启动前，找到沈会董。

他一路飞速地骑着，街上的行人越来越多，大多是刚刚下定决心逃离的老百姓。穿蓝衣的巡捕与穿咔叽服的卫生稽查员东一堆、西一队地集结在各处路口。整个街面上的气氛，紧张得如当年小刀会作乱时的租界一样。

孙希一打车把，拐进一条狭窄的弄堂。他低着头从晾在竹竿上的一片裤头、尿布下掠过，又绕过雨后蘑菇般散落的尿盆与粪桶，七拐八转，最后从一处刻着"耕畴里"的石门下方钻出来，回到宽敞的大路上。他伸出长腿踩在路边海亭上，长长地呼出一口气。

刚才孙希在弄堂里全程没敢喘息，生怕吸进不干净的空气，憋得满脸通红，到现在才能松一松。他喘息粗定，抬头看了看路牌，这里是爱文义路与派克路的交叉口。

在不远处的派克路路口，几条拒马横亘在路中央，后头有十来个持枪巡捕严阵以待。许多提着菜篮子的居民聚在拒马的另外一侧，一阵阵地怒骂与哭喊。这里是工部局指明要封锁的一条街道，突如其来的管制，让居民们甚至没办法出门买菜，只好聚在这里抗议。

好在孙希是沿着爱文义路前行，这个封锁对他没有影响。他正待蹬车前行，忽然一怔，前方一个大个子正飞速从眼前跑过。

"老方?!"

孙希没想到在这里能见到他。方三响停住脚步，也面露惊讶。

孙希问他去哪里，方三响犹豫了一下，含糊地说去派克路办事。孙希无心细问，又问沈会董在哪里。方三响道："应该是去工部局了。"

孙希眼前一黑，早知道自己就在工部局等着了。这回好，还得折回去重新穿一次逼仄肮脏的弄堂。他懊恼地叹息了一声，一偏车把，大声道："你们不要焦虑，我有一条妙计，事情很快就能解决！"

"什么妙计？"

"办到再说！"孙希嚷嚷着，骑着自行车又钻进弄堂里去了。

方三响一头雾水，完全搞不清楚这家伙的意思，不过此时也没时间搞清楚。他现在要解决的问题，是如何尽快进入封锁中的派克路。

方三响环顾四周，发现在路口右侧不远处，矗立着一栋方形的灰色古怪建筑。那建筑方头方脑，有门无窗，外头还用一圈木栅栏围住，顶上分散出许多粗大的线路，状如蛛网。在建筑门口，还立着一块巨大的牌子，漆有"电力危险，闲人勿进"

几个大黑字。

他记得有一次看报纸，说有几个流浪小乞儿钻进派克路的电车变电所，发生触电事故，导致一死数伤，引得舆论一阵哗然，然后电车公司挂出了警示牌，应该说的就是这栋建筑。

周围的老百姓不懂电气，只知这玩意儿邪乎，沾了就死，都不愿接近。是以派克路虽然被封锁，这个变电所附近却没什么人，连巡捕房的人也不靠近。

方三响悄悄走到变电所的侧面，先略做观察，然后双手抓住木栅栏轻轻一撑，翻身跳进站内。电站内响着低沉的嗡嗡声，如群僧诵经。肉眼看不到的危险电流，正通过铜线向远方流动着。

他在学校学过一些最基本的电气常识，知道这里的任何金属都不能乱摸，即便是绝缘的木、竹、橡胶等部件，也尽量不要碰。于是方三响矮下身架，谨慎地从诸多设备与线路之间穿过，绕至电屋另外一端，顺利进入派克路。

陈其美藏身的公寓，其实就在变电所三百米开外。那是一排双边骑楼，上层住人，下方用长柱隔出一条黄绿色廊道，临廊一排独间带阶梯的小店，颇有南洋风味。张竹君给的那个地址，一楼是个小钱庄，陈其美就藏身在二楼小屋内。

方三响快接近小钱庄时，脚下一僵，发现在小钱庄的门口聚拢着七八个华人。

"莫非来晚了？"他连忙放慢脚步，躲在柱子后头向前窥视。那些人的穿着有马褂也有短袍，应该与巡捕房或卫生处无关，估计是邻居。他们围在走廊下指指点点，却不靠近，门口一个小伙计骑在钱庄门槛上，一边抹眼泪，一边用身子挡住半边进口。

方三响听了一阵才明白怎么回事。原来这家钱庄的掌柜也赶上了鼠疫发作，躺在后堂动弹不得。钱庄里存着大笔现洋，小伙计不敢擅离，又不敢在屋里待着，只好骑在门槛上，等其他掌柜赶过来封柜。

这可不是个好消息。掌柜的得了鼠疫，卫生处的人肯定会赶来封锁消毒，在二楼的陈其美一定会被瓮中捉鳖。

可尴尬的是，通往二楼的楼梯口恰好就在钱庄入口旁边。小伙计骑在门槛上，连楼梯都被堵住了，没办法偷偷上去。

方三响忽然有了个计较。他径直走到钱庄门口，沉声道："卫生检查！"

他昨天被叫去劳勃生路出诊到现在，没机会换衣衫，穿的仍是青布立领长衫，右臂还挎着个医药包，一看便是出诊的医生。众人一看医生来了，纷纷让开。方三响大声道："鼠疫最是厉害，你们不要在这里聚着，快快散开，回去一定要远离老鼠

225

和跳蚤。"

他嗓门洪亮，大家听了都很信服，大部分人纷纷散去。只有小伙计不肯走，说掌柜的昏迷前反复叮嘱，没有别的掌柜来封柜，不许别人进入。方三响问他是否通知了租界当局。小伙计说附近的巡捕亭已经来过人，然后又走了。

方三响知道时间已经不多，便一推小伙计，说他去二楼检查一下。小伙计抬抬屁股闪身让开，方三响急忙噔噔噔跑上二楼，用力去敲屋门。

很快屋里一个本地口音问是谁，方三响压低嗓门道："我是方三响，有要紧事通知陈先生！"

门"吱呀"一声被打开，里头是一脸讶色的杜阿毛。方三响不待寒暄，急促道："张校长让我来通知，史蒂文森已经知道你们藏在这里，随时可能会来。"杜阿毛吓了一跳，急忙去窗口往外瞧。

陈其美正坐在一张竹榻上读报纸，听方三响这么说，一抖报纸，语气疑惑："难道是青帮有人告密？"方三响还没说什么，这时杜阿毛却在窗边颤声道："啊哟，真触霉头，巡捕房的人来了！"

陈其美目光一凛，立刻把右手伸进怀里。方三响却示意他们少安毋躁，探头出去看。只见一队穿着咔叽服的人正朝这里匆匆过来，其中为首一人挎着小木箱，后头还跟着两副担架。

"还好，不是史蒂文森，应该是卫生处的稽查队。"方三响稍稍松了一口气，他们应该是冲着楼下的鼠疫病人来的。

"那再等一歇？"杜阿毛问。方三响摇摇头："不成，史蒂文森随时会出现，我们还是要尽快走。"陈其美用食指敲了敲桌上的报纸："报纸上说了，鼠疫病人周围的人皆要拉走隔离。我们现在下楼，岂不是也要被卫生处抓走？"

他是额头生角的狠角色，不怕与鹰犬硬碰，但遇到医学问题毕竟心虚。方三响沉思片刻，突然正色道："你们怕不怕鼠疫病人？"两人面面相觑，末了杜阿毛道："怕自然是怕的，不过依方医生讲，只要不让鼠蚤咬到就还好？"

"很好，等一下看我眼色行事。"

他们三人简单交谈了两句，迅速冲下楼去。小伙计正骑着门槛哭，被杜阿毛大手一捂，直接拖到后堂。方三响与陈其美随后跟进，只见柜台上还摆着一摞摞没来得及收起的大洋小角，掌柜的蜷缩在旁边的竹榻上，症状与小沃伦几乎一样。

方三响俯身撕开掌柜的衣服，只看了一眼，便知道这人没救了，他股沟与腋下都有极醒目的肿包，浓艳柔软。他心中叹息一声，转身先从柜面上取来三条素布条。

这些布条宽半尺、长三尺，本是用来包住银洋防止碰撞出声的。他们三人每人取一条，像围巾一样遮住口鼻。

遮完脸以后，方三响从医药包里飞快地取出一个赫斯针筒和一个缠着胶皮的玻璃瓶，先给掌柜灌了点鸦片汁，然后跪在旁边，却不急着动作。

陈其美与杜阿毛都不明白他的用意，但出于对这个年轻医生的敬畏，没敢多问。杜阿毛看到满桌子银钱，不由得咽了下口水，可陈其美咳了一声，他到底没敢揩油。

这时卫生处的稽查队已赶到门口。带队的洋医官一进门便愣住了，明明这一带是自己负责，怎么已经有人先到了？

这时方三响刚好把针扎入肿包，从里面缓缓吸出一些淋巴液，转注入玻璃瓶中。他做完这个动作，才抬起头对稽查官用德文道："我们奉命前来搜集样本。"稽查官更糊涂了，卫生处什么时候让华人医士带队了？方三响似乎看出他的狐疑，开口说了一个单词："哈夫金。"稽查官"哦"了一声，态度立刻变得不一样了。

方三响说的哈夫金，是其时预防鼠疫唯一的有效疫苗，是一八九七年由一位叫沃尔德马·哈夫金的犹太科学家发明的。具体的做法，是从病患身上的肿包里抽取淋巴液，这些淋巴液含有大量耶尔森鼠疫杆菌，经过加热减毒之后，可以用于预防接种，成功率有五成。

所以公共租界卫生处派人采集病原淋巴液，完全合乎逻辑。

方三响并不擅长伪饰，不过只限专业话题的话，他的表现便很自然。稽查官随意攀谈了几句，疑心尽去，连查验证件的念头都没了，只是好奇地多问了一句："你们用围布蒙住面孔做什么？担心有异味吗？"

"不，我们只是担心鼠疫会通过飞沫传染。"方三响含糊地回答。

稽查官哈哈大笑，谁不知道鼠疫只能通过跳蚤传播，这个中国医生未免太没见识。不过他也没再说什么，多讲一点卫生总是好的。

方三响当着他的面把玻璃瓶放回医药包，然后指了指掌柜，让他们尽快处理，随后带着同样蒙住面孔的陈其美和杜阿毛，堂而皇之地离开了钱庄。

这三个人刚走到大街上，杜阿毛便迫不及待地掀开布条，大大地喘出一口气。他可不习惯戴这种鬼东西，实在太憋屈了。方三响正要提醒他围回去，一声生硬的中文从路对面传过来。

"杜阿毛？"

方三响浑身血液霎时凝住了。只见史蒂文森与另外五名持枪的安南巡捕正朝这里走过来。在他们旁边，还跟着一个短衫华人男子，畏畏缩缩地指着杜阿毛。

那男子有些眼熟，再一看，居然是坐褥铺隔壁的鞋店老板。一瞬间，方三响全明白了。

青帮之内，并没有人告密，真正告密的是这老板。他每天坐在店门口修鞋，坐褥铺子有谁进出，看得一清二楚。史蒂文森只要从他口中问出陈其美、刘福彪、杜阿毛等人的身份，再顺藤摸瓜，查到派克路上的寓所并不奇怪。

方三响不得不暗自佩服。史蒂文森在这么短的时间内，竟能挖到这地步，手段实在了得。而反过来想，张竹君校长能从工部局的封锁计划里，窥到史蒂文森的真实用意，更是技高一筹。

相比之下，自己明明提前得了警告，却还是功亏一篑，被史蒂文森堵在路口，真是辜负了张校长一片苦心！

史蒂文森早已看出这三个人神态诡异，一边喝令站住，一边向腰间摸去。那五个安南巡捕也纷纷摘下肩上的枪支，围拢过来。

杜阿毛情知自己闯了大祸，双腿一软，一屁股瘫坐在地上。陈其美目露凶光，作势要从怀里掏出枪来。就在千钧一发之际，方三响突然瞥见一个大腹便便的黑绸衫胖子，一手按住瓜皮帽，在骑楼下一溜小跑朝钱庄而来。

很显然，这是小伙计一直在等的另外一位钱庄掌柜，赶来封柜的。

方三响福至心灵，对着那掌柜的大吼了一声："巡捕房要抄钱庄了！"那掌柜停住脚步，发现钱庄门口有几个气势汹汹的洋人正端起枪，不由得也跟着大叫一声："巡捕房要劫钱了！"

从昨天开始，巡捕房要抓人的消息就没停过，今天派克路被封锁不许出入，更让大家心头焦灼。此时掌柜发这一声喊，听在众人耳朵里不啻惊雷一般——老天爷！难道说谁家有了鼠疫，巡捕房抓人不说，还要抄家充公？

这一下子，仿佛冥冥中有人抬起一脚，踹翻了愤怒的灶台，滚烫的灶火带着烟尘四溢而散，燃遍了整个街面。不知所措的民众像无头苍蝇一样乱跑，有人大喊着去家里报信，有人嚷嚷着朝路口奔，还有更多的人拥向钱庄门口和史蒂文森。

那个稽查官见势不妙，与几个助手缩进钱庄里面。这个举动，更坐实了民众们的猜想，巡捕房真的要发死人财呀！群情激愤的民众捡起附近的烂菜帮子、碎石块、破鞋和不知哪儿来的裹裤噼里啪啦地朝洋人丢去。一时间街面上人影纷杂，烟尘四起，宛如老虎灶里煮沸的水。

转眼间，史蒂文森便失去了那三个可疑分子的身影。他恼怒地试图拨开混乱的人群，却像拨开一片海水般徒劳。他叱骂着，叫嚷着，声音转瞬便淹没在喧嚣声中。

这位探长别无选择，只得拿出佩枪，对空中恶狠狠地连续开了三枪。

突如其来的三声霹雳，让眼前的混乱局势稍稍凝滞。可那三个疑犯早已不见了踪影。史蒂文森一对牛眼气得充血，把圆帽狠狠掼在地上，用最粗鲁的苏格兰方言骂起娘来。

在他的视线之外，方三响带着陈其美和杜阿毛，再度翻过变电所的栅栏，顺利地脱离了派克路的封锁范围。三人钻进一条小弄堂，确认周围没人之后，纷纷摘下围布，大口大口喘息起来。陈其美居然还笑得出来："我们做革命党的，这种场面是见惯的，方医生大概还不太熟悉吧？"

"呼，呼……"

方三响没有回答，右手紧紧按在左侧胸口，鼻孔里喷出辛辣的浊气。他清晰地感觉到，心脏搏动得更加剧烈，血管扩张，血液汹涌奔腾。

这不是因为恐惧，也不是因为紧张，而是兴奋——那种纯粹的、生理性的兴奋。

方三响发现，自己竟隐隐爱上了这种感觉。

"呼，呼……"

同样急促的呼吸声，此时也正从孙希嘴里发出。不过这不是因为兴奋，而是疲惫。

要知道，他刚刚可是先从工部局一口气骑到派克路，与方三响短暂交谈之后，再一口气从派克路骑回工部局，两条大腿酸胀得厉害。

大概因为大检疫即将开始，此时工部局大楼外的人少了很多。孙希顾不得锁车子，噔噔噔冲进大门，正看见两个长衫背影站在前台接待处，右侧的背影宽厚，左侧的背影瘦长。他喊了一声沈会董，右边的人惊讶地转过身来："孙希？你怎么还在这里呢？"

孙希顾不得喘息："你们是要去见克莱格董事吗？"沈敦和点头，旋即又摇头："我们已在接待处这里交涉了半天，克莱格董事却一直在开会。"

其实谁都明白，"开会"云云只是托词，克莱格铁了心要推行大检疫，自然不愿再跟沈敦和浪费唇舌。孙希看看座钟，已没多少时间可以浪费，双臂一下子撑在前台，身体前探，吓得接待秘书往后躲了一步。

"请你务必把这份东西转交给克莱格董事！"

孙希从怀里取出一张剪报递过去，接待秘书一头雾水。可这个中国人态度坚决，她只好把剪报放在托盘里，送上楼去。

沈敦和诧异道："那剪报是什么？"孙希抓抓被汗水浸透的卷发，得意道："嘿嘿，这是一个克莱格不敢拒见我们的理由。"沈敦和还没言语，旁边的瘦高男子皱起眉头："你打算要挟董事？这是玩火！"

工部局的董事们，个个都有见不得光的生意。有的走私鸦片，有的贩卖军火，有的放高利贷……这些事在上海滩算不上什么惊人的秘密。孙希就算拿住几个把柄，人家也未必会怕，反而会彻底得罪人。

孙希笑道："放心好了，这不是什么要挟，反倒是一片善意——哎，阁下是？"沈敦和连忙介绍道："我来给你们介绍。这是施董事，名讳上则下敬，是咱们红会的大管家，一应会计事务皆归他处理。"

施则敬？

孙希眼神一凝。眼前这人年近六十，双鬓花白，面长而窄，一对浓眉斜斜压向鼻梁，活像私塾里不怒而威的严厉夫子。张竹君说过，欲得红会账册，须从此人入手。一直以来，孙希未得机会去接近他，居然在今天无意间撞到了。

"你等一下要如何对付克莱格，先说给我们听听。不可孟浪，耽搁了大事。"施则敬说起话来一板一眼。

孙希正要开口，忽然接待秘书匆匆过来，说请三位去克莱格董事的办公室一叙。沈敦和与施则敬对视一眼，目露惊异。克莱格叫他们去办公室，而不是会客厅，显然那一份剪报起了作用，要关起门来谈了。

可惜此时两人已无暇听孙希细细解释，施则敬只好叮嘱一句"你言语妥当些"，然后三人一起上楼进了办公室。

只见克莱格坐在一张大班桌后头，叼着雪茄，神色颇为古怪。他肥厚的嘴角努力想牵扯出一丝笑意，眉头却高高吊起，似乎有遮掩不住的怒气。两者彼此较着劲，在那一张油光锃亮的胖面孔上展开了拉锯战。

这次克莱格没再喝什么中国茶，也没给他们三人端来咖啡。一俟接待秘书离开房间，他便冷冷道："你们到底要怎么样？"然后把那张剪报丢在地上。

这剪报来自《字林西报》，这是租界的一份英文大报，专门刊登航务信息与在沪商贾事务。日期是三年之前，标题是《商业巨子置业沪上，模范租界又添胜景》，还附有一张照片，正是克莱格在西摩路口那一座英式花园豪宅。

孙希捡起剪报，微一躬身，不急不忙道："阁下那一座英式宅邸，着实精美，百看不厌。我每次路过都要驻足欣赏，恍惚回到当年在伦敦的时光。"克莱格眼睛微眯，杀意凛然："你是在威胁一位工部局董事的家人？"

孙希连忙摆手："岂敢，岂敢。我只是对这座美妙的宅邸聊表倾慕而已。尤其是这个地方，我格外喜欢。"他伸出指头，在剪报照片上点了一下，那里正好用朱笔勾出一个红圈。

红圈位置，是位于克莱格宅邸正中的一座塔楼，外侧墙壁漆着一个欧洲风格的纹章图案，样式是交叉的两条红带，上面叠加着五个均匀分布的盾牌。

沈、施两人云里雾里，不明白孙希在干吗。而克莱格的反应更奇怪，没有发怒也没训斥，只是用牙齿狠狠地咬了一下雪茄屁股。

"这应该是葡萄牙王室布拉干萨家族的纹章。倘若我没有记错，只有王室最亲密的朋友，才会被允许在自家城堡添加这么一个标志，以彰显其对王室的贡献与忠诚。如此看来，您和葡萄牙王室一定拥有深厚情谊，并为之自豪。"

孙希说到这里，从怀里掏出了第二份文件，口气一转："有鉴于最近的欧洲局势，我得向您致以最诚挚的慰问。"

这第二份文件，是一份英文通电抄稿，来自工部局的公共电报机，这是租界获取欧洲消息最快捷的渠道之一。

这份抄稿是六天前收到的，是一则震惊全欧的新闻：十月四日，葡萄牙帝国的共和党人在里斯本发动攻击，直指布拉干萨王室。十月五日，国王曼努埃尔二世宣布放弃抵抗，并流亡去了英格兰，葡萄牙帝国正式变成了葡萄牙共和国。

这则消息对旧世界的冲击很大，对南美的影响也非小，但对生活在上海的人们来说，不过又是一次政权更迭罢了，所以这份公示没引起什么波澜，中文报纸甚至懒得报道。

沈、施二人都品出了点味道。一个跟葡萄牙王室关系匪浅的商人，在王室覆灭之后，会是什么反应？他们同时看向克莱格，后者光滑的脑门上出现了数层褶皱。

孙希不失时机地亮出第三份文件。这是一沓《航运咨讯月报》，记载的是各个洋行的船舶运转情况，哪里出港，哪里入港，走的什么航路之类。

在密密麻麻的表格里，孙希把指头移到三条大船上。这是三条葡萄牙籍的商船。月报显示，它们自九月十五日离开比绍港，预计将于十月十四到十五日之间抵达上海港，货物主要为刺猬紫檀。在备注里，还有一个"RO"的花体标记，这是 Royal 的缩写。葡萄牙籍的"RO"，自然是布拉干萨王室。

克莱格声音干涩："这与我有什么关系？"

这时孙希亮出了第四份文件，一张上海众业公所的期货划单："您上个月，在市场上挂出了一份刺猬紫檀的大单，交割日恰好就是十月十五日。中国人对紫檀很痴迷，而几内亚比绍恰好是非洲最好的刺猬紫檀产地，以这个单子的热度，若是做成了，比单纯卖紫檀所得利润还要大几倍。"

沈敦和忍不住道："孙希，时间很紧迫，不要卖关子了。"

孙希笑道："这事其实说来简单。克莱格董事在葡萄牙殖民地比绍拿到了一批刺猬紫檀，打起布拉干萨王室的旗号，把这批木材转运到中国来牟取巨额利润，顺便做个期货。可不幸的是，货物还没抵港，葡萄牙帝国就变成了共和国……"他说到这里，有意延迟了片刻，观察了一下克莱格额头上越来越多的汗水："我对国际法不太熟悉。不过从法理上来说，十月六日之后，这三条船一旦靠港，应该会被葡萄牙新政府立刻宣布收归国有。"

沈、施二人都是精于财政的，听到这里同时倒吸一口凉气。如果孙希说的话准确，那么克莱格将不只损失这三船刺猬紫檀，还要在众业公所赔出一笔巨款。

克莱格有些狼狈地低哼一声："这些都是合法交易，赔了也便赔了。"

"您家大业大，钱自然是赔得起，可另外一种损失，就很难找补回来了。"孙希拈出第五份文件。

这是工部局的董事改选决议。这次改选将在十二月进行，按规定名单要提前予以公示，文件里列举了若干位候选人，克莱格也位列其中。

"如果刺猬紫檀期货变成一桩丑闻，您在工部局董事的连任前景可不太妙。毕竟竞争这个职位的候选人有很多，工部局应该更希望选一位声誉良好的绅士。"

克莱格的眼皮抽搐了一下，他听出了孙希未表达出的那一层意思。

工部局董事真正的遴选标准，其实只有一条：金钱。金钱就是力量，他之所以与葡萄牙王室合作，也是希望能增强自己的力量，取得连任。倘若这件事爆发，他不至于破产，但在上海滩这个残酷的世界，衰弱的猎物很快便会被围攻……

克莱格肥厚的嘴唇颤动起来，似乎再没有余力维持面部肌肉。孙希把这五份文件往桌子上狠狠一拍，终于图穷匕见："您坚持实施这个鼠疫大检疫，坚持要把租界搞得鸡飞狗跳，不是为了什么卫生，根本就是希望上海因为鼠疫而封港。那支漂在海上的船队便有充足的时间转移货物，好保住你的董事职位！"

孙希目光灼灼，像两支火炬靠近一坨黄油。浓浆般的汗水，迅速从克莱格董事的额头、面颊、耳后，以及脖颈沁出来，整个人像是洗了个油浴似的。他万万没想到，这个中国小滑头，居然只凭着各种公开信息，便拼凑出了真相。

沈、施二人相顾骇然。一个人为了一己私利，居然会做到这地步？

"对了，我认识《申报》的明星大记农跃鳞，他对这个故事一定感兴趣。工部局的其他候选董事，相信也是。"孙希加上最后一块石头，然后行了一个法式宫廷礼，退到沈敦和身后。

一张损益表在克莱格心里迅速形成。损失了船队，只会失去一个董事的职位；但如果让其他董事知道他为了自己的利益，把整个租界置于鼠疫的威胁之下，那么整个克莱格家族都可能要完蛋。

这位加拿大富商沉默片刻，直到手里的雪茄烧到指头，方才虚弱地开口道：

"你们，到底要怎么样？"

孙希冲沈敦和使了个眼色，后者知道时机已到，连忙上前，将之前商定好的华医动员计划讲给克莱格听。

"这一次华界医士勠力同心，无不踊跃报名，凡四百余人，足以应付租界内的华洋分检所需。鼠疫干系重大，华洋两界勠力同心，绝不会辜负董事信任。"

沈敦和絮絮叨叨地说了半天，克莱格无奈地打断他的话："鼠疫检疫计划是麦克利先生亲自拟定，卫生处也是按这个来调集资源。我就算要改，也得有个理由才能说服他。"

"莫非麦克利先生觉得华界简陋，无处安置病患？"

"对，若他以此反对，我亦不好驳回。"

沈敦和早胸有成竹，一使眼色，施则敬立刻上前，取出一份中国公立医院的规划预算书。他果然是财务高手，上午道台衙门才敲定补萝园的医院改造计划，短短几个小时，他就拟定出一份方案。

克莱格拿起预算书来翻了翻，这些中国人居然真搞出来了，着实出乎意料。他叹了口气："我想这份东西，应该能说服麦克利先生了。"

成了！

孙希大为激动，忍不住做了一个握拳的动作。沈、施二人也同时松了一口气，有了克莱格这句话，华洋分检必可实行，租界的紧张局势应该能够缓解。

三人正要离开，克莱格忽然在座位上欠起身子，略带讨好地问道："那么我的刺猬紫檀该怎么办呢？"这是商人的本性，即使在如此劣势之下，还要试着讨回点好处来。孙希耸了耸肩："您如果最后没保住这支船队，不妨来红会总医院看病，诊金免除，我还会亲自为您出诊。"

克莱格颓丧地缩回到座位上，怅然若失。那个该死的中国人，正正戳中了他的软肋，真该下地狱。

且不说克莱格如何恶毒诅咒，单说红会三人如释重负地从工部局的大门走出，沈敦和与施则敬看向孙希的眼神，和从前大不相同。

　　自有洋务以来，华界与工部局交涉鲜有胜绩，像今日这样碾轧大胜，实在罕见。若非深悉欧洲形势，谁能从加拿大豪商宅邸上的一处纹章，联想到葡萄牙王室的私密贸易？若非胸怀国际视野，又怎能从万里之外的里斯本起义，联想到上海租界的鼠疫检疫政策？

　　而这一切线索，皆是得自公开资料，这整合连缀的功夫，更是寻常人所没有的独到眼光了。红会总医院里，居然还藏着这么一号人才。

　　沈敦和拍了拍孙希肩膀，神情激动："十年之前，梁任公写了一篇雄文《少年中国说》。我原以为他只是惯作大言，不想今日果然见到'中国少年'。真是'潜龙腾渊，鳞爪飞扬；乳虎啸谷，百兽震惶'啊，半个字都不错。"

　　孙希脸都红了，赶紧谦虚了两句，不料施则敬在旁边开口道："有这样的眼光和见识，只在总医院做个外科医生太可惜了。仲礼兄，不如请他来我这里做事，相信会有更大前途。"

　　他讲话时总是眉头紧皱，分不清是在开玩笑还是认真。沈敦和笑道："真是个急性子，刚离开工部局，便来挖墙脚。""不论是在总医院还是在会办，都是为红会做事，还不都是你沈仲礼的兵？"施则敬淡淡说道，然后转头看向孙希，"你意下如何？"

　　孙希连忙赔笑："施大人谬赞。我的专业是医学，只懂医学上的事。"施则敬不悦道："年轻人，过谦即傲。莫不是我这里的庙太小，你看不上？"

　　"岂敢，岂敢。只是学生苦学经年，突然说要转行，前面几年不就白忙活了嘛……"

　　沈敦和赶紧打起圆场："子英，你不要强人所难。管账的人才到处都有，中国如今才几个好医生？"施则敬眉头一立："既然如此，那我暂借如何？中国公立医院的改造，必须在十二月之前完成，少不得有与洋人周旋之处。在这期间，孙希跟着我做翻译，兼理账册、会办诸事，薪酬短不了他的。"

　　沈敦和跟施则敬交往甚久，一眼便看出这是老友以退为进的计策。他暗自笑笑，也不说破，让孙希自己拿主意。

　　这意料之外的邀请，让孙希一时间百感交集。他苦苦寻找了半年的机会，突然主动撞进怀里，反而不知所措。

　　他望着沈、施二人，胃里开始隐隐作痛。将来他们一定会知道自己的真实目的，不知到那时会是怎样的反应。孙希一瞬间涌起一种冲动，干脆回绝这个邀请得了，回头跟冯公说无法下手，早点脱离这样的煎熬。

可话滑到嘴边，终究化作一声微不可察的叹息。孙希硬着头皮一抱拳："As you wish，学生愿……愿效犬马之劳。"

十月十二日下午时分，一夕数惊的租界居民们忽然发现，形势悄然有了转变。《申报》《时报》《神州日报》等大报纷纷发出号外。号外上刊载的是同样一份工部局公告，其言云：

"公共租界工部局连日为防避鼠疫查验户口，原系有益卫生之要事，只以中西医法间有不同，遂致无知愚民自相惊讶，兹查工部局已暂停查验。拟邀集华商领袖董事与医员查明妥善办法，另办华洋分检……吁诸民勿信谣言，勿惊走鼓噪。"

即使是不识字的民众，也能真切地感觉到变化。因为接下来的几天里，进屋查验的大多是穿着长衫马褂的中国医士，甭管态度如何，至少语言上能做沟通。尤其是每一队医士里都有一到两位女子，不必担心女眷的身体检查了。

而在街头，各种各样的上墙小报与传单也散播开来，上头绘着浅显易懂的防疫图画，并写有标语。也有年轻后生们声嘶力竭地宣讲，告诫鼠疫乃是老鼠与跳蚤所引起，诸君要全力除鼠除蚤。官府终于也慢吞吞地发布了告示，开展各项防治鼠疫的工作。

因鼠疫而死亡的人数，与日下降。那些逃难出去的居民，陆陆续续都返回了家中。一场至烈的骚乱，逐渐消弭于无形。

唯一可能不满的，只有住在闸北天通庵镇的老百姓。在镇子西边的天通庵路上，最近一直传来叮叮咣咣的噪声，日夜不停。噪声的来源是在蜀商公所西边的补萝园，此时一百多名工人正紧锣密鼓地在园中改造着建筑。在院子大门前，斜放着一块还未及挂上的白漆黑字长牌，上书"中国公立医院"六个大字，墨迹尚未干透。

"哎，你们碎砖不要乱丢，还可以用来垒壁角！"

"这根管道德国造的，老金贵的，弄坏了你们拿命都赔不起！"

"石炭酸溶液哪能用掉那么多？不要钱哪?! 要四十比一！"

曹主任瞪着两个小圆眼，叉腰站在一大堆建筑材料里，一刻不停地嚷着。他一脸汗水与泥污，更像是个恶形恶相的包工头。在这一声声训斥中，工人们弓着腰，默不作声地忙碌着。

他旁边站着一位洋人，正是红十字会的柯师太福医生，手里展开一张图纸，在灯下详细比对着。方三响则在后头帮忙。

"曹主任，你挑地方的眼光比挑女人强多了。"柯师太福医生啧啧说道，把图纸合上。曹主任也不知他是在夸奖还是讽刺，索性不接话。

"好了好了，大家歇息一下，喝点勃兰地（白兰地）。忙碌是为了更好地生活，而不是为了更多的忙碌。"柯师太福说。方三响不好意思直接离开，看向曹主任。

曹主任摆了摆手，鼻孔里喷着粗气："你去好啦。这些瘪三一眼不盯，就要搞事情！"

他整个人处于一种亢奋状态。方三响明白，这就像好赌的人赢钱、好色的人进了青楼一样，曹主任最喜欢的就是算计省钱，哪怕这是公家工程，省出来也半点落不到自己荷包里，他算着照样开心。

"看来每个人都能在他自己的天堂里找到救赎……你要不要跟我去见见更多彩的世界？"

方三响面色一绷，他知道柯师太福是什么意思，立刻拒绝。柯师太福医生一点也不生气，哈哈一笑，挥着拐杖离去。

方三响一人走到园子门口。这里摆了一个大瓦缸，里面盛满了凉白开。红会要求工人必须饮用烧熟的水，特意请附近的老虎灶烧好送过来的。方三响舀起一瓢，咕咚咕咚一饮而尽，一阵畅快。

他刚放下水瓢，忽然见到一辆人力车停在园前，孙希从车上下来，左手抱着一本厚厚的账簿，右手还拎着一封报纸叠成的袋子。

方三响下意识地举起水瓢，想借着舀水掩饰尴尬。不料孙希已笑眯眯地把纸口袋递了过来："喏，张祥丰的蜜饯凉果和糖金柑，刚买的，吃一口能粘住牙——这是严之榭说的，他一个学牙医的，应该错不了。"

方三响知道，这是孙希释放善意的方式。他没吭声，打开袋子，直接扔了一枚蜜枣在嘴里——这是他表示和解的方式。

孙希见他吃了，脸上笑容更盛。方三响问他来这里做什么。孙希晃了晃手里的账簿："我暂时被分派到施则敬麾下，偶尔要来工地查验一下进度。"

"没想到你不做外科，倒和屎窟曹一伙了。"

孙希连忙解释："我是临时分派过来帮忙，好多材料都是从洋行里买的，得有个人去做沟通。不过嘛……"他看了一眼远处兴致勃勃的曹渡："做过事才知道，屎窟曹……也不容易。这么一大摊子，每天几百大洋的支出，算起账来我都犯愁。"

"那你还叫他屎窟曹。"

"喂，你不也这么喊他吗？"孙希觉得两个大男子聊曹主任怪怪的，赶紧转换了话题，"听说英子她辞职返校了？"

"是的，我很赞同她的决心。"方三响把姚英子说给自己的话，转述给孙希听。

孙希感叹连连："女性学医不容易呀，得耐得住外头的冷言冷语，忍得住整天跟药水血污打交道的苦，可不是每个人都像张校长那样内心强大。"

一提到张竹君，两人都不约而同地滞了一下，只不过出于不同的缘由，很有默契地没有继续下去。

两个人安静地吃了一阵蜜果，方三响忽然又道："对了，我前两天碰到一件事，说给你听听。"孙希见他神色郑重，赶紧嚼了几下，把糖金柑吞下肚子。

"那天在离劳勃生路不远的一处人家，出现了一例鼠疫患者。我带队赶到之后，患者已经没了，周围的人得接种哈夫金疫苗。谁知铺子里有一个吃斋的老太婆，死活不肯注射，说这是有小人拿钉子扎她。我们轮番上阵劝说，老太婆就是不听。我们一靠近，她就滚在地上大哭。换了是你，会怎么办？"

孙希呃呃两声，没有回答。方三响继续道："我也不知道该怎么办才好。最后还是严之榭想出了办法。他请来隔壁一位老郎中持针，哄老太婆说是针灸。她这才老老实实接受了注射。"

孙希"扑哧"笑出声来，这个严之榭可真有鬼点子，但随后又觉得哪儿不对，赶紧敛起表情。

"一看到那个老太婆，我就想起咱俩之前的争论了。你说她愚昧吗？实在愚昧，但如今国民意识便是如此，我们要解决问题，便不得不有所妥协。你别瞪眼，我没说你坚持科学是错的。咱俩其实都对，只是用的场合不同。譬如钱塘江边上观潮，你说大家注意安全不要靠近，这不错。但一旦有人落水，也无必要去谴责他粗心大意，得先设法把他救上来，就这么回事。"

"照你这么说，只要结果正确，什么手段都无所谓喽？这是唯结果论！"孙希不服气。

"不一样。一个是长期教化，一个是事急从权。"

孙希眯起眼睛："老方，你一天之内进了两次班房，思想真是大有长进哪，这境界都快赶上沈会董啦。"方三响正色道："一个人得病，是健康有了差错；一百个人得病，那便是社会出了问题。我们做医生的，得想明白这一点才行。"

"喂喂，你这言论可有点危险了呀。"

"可这是事实。"方三响的神情肃然起来，"这一次工部局退让了，外头都夸红会取得胜利。但这大胜有什么成色呢？只是争取来一个华洋分检的权力。下次再有霍乱，再有白喉，是不是还得再来一遍？"

"哎，原来我一番努力，在你眼里不算什么大胜利呀。"

"中国人的土地，却要和外国人商量着防疫，这本身就很荒唐啊！你知道吗？现在上海的港口检疫权，是捏在外国人手里，倘若有外面传入的未知疾病，我们还是无力控制。你说这些，是社会问题还是医疗问题？"

"这些大道理，都是谁跟你说的？"

"农跃鳞农先生，他最近在《申报》上发表社论，严厉批评港口检疫权的归属问题。我给你找……"

方三响一把将纸袋抢过来，这纸袋就是用《申报》折成的。他倒出蜜果，把封袋摊平开来，找着找着动作突然一滞。

孙希以为他要吃独食，正要抗议，却见方三响的目光凝在眼前一块简短报道上。那报道说十月八日，在东北边境满洲里发现一个人因鼠疫死亡，疫情有蔓延趋势，请各界提高警惕云云。

这几日上海各界忙着应付鼠疫，所以这则远在东北的消息到今日才见诸报端，龟缩在后几版，几乎没人关注。方三响放下报纸，感叹道："鼠疫这东西真是可怕，上海刚平，东北又起，没个尽头。"

孙希以为他是忧心家乡，宽慰道："上海既然已有成功的防治先例，只要东北多加注意，不会出大乱子。"方三响眼里的忧色不减："上海这次躲过一劫，全靠沈会董一力奔走。倘若东北没有这样一个人物出现，只怕也会死上不少人哪！"

"你就别杞人忧天了，一会儿干完咱们出去打打牙祭，施大人给我的工食银可不少呢。"

"也好。"

"一提钱，你倒积极起来了！你现在到底攒了多少？别全供奉给静安寺嘛，留着娶一房媳妇多好。"

这已经成了孙希调侃方三响的固定笑话，方三响压根不去接："那一场导致克莱格董事破产的葡萄牙革命，你有时间给我讲讲前因后果吧。我想听听，人家是怎么把皇帝推翻的。"

"你小点声，这话让曹主任听见，又得骂你是乱党。"

两人说说笑笑，离开了补萝园。

他们可不知道，上海的危机虽已敉平，但数千里之外的哈尔滨，将迎来前所未有的一次大劫；他们也不知道，这次劫难的元凶，和他们所熟悉的腺鼠疫大为不同；他们更不会知道，一位孙希曾在天津陆军军医学堂见过的老师，将注定成为一个力挽狂澜的国士。

第九章
一九一一年十月（一）

孙希深吸一口气，紧紧握住柳叶刀。

手术台上躺着的，是一位老年男性，身体用白棉布遮住上下，只露出肥嘟嘟的肚脯。台旁的病历簿显示，这是一位曾罹患急性阑尾炎穿孔的患者，术后持续发烧。峨利生医生判断他的腹腔内出现了脓肿。

这种膈下脓肿引流术，对技巧要求颇高。所以峨利生医生决定由孙希来主刀，他和其他几位医士作为助手旁观。

孙希微微摆了一下头，强迫自己盯紧病患的右侧肋缘。那里事先画了一条黑线，像是腹腔多了一张嘴，挑衅似的冲着自己微笑。他轻叹一声，握紧柳叶刀，沿着线轻轻切下去。

刀刃运动得精准而巧妙，依次剥开皮肤、腹壁肌层及腹横筋膜。孙希在切口处轻轻触摸，没费多大力气，便触及那个深藏在腹腔间隙中的炎性包块。

这块脓肿有核桃大小，隐隐有波感，但不明显，用注射器穿刺，果然抽出了脓液。助手迅速用盐水冲洗了一下切口，孙希趁机换了一把窄刃刀，沿穿刺位置切开一个小口子。随后他先用纱布简单压迫了一下周边，备好两条引流管和油纱布，然后手腕一翻，打算用刀刃探入脓腔反挑。

就在这时，一直没作声的峨利生医生却突然开口："停手！你在做什么？"孙希的手臂一僵，看向自己的老师："呃，我正在分离脓腔壁。"

"为什么要分离？"

"因为脓腔里有多层纤维分隔壁，不处理掉这些，脓液无法彻底流尽。"孙希对答如流。峨利生医生喜欢在手术中随时发问,他早习惯了。

可教授的一双灰蓝眼眸依旧严厉:"你忘了吗?用锐器去做分离,很容易伤到附近的肠管组织,然后还会发生什么?"

"呃……如果脓液进入腹腔,会造成弥漫性腹膜炎。"

"那么正确的做法是什么?"

"钝……钝性分离。"

"钝性分离应该使用什么器具?"

孙希"当啷"一声把窄刃刀扔在旁边盘子里,伸出修长的食指探入切口,像剥蒜一样把脓腔里的纤维壁搅开。而峨利生医生显然没打算放过他,继续质问:

"你的引流条只隔开了切口中央,却没考虑到两侧的情况。这可能会导致什么后果?"

孙希手指不停,口中回答:"呃,如果两侧切口提前愈合,引流口会被挤压收紧,到时候脓液无法排干净。"

"你的医学知识只是一字不漏地背诵书本,完全不会在手术中应用吗?"

"对不起……"

周围的人大气都不敢喘,静看着严师训斥徒弟。所幸在接下来的时间里,孙希没再犯什么错误,顺顺当当做完了整台手术。

缝合完伤口最后一针后,他匆匆推开割症室的弹簧门,一屁股坐在外面走廊的长椅上,手里捏着沁满汗水的手术帽,怔怔望着旁边的木制楼梯。

这个楼梯通往红会总医院的二楼总办室,孙希今天之所以魂不守舍,正是因为一场肇始于他的小小风暴,正在楼上酝酿。

如果有可能的话,他希望能像切掉盲肠一样,把过去一年的经历从人生中切割掉。

今天是宣统三年(一九一一年)十月十七日,距离那一次上海鼠疫风波已整整一年。孙希因为在那次防疫中立下殊功,被施则敬临时调去了红会总务,终于有机会实现他前来红会的真正目的。

孙希本来颇为犹豫,可冯煦频频催促,他只好利用职务之便,花了数月时间抄录出一份红会善款账册,寄去北京。账册寄出之后,如泥牛入海一般,北京红会全无动静。孙希松了一口气,主动申请调回红会总医院,并强迫自己忘掉这件事。

不料就在今天,冯煦突然抵达上海,径直来造访红会总医院,如今正跟沈敦和在二楼开会。

孙希做贼心虚，明白冯公的这次突兀登门一定跟自己抄录的红会账册有关，只怕是来兴师问罪查账的。所以从一大早上开始，他便心神不宁，以这种状态还能顺利完成一台手术，已经算是奇迹了。

他正在呆愣，忽然眼前出现一个人影。孙希颓丧地抬起头，发现居然是峨利生医生。他已换好了常服，手里还托着一个中式瓷碟，上面是一块涂着果酱的三明治，轻轻递过来。

这是割症医师的加餐福利，食堂位于建筑的另外一端，得自己去拿。峨利生医生这是特意去给自己取的？孙希愣了愣，惶恐地接过瓷碟，脑海中浮起疑问："一啖砂糖一啖屎，难道是因为自己刚挨过骂，他特意来安抚一下？这可不像教授的作风啊？"

正自疑惑，峨利生医生缓缓坐到孙希旁边，微仰起脖子，视线落在走廊对面的窗外。那是一扇半落地式的罗马窗，十月的沪上秋光透过玻璃照射进来，给教授的俊朗面孔罩上一层和煦的金黄色光晕，沉静得如同一位圣徒。

他不说话，孙希也不敢言声，只觉得有些古怪。

"你有心事。"峨利生医生忽然开口。

不是疑问句，而是一个陈述句。孙希顿时有些慌乱，他这个老师虽然不爱交际，看人却犀利得很。他只好含含糊糊，说大概身体哪里不舒服。

"作为医生，你对身体状况的描述太模糊了。"峨利生医生在医学话题上向来容不得含糊其词。孙希犹豫片刻，只得无奈地坦白道："其实，是因为个人遇到点事，心思有些乱。"

"你恋爱了？"

孙希吓得连忙摆手："不是啦，不是，是我家里长辈的事情。您知道，中国老人都是很固执的。"

他这也不算骗人，确实是长辈之间的困扰。

峨利生医生的神情略有释然，这是个合乎逻辑的理由。他晒了一会儿太阳，似乎想起什么往事，徐徐开口道："说到老人的固执，其实欧洲与中国也差不多。我之所以会走上这条路，也是因为一位老人的固执。"

峨利生医生平时除了医学上的事，极少谈及个人，今天不知怎么了，居然开口闲聊起来。孙希连忙抖擞精神，精准地垫了一句话过去："为什么？"

"如果你有机会去哥本哈根的话，会在王宫广场前看到一座大教堂，它的名字叫作弗里德里克教堂，也叫大理石教堂，因为它用的大部分材料，都是产自北欧的大理石。"峨利生医生说着家乡风景，语调不自觉地柔和起来，"这座教堂是为了纪念奥尔登堡皇族统治丹麦而修建的，从一七四九年开始修，一直到一八九四年方才落成。"

"一百四十五年？好家伙。"

"那年，我恰好十八岁，正在哥本哈根大学的医药学院就读，我的老师是著名的外科专家奥斯特教授。在弗里德里克教堂落成仪式的前夜，发生了一件不幸的事。教堂侧面的脚手架不知为何，突然发生了倾坍，恰好将前往参观的老师压在下面。

"当时我就在旁边，吓得魂飞魄散。不幸中的万幸是，奥斯特教授只是右腿被卡在脚手架和圆柱之间的缝隙里，人并没事。不过要把他救出来，非得把整片脚手架和圆柱挪走不可。可这涉及另外一个难题：大理石教堂的圆顶是由十二根圆柱支撑起来的，要挪走脚手架，就得搬开圆柱，这牵涉到一系列力学结构的改造。

"奥斯特教授拒绝了这个方案，他说丹麦的信徒们盼望这座教堂盼了一百四十五年，他宁可死在这里，也不可以影响教堂的落成。'上帝已经给我安排好了位置，就让我成为如彼得的磐石吧，让教会建在我之上。'——我至今仍记得老师蜷在地上，如此说道。

"老人固执得很，无论如何劝说，他都拒绝配合，可我们又绝不能见死不救。奥斯特教授本人提出了一个折中的办法：现场进行截肢手术。但他被卡住的位置很麻烦，空间狭小，不容另一个人操作。最后我们只能接受这样一个方案：由奥斯特教授自己来做高位截肢手术。"

"怎……怎么可能？"孙希听到这里，大吃一惊。

他作为专业外科医生，深知此举何等凶险。且不说止血、消毒、防止感染等一系列技术问题，一八九四年的主流麻醉药物还是乙醚，无法实现局部麻醉。换句话说，奥斯特必须在完全没有麻醉的情况下，把自己的右腿生生锯断。

从来喜怒不形于色的峨利生医生，说到这里，眼睑也猛地抽搐了一下。

"我们准备了一应手术器具，我还弄了一点口服古柯碱，希望教授中途不会因剧痛而晕厥。在教堂开放的当天清晨，伴随着穹顶下唱诗班的咏唱，教授饮下一杯勃兰地，拿起线锯开始对自己施行截肢术。我全程陪伴着他，给他传递各种工具。我从来没看过一个人那么痛苦，也从来没见过一个人如此专注。他的动作无懈可击，世间任何事情都无法影响到那双手的稳定。术中所有的细节，教授居然一个都没有遗漏。啊，我仿佛看到他戴着荆棘冠冕，痛苦而从容。"

孙希咽了一口唾沫，光是想象那个画面，都会让他胃部痉挛。

"上帝眷顾那些勇敢的人。老师奇迹般地完成了手术，顺利得救。此后他又活了十二年。至于那条右腿，现在也许还在教堂底下，诉说着那一天的神迹。从那时起，医药学院的每一届学生，都会被老师带去大理石教堂，参观那一场神迹般的手术的现场。"

峨利生医生站起身来，扶了扶镜框："你是我的学生，今天我把这一课给你补上。要知道，医者是在上帝的领域工作，掌控的是人的生死。所以一个合格的外科医生，不只要学习技艺，还要磨炼出钢铁般的意志。无论地动山摇还是内心恐惧，都不能干扰医生对患者的判断与处置。"

孙希深吸一口气，还未开口，峨利生医生又郑重道："我以后不在你身边，你一定要记住这一点才成。"

孙希闻言一愣："怎么？您要离开总医院？"

"是的，合同即将到期，明年年初我会返回丹麦。在那之前，我希望你可以通过我的考试，成为一名合格的医生。"

说到这里，峨利生拍了拍学生的肩膀："好了，你去休息一下。忘记情绪，记住失误，接下来我们还有更多的人要拯救。"

峨利生的话就像一只宽大的熨斗，轻轻熨平了孙希起伏的情绪。他望着老师离开的背影，内心突然生出一股冲动，把领口扯得松了一些，迈步朝二楼走去。

人的决心，往往就在一瞬间凝结而成。孙希打算走到冯煦和沈敦和面前，坦白自己所做的一切，并承受因此引发的一切后果。不这么做，他将永远生活在不安之中，永远没办法做一个合格的医生。

登上二楼之后，孙希调整了一下呼吸，却忽然发现曹主任正矮着身子，撅起圆屁股，把耳朵贴在会议室的门前偷听。

曹主任看到孙希，脸色顿时有些尴尬，连忙直起身子，轻咳两声，然后伸手"嘘"了一声，示意别惊动会议室内的人。

就在这时，冯煦那铜钟般的吼声传了出来："说来说去，沈仲礼你是不答应喽？"沈敦和的语气依旧谦和，只是柔里带刚："此事诸多困难，前已备述，非在下一人所能定夺。"

"当此非常之时，你敷衍塞责，只怕是包藏祸心！"

"敦和这几年在红会尽力办事，所做无不发自公心，所忠无不出于义理，自问并无失当之处。"

"你敢公然抗旨？"

"此乱命也，当年粤不奉诏，如今在下亦难奉诏！"

两位大员你一句我一句，越说越僵，吵得几乎撕破脸皮。"这都是那一本账册闹出来的呀……"孙希心中愧疚无以复加，正要推门进去，却被曹主任一把拽住。

"屋里厢正开会呢，你来做啥？快走开！"

"唉，我做了一件大大的错事，得当面坦白。"

曹主任不禁嗤笑了一声，不耐烦地挥手赶人："冯大人和沈会董两位大人说的是大事，哪儿顾得上你？"

孙希抓了抓头发："正因为这件大事跟我有关，所以我才来坦白。"曹主任的瞳孔骤然收缩，手指点着孙希微微发颤。孙希正要开口，曹主任已迅捷地倒退三步，像是见到什么病菌："你……你也加入乱党了？"

"嗯？什么乱党？"

"武昌的乱党啊！你不是说跟你有关吗？"

孙希这才发现误会大了，连连摆手："不是不是……欸，等等，他们争论的大事，原来是这个？"

曹主任一点头，犹然狐疑道："你真没加入乱党？辫子呢？"孙希赶紧从后脑勺揪起一条小辫子的尾梢，曹主任这才稍稍放心："七天之前，武昌那边闹叛乱，你晓得吗？"

"当然听说了。"

这件事轰动全国，沪上的报纸天天在说，哪怕是孙希这种对政治毫无兴趣的，对这件事也略知一二：革命党伙同武昌一部新军在十月十日发起一场规模颇大的叛乱，至今尚未平息。

曹主任气哼哼道："这些乱党看着掼浪头，其实不过是些纸糊的灯笼壳子。朝廷已经调遣了北洋大军前往会剿，听说还请出了袁世凯做湖广总督，那可是个狠角色。"

"那跟咱们红会总医院有什么关系？"

"哦哟，你想，乱党再不济，总归还是有几条枪的。战场上枪炮无眼，两边必有死伤。咱们红会理应派人去武昌支援一下官军。"

"等等，官军？"孙希大为惊异，"红会宗旨不应该是不问立场，一体救护吗？怎么只支援官军？"

曹主任无奈道："你也知道的，大清红会归陆军部管，你一个陆军部的下属机构去救乱党，怎么都说不过去吧？两位大人就这么互相别起苗头来。"

没有沈敦和配合，冯煦调不动红会资源；没有冯煦的朝廷背书，沈敦和也不敢轻易赶往武昌救援。怪不得武昌战乱爆发那么久，一贯积极的红会却迟迟不见动静。

想到这里，孙希稍稍松了一口气。冯煦原来不是拿红会账目来兴师问罪，那自己的愧疚感总算减轻了一点。

"哎，你刚才说要坦白的错事是什么？可以先跟我说说。"曹主任好奇地凑近问道。

"呃，没啦，没啦，都是些小事……不提也罢。"孙希原本被峨利生医生激起的激情，在曹主任一张油光光的宽脸照耀下，几乎损失殆尽。

"你可不要给医院添麻烦。你们不晓得事理，大清国运正旺，又有袁督公这样擎天保驾的忠臣，几天就能把叛匪给剿灭了。"曹主任不放心地絮叨着。

"知道，知道。"

孙希嗯嗯答应着，朝着楼下走去。楼梯下到一半，身后会议室的门"砰"一声被推开，冯煦怒气冲冲地走出来，沈敦和在后头不急不慢地跟出。看两人神情，显然是后者占优。

冯煦手持拐杖往楼梯下走，孙希赶紧侧着身子站在一旁，让出一条路来。冯煦不动声色，径直下楼，只是两人身体交错时，那拐杖有意无意地敲了孙希小腿一下。

孙希心下明白，面上却不敢有所表示，只得垂下头来静立原地。后面的沈敦和快走几步，伸手挽住冯煦，生怕他摔下楼梯去。冯煦冷哼一声，胳膊一甩，似乎不愿领这个情，顾自快走几步。

这一块心病去掉，孙希稍稍恢复了状态，下午一口气做了三台小手术，直到五点方才罢手。门房送走最后一位病人之后，他斜靠在大门口的廊柱上，从口袋里摸出一支香烟。

他一方面庆幸自己中午没有冲过去坦白，避免了枉做小人的尴尬；另一方面，也遗憾自己错过了坦白的最好时机。接下来何去何从，心下有些茫然。按道理他已完成了冯煦交予的任务，可以随时离开医院，可就这么突然离开，又有些舍不得。

孙希正在吞云吐雾，耳畔忽然传来一连串驴铃的响动。他眼睛一眯，知道是方三响驾着驴车回来了。今天是发薪日，这个吝啬鬼拿了钱肯定是第一时间去静安寺送香火了，对此他早已见怪不怪。

这一次驴铃声没有远去，反而越来越近。等到孙希吹开眼前的烟雾，方三响已经径直把驴车顶到了大门前。

"快上车！"方三响的声音很是焦虑。孙希眉头微皱："发生什么事了？"方三响道："我们去找英子，路上细说！"孙希见他说得紧急，连忙踩灭烟头，把医生袍脱下挂在旁边，迅速跳上驴车。

方三响扔给孙希一张报纸，然后挥动鞭子，催动驴车前行。

姚家宅邸在华格臬路上，从总医院过去约莫有六里路。好在沿途都是平整大路，驴车跑得飞快。孙希坐在车篷里，晃晃悠悠展报一看，惊得连呼吸都紊乱了。

这是一份今日出版的《民立报》，头版刊出一篇文章，署名作者赫然是张竹君。

在是文中，张竹君义正词严地质问道：武昌战事正炽，双方死伤枕藉，一贯标榜"博爱救兵"的红会为何按兵不动？该会每年吸纳善款巨万，如今却作壁上观，莫非是因为沈敦和会董忙着涂改账册，顾不得创会之初衷吗？如今善款其余几何？征信录何在？尤其红会医院账目，尚有土木、设备两个科目不清，涉款四十万两，难道不该有个交代？

她夹枪带棍，把沈敦和痛骂了一通之后，复又宣称，沈公无法取信于国人，她决定另外创办赤十字会，秉持公义与慈善前往武昌救援云云。张竹君还特别提到："本人道主义，救护因战受伤之人，不论何方面人，视同一体。"——这近乎是在打沈敦和的脸了。

在这篇文章的末尾，还开列了一连串赤十字会董事的名单：伍廷芳、宋耀如、虞洽卿、李平书、王一亭、沈缦云……随便哪一个都是上海滩响当当的闻人、巨商。

孙希读完新闻，脑子"嗡"的一声，张校长这算是……跟沈会董正式开战了？

怪不得方三响会这么着急。他在上海鼠疫流行时被张竹君救过，与她关系匪浅，而英子更是她的学生。沈、张二人正式开战，他们俩夹在中间，最是尴尬不过。这次去姚家花园相聚，大概是想商量一下对策。

孙希实在想不通，张竹君怎么对红会账目知道得那么详细？难道说……不可能，自己抄出红会账簿之后，只寄给了京城的冯煦。冯煦是清廷大员，张竹君倾向革命，两人立场大相径庭。冯煦再糊涂，也不至于给乱党提供弹药。

沈会董也真是流年不利。

孙希把报纸搁回到膝盖上，胃里一阵难受，忍不住扶着篷边干呕起来。方三响回过头，问他是不是晕车了。孙希苦笑着摆摆手，只搪塞说中午手术没顾上吃饭。

不知是否受武昌乱局的影响，这一路上无论华界还是租界，巡捕与卫兵比平时都要密集。有一位医生曾将上海比喻为大清帝国的脸色。这个老大帝国身体一旦有什么不妥，上海必现表征。

沿街高高低低的房屋内外，电气路灯与煤气灯火交相辉映。这一片明暗起伏，非但不能刺破浓黑的夜，反倒增添了几许迷乱光晕。这样的夜景，让人油然生出一种不安，仿佛行在一条无从捉摸的雾路之上。

好在这一趟难挨的旅程很快到了终点，驴车走到华格臬路以后，陶管家已恭候多时，带着他们从一处侧门进入姚家花园。

这是一栋维多利亚风格的白色小洋楼，周围的园林布局却是苏州的细腻风格，远远一个穿碎花裙的九岁小女孩坐在轮椅里，在步道尽头笑嘻嘻地等候着。

从那两条畸形的小腿来看，应该是流落蚌埠的那个邢大丫头吧？她被英子接回上海之后，交给了花匠抚养。看来这一年她过得不错，气色红润了许多。

邢大丫头一见他们靠近，即拨转轮椅，引着两人进了一楼的客厅。出乎意料的是，厅里除了英子坐在沙发上，还有一个瘦削的中年男子，眉眼与英子酷似。不用说，自然是沪上大亨姚永庚本人。

难道召集他们来的不是英子，而是她爹？

两人对视一眼，都有些紧张。姚永庚常年在外，难得回家一趟，与他们两个人是第一次见。

方三响和孙希赶紧上前施晚辈礼，然后一起看向姚英子。她穿了件月白色斜襟小袄，右臂搭在沙发扶手上。过去一年里，她在学校里潜心研习妇产两科，气质越发隽永，眉宇间洗练出一股勃勃锐气，俨然又是一个小张竹君。

大概是有父亲在场，姚英子表现得像个大家闺秀，只是淡淡地吩咐仆人端来两杯热茶。姚永庚伸手示意二人坐下："两位都是小女的好朋友，我便不多客套了。张校长在《民立报》上的声明，你们可读了？"

两人同时点头。姚永庚拿起一支烟斗，边往里塞烟丝边道："我与沈仲礼是世交，还是红会名誉董事，而张校长是小女的恩师。出了这种事情，我姚家的立场实在有些尴尬，两位应该也是明白的。"

孙希赶紧点了一下头，还捅了方三响一下，后者不明就里，把背挺得笔直。姚英子忍不住埋怨道："爹，他们俩是医生，不是你们商界人士，不要这么试探着讲话。还有，不要在家里抽烟。"

姚永庚悻悻地把烟斗搁下，冲两人无奈道："我一年多少烟草生意，回到家里，反而不能抽了，真是没道理。"

原本凝重的气氛，多少变得轻松了点。姚永庚手里没了烟斗，只好端起茶杯："沈仲礼和张竹君，这两个人虽说八字不合，可都是急公好义的正人君子。说沈会董贪污善款，我不信；可要说张校长凭空诬蔑，我也不信。"

两人互看了一眼，都觉得姚永庚的话有点矛盾。姚永庚笑了笑："两个正人君子，却各执一词，这说明什么——"说到这里，他把茶杯重重往茶几上一搁，"说明必有小人挑拨离间！"

孙希的心脏差点停跳半拍。姚永庚的下一句，更让他一口气没缓过来，脸色都青了。

"这个小人，我以为就在红会里面！"

方三响疑道："是谁？"姚永庚摇摇头："我不知道，但这人一定是沈会董身边亲近的人，他窃取账册，涂抹窜改，然后去张校长面前搬弄是非，这才引得两人生了龃龉。一定是这样。"

他一边说着，一边严厉地扫视对面这两个小年轻。方三响眉头紧锁，捏紧了拳头沉思，孙希却缩了一下脖子。姚英子嗔道："爹，你怎么又犯老毛病啦？他们俩不是你的下属，别跟训话似的。"

姚永庚听到女儿责难，这才目光转柔："是老夫失礼了。其实今天叫两位来，是有一桩不情之请，希望你们把这个小人揪出来。"

两人身子俱是一震。姚永庚道："你们两位与小女是生死之交，人品最是信得过，又是红会总医院的成员。我想来想去，也只有拜托你们去调查最为稳妥。"

方三响举起手，想要发言。姚永庚道："我知道你们想问什么。本来呢，让英子去问张校长最为便当。可张校长为人刚强，行事略有偏激。我担心英子弄巧成拙，反而误会更深。若能先在红会里揪住这个小人，再做解释，两人才好冰释前嫌。"

孙希也想开口，谁知姚永庚又道："放心好了，你们查到以后，只需把名字告诉我，别的什么都不必做。"

"这件事沈会董知道吗？"孙希总算抢到一个发问的机会。

姚永庚露出一副恨铁不成钢的表情："我提醒过他，可仲礼兄太过敦厚，总说红会里不会有这样的人。他是菩萨心肠，这个恶人便让我这个名誉会董来做。"

话都说到这份上了，方三响与孙希只得应承下来。姚永庚从包里拿出两支万宝龙的钢笔，还有两瓶墨汁，算作见面礼。

"这是特制的铁胆墨汁，写起字来不容易褪色，我们商行专用。你们做医生的，应该也需要。"

两人收了礼物，姚永庚略做寒暄，便离席办事去了。一看父亲走了，姚英子立刻收起贤良淑德的做派，跳下沙发："喝茶太闷了，我给你们弄点南洋的奶油咖啡！翠香，跟我去后厨做帮手。"

这会儿两人才知道，邢大丫头如今有了个大名，英子给起的，叫作邢翠香。名字俗气，可他们都知道为什么。

她们俩离开以后，方三响百无聊赖，一侧头发现孙希正盯着厅角的留声机发呆，顿觉蹊跷。平时每次聚会，只要有西洋玩意儿出现，这个假洋鬼子总会吹嘘他当年在伦敦如何如何。这一次他居然闷不吭声，可实在太离奇了。

很快姚英子冲好了咖啡，亲手端到两人面前。

"你最近忙什么呢？"方三响接过咖啡，随口问道。

"还不是妇科和产科那些东西。"姚英子叹道，"我这一次扎下心来学才知道，女子一生要经历这么多风险，苦，实在是苦。我一个人能做到的事情，实在有限。"

"你已经做得很好了。"孙希心不在焉地宽慰。

"一个人好也没用啊，能救得了多少人？我去过崇明、启东、宝山等地考察，简直吓死人。那里稳婆的卫生意识不比皖北强多少，一年不知多少产妇死在她们手里。我在想，如果能让这些稳婆也接受一下培训，是不是能救更多人。"

孙希啜了一口咖啡，不以为然："你也知道培养一个医生得多久。那些稳婆大字都不认识几个，指望她们？"方三响却一脸认真道："也未必没效果。我读过杭州一个传教士的论文，他别的不教，只让当地村民饭前便后洗手，结果当地闹痢疾的概率大幅降低。"

"那是因为原来的基础太差了，所以稍一提点就觉得效果斐然。"孙希道。

"馍总要一口一口地吃。"

姚英子大为得意："还是蒲公英会讲话。孙希，你这么喜欢泼冷水，那不要喝我的香浓咖啡呀。"孙希连忙赔笑道："我哪有这意思，只是担心你一个人做太累。这个工作量，非得办几个学校才能忙过来。"

"这有何不可？"姚英子眼睛一亮，"就弄个学校嘛，把稳婆们集中简单培训一下，也不用太长时间。"

"这么利国利民的事，你应该去跟张校长说说，这才是她该做的事情。"孙希不无感慨。

姚英子双手握着自己的杯子，突然陷入颓然："唉，可我好久都没见到她了，她连在学校的课都是别人代上。直到今天报纸出来，我才知道她竟然搞出个赤十字会跟沈伯伯打对台。"

孙希道："我记得日本那边就是把红十字会称为赤十字会，张校长这是存心气沈会董呢。"

姚英子轻叹一声，没再说什么。咖啡杯口热气蒸腾，蒸得她的圆脸浮起一片歉疚的红润。两人都明白，英子此时内心有多痛苦，一边是故交长辈，一边是授业恩师，实在难以自处。

方三响见不得她这样委屈，一拍桌子，愤愤道："这都是那个小人作祟！要让我逮到，先给他屁股扎三针！"孙希眼皮一抖，方三响的注射水平在院里颇有名气，一下能把胳膊扎穿，外号"断魂枪"。他勉强笑道："也不好这么快下结论，也许另有苦衷呢？"方三响一瞪眼："这种小人，还能有什么苦衷？"

"哎，我是说也许，maybe，or maybe not。"

姚英子敏锐地歪了一下头："孙希，你是不是知道什么？"孙希"嗯"了一下："你干吗这么说？"姚英子道："你的脾气我还不知道？一遇到尴尬或心虚的场合，就会换了英文来掩饰。"

孙希举起杯子哈哈一笑："不是我心虚，是你这咖啡有问题吧？才喝了一口，就让人心跳过速。"气得姚英子喝令翠香把他的咖啡杯收走。

几个人又闲聊了一阵，眼看时辰不早，两人起身先行告辞。姚英子送到庭院门口，细细叮嘱道："我爹也是瞎出主意，怎么叫医生做起包探来了？你们不要为难，随便敷衍一下就好啦。"

两人离开姚家花园之后，方三响正要去牵驴车，孙希拍了拍他肩膀："你自己先回去吧，我溜达溜达。"

"这么晚了，你要去哪儿？"方三响有些诧异。

孙希随口胡说道："内有小人作祟，外面时局不靖，我回去也睡不着，不如散散心，好好琢磨一下最近的局势。"方三响信以为真，肃然道："那我陪你。"

孙希脸色一变，赶紧道："唔用啦，你一天又做医生又做杂工，早点回去歇着。"方三响道："我回去也睡不着，正好聊聊。最近武昌这乱局，我有些见解也只能跟你说说。"

他轻轻挥动小驴鞭，下巴不自觉地绷成一个方角。孙希知道方三响自从鼠疫事件之后，思想似乎变得有些激进，可他此时哪里还有心思听，勉强笑道："哎呀哎呀，武昌能有什么大事？报纸上一阵热闹就过去了，反正波及不到上海。"

"你没看农先生的专栏吗？"

"他日日长篇大论，你说的是哪一篇？"

"就是前两天发的。武昌之所以起了兵乱，是因为朝廷调湖北新军入川去镇压保路运动；之所以闹保路运动，是因为朝廷把川汉铁路筑路权卖给四国银行团；朝廷之所以如此发卖，是因为需要钱来搞皇族内阁。"

"所以……？"

"你做医生的，还不明白？这些乱象是症状，说明这个肌体、这个国家出了大问题。"

"你说得没错呀。人体生病，我们须请专业医师来诊治；国家生病，自然也是专业的政治家、官僚家来解决。我们只要安守本分就好。"

"你这话怎么像是屁窟曹说的，不是真正国民的精神！"

孙希见方三响又要开始嚷嚷，赶紧拽住他胳膊，压低嗓门道："老方老方，我是急着去约一个姑娘见面，你非要跟我去做大蜡烛吗？"

"……是谁呀？"方三响居然还追问。

孙希不满地一推他肩膀："喂，你每次发了薪水就跑去静安寺，我也没问你去干吗。你也尊重一下我的隐私好吗？"话说到这份上，方三响纵然满腹大道理，遇到这种事也不好坚持，只好悻悻离开。

好不容易哄走了方三响，孙希敛起轻浮的笑容，面色转肃。他朝南走出去几百米，这才拦住一辆黄包车，折头径直前往七浦路的沿河小院。去年孙希就在这里得了冯煦交托的任务。冯煦既然又来了上海，也许还住在同一个地址。

去年今日此门之中，再来心境大不同。尤其见过姚氏父女之后，孙希的心理压力变得前所未有地大，迫切需要去问个明白。

他上前叩门，过了好久门房才打开，还是去年那位。他还认得孙希："老爷连夜赶回京城了，他知道你迟早要来，让我把这个交给你。"然后递过来一个厚厚的信封。

孙希闻言愕然。怎么冯公走得这么快？是沈会董终于让了步，还是京城出了什么不可测的变化？

伴着无数纷乱思绪，他站在门口拆开信封。里面是一封中英文的双语荐信，被推荐人是 Sun Hsi，落款是冯煦的花押。附信还有一张汇丰银行的无记名汇票，数额为两百英镑。

一年前冯煦承诺孙希，只要窃得账册，便保他出国继续深造。冯公这一封空白的荐信，表明孙希的任务已经完成。

附在信后的，还有一条寸许小幅，上头龙飞凤舞地写着一副对联："来日大难，对此茫茫百端集；英灵不昧，鉴兹蹇蹇匪躬愚。"

孙希不懂书法，国学也差，这副对子看得似懂非懂，捏着信纸不由得陷入茫然。

凭着那封荐信，他可以回到魂牵梦萦的伦敦。那两百英镑足够支付上海到伦敦的路费，还够一年生活之需。但同时，这也意味着他必须离开红会总医院。

这并非一个艰难的抉择。孙希当初是被迫加入总医院，如今可以抽身离开，继续去追寻自己的梦想，怎么想都是一桩美事。可不知为何，他一点都高兴不起来，感觉一团无形的脓肿蔓延到了整个肺部，填塞每一个肺泡，阻断每一级气管，令他艰于呼吸，形同溺水一般痛苦。

这不是我一直以来想要的吗？我应该开心才对呀！孙希越是这样想，溺水感就越强烈。他茫然地走到苏州河畔，张开大嘴，试图吸入更多的氧气，却不防被一股腐烂的味道冲入嗓子。

远远地，一大块黑乎乎的物体被混浊的河水推动着，在孙希的眼前漂过。夜里光线太差，那也许是一头遭了瘟的猪，也许是一头病死的牛，甚至是一个溺水的人攀着几根树枝也说不定。它的表面微微蠕动着，那是落着许多苍蝇，边缘的水面泛着一圈油腻的夜光。

苏州河沿途的居民们，经常在夜里把垃圾抛入河中，它们在冲刷中结合、分散，黏结成各种古怪的形状，像一条条巨大的黏稠鼻涕，顺流直入黄浦江。这番污秽景象，活像是发生"Great Stink（大恶臭）"的泰晤士河。孙希陡然想起来了，当初他接下冯煦的委托，也是这样一个夜晚。

在那一晚，他也涌现出了同样的感慨。这世上，竟有比人体结构更复杂的东西。

眼前一条吊着煤油灯的小船漂过来。这种小蚱蜢船往来于上海与苏州之间，运货、载客两不耽误，随停随走。孙希一点也不想回医院，便喊船家靠过来。艄公问先生去哪里。孙希只说随意，然后斜靠在船尾点起一支烟来。

艄公大概见惯了这样的冒失鬼，也不多问，顾自划了起来。小船犹犹豫豫地在水面上转了几圈，时而东折，时而西返，两缕涟漪在黑暗中交错飘忽。

就在孙希不知漂向何处之时，方三响已经返回了医院。他停好驴车，正准备回宿舍去休息，却见到杜阿毛从廊下笑嘻嘻钻出来。

自从鼠疫事件之后，方三响和青帮的关系越发紧密。刘福彪多次暗示他来烧香，允诺代师收徒，平辈排字。方三响对此毫无兴趣，不过看在陈其美的面子上，去闸北出诊的次数多了起来。

"拜托方医生你一件事，我们最近要搞一批药品。"杜阿毛压低声音，递过一张清单来。

方三响借着廊下电气灯光扫了一眼，瞳孔不由得一缩。清单上写着不少西药名称，里面居然连肾素都有。

"你们这是……要去抢谁的地盘？"方三响抬起头问。

肾素是最近流行于欧洲的新发明物，能让人升压升心率，配合奴佛卡因可以延长麻醉效果，不过很多人都拿这东西当兴奋剂用。青帮突然要这些药品，怕不是要有一场大规模械斗。

"是刘老大要的嘛，我哪懂这个，只是跑跑腿。"杜阿毛却不直接回答。

无论华洋药商，要进口这张清单里的药物，都要受到租界卫生处的严厉管控。只有红会总医院是慈善团体，可以直接从香港宝成药厂订购，海关有免检通道。

方三响连连摇头："这不成，这不成。红会是中立机构，怎么能跟青帮一起做走私药品的勾当？"杜阿毛显然早预料到他的反应，嘻嘻一笑："其实呢，这不是刘老大的意思，是陈先生拜托的。"

陈其美？方三响的态度立刻变了。

陈要见的血，肯定不是黑帮斗殴那么简单。联想到眼下时局，方三响心里隐隐有了一个猜想，一个让他无法拒绝的猜想。

"可是，进药都归曹主任管，我只是个实习医师。"方三响为难。

杜阿毛喜道："其实这些药品，就在外洋一艘挂洋旗的火轮上。方医生，你只要陪着货去海关走一遭便好。"方三响这才明白，陈其美想借用的，只是他红会总医院医师的身份。有他陪同，这批货便能从海关的免检通道运进去。

毫无疑问，这件事严重违反了医院条例，也违反了工部局的规定，更触犯了《大清律》，但方三响仍是毫不犹豫地答应下来。

杜阿毛与其商定好细节，便悄悄离开了。方三响返回宿舍，直接上床睡了。平时他脑袋一沾枕头，立刻就能睡着，这一次却辗转反侧，无法安眠。连方三响自己都没觉察，他此时的脉搏与心跳不受控制地变快，浑如一年前在派克路躲避巡捕时的兴奋。

到了次日，方三响早早去院务室请假。曹主任批得不太爽快，因为孙希居然缺勤。方三响只当那小子与女朋友幽会未归，心中一笑，也不说破，径直离了医院，直奔外滩码头。

杜阿毛早等在那里，引他登上一条单桅小船，扬帆朝着长江口开去。今天有稀薄的阴云蒙住天空，透下的阳光失却了锐气，在水面漫射成一片片起伏的碎光，教人有些昏昏欲睡。

三个小时之后，远远可以望见一艘悬挂着比利时国旗的火轮船，正在洋面垂锚静候。方三响登上船只，发现货舱里满满囤着几十吨货物，都是沪上各大医院与药局订购的药品。

隐藏一片树叶最好的办法，就是藏在树林里。这么一大批药品一起清关，浑水摸鱼方便多了。青帮……不，同盟会的能量果然不小。

陈其美本人没有露面，他现在还是清廷的通缉要犯。不过船上有几个押运的同盟会会员，年纪都不大，皮肤黝黑，态度礼貌而冷淡。方三响暗自猜测，他们大概是南洋华侨出身。这年头，越是在国外的人反而越爱国。

接上人之后，轮船鸣了一声汽笛，却迟迟没有收锚开动。方三响问过之后才晓得，原来黄浦江的航道一直淤塞严重，这种远洋海轮须等到午后一点涨潮，才能通航入港。

他看看时间还早，便在甲板上找个阴凉坐下，拿出路上随手买的《江南商务报》。这一读不要紧，惊得他差点没坐稳掉入江中。

它的今日头条，赫然刊出一篇冯煦的到沪访谈。在访谈开头，记者发问说武昌叛乱声势益大，全国瞩目，为何红会却迟迟没有动静。冯煦只字不提京沪之争，表示红会最近正在清理账册，"一俟善款清畅明白，更无疑惑，即刻赴汉救难"云云。

以方三响的粗疏，仍能读出访谈里那一股浓浓的皮里阳秋味道：为什么红会迟迟不去武昌救援？因为善款还不"清畅明白"。为什么善款不"明白"？因为我们在清理账册时发现问题。再往深了想，账册是谁管的？自然是沈敦和、施则敬等一干沪会骨干。

要知道，《江南商务报》乃是江南商务沪局所办的官报，在上海华商圈里颇具影响力。而红会的主要进项即来自沪上华商捐输。冯煦这一手釜底抽薪，等于切断了沪会的粮道。总算他话里留了三分余地，只等着沈敦和自请归降。

方三响喟叹一声。昨天张竹君公开叫板，今日冯煦又来逼宫，若不是这两人政治立场相左，方三响简直疑心他俩是不是提前商量好的。

无论如何，沈会董这一次可是被逼到墙角了。不派救援队去武昌，沪上舆论汹汹，红会盛名可能毁于一旦；派救援队去武昌，京城一定趁机收权——无论怎么做，都是死路。

方三响自十几岁以后，一直待在红会，耳濡目染都是沈敦和的教导。沈会长可以说是他心中除了魏伯诗德之外最敬重的长辈。眼看风云变幻如斯，方三响暗暗在心里打定主意，等这批药品送到革命党手里，便去向陈其美讨个人情，请张校长缓缓手。

他正琢磨着如何说项，忽然耳畔又一声汽笛声响，前方快到外滩码头了。方三响忧心忡忡地折起报纸，与几个同盟会会员一起做通关前的准备。

半个小时之后，这艘大船稳稳地停在了卸货泊位。沉重的舱门被缓缓拽开之后，半裸着身体的苦力们鱼贯而入，把货箱一个个扛出船舱，运过栈桥。而海关官员就站在栈桥旁边，与货主一同清点。

方三响不擅扯谎，不过他的身份不是假的，讲起清单上的药品名称时更是一口流利德文。于是海关一点疑心也没起，很快就把这批药品清关了。

几个人心中暗暗松了一口气，正要离开，海关官员用铅笔头敲了敲表夹，用疑惑的口气问道："咦，你们红会订的药品有两批呀，干吗不一并报关？"

方三响一怔："两批？"

"对呀，两批。"海关官员的语气很肯定。

方三响旋即想起来，这条船本来就是走沪港线的，应该也有一批真正红会订购的药品，李逵和李鬼居然是同舱而至。凄厉的警报声，陡然在方三响的脑海中响起。

不好，既然有红会订购的药品，那意味着……红会总医院的人随时也可能来码头提货！万一撞见可就露馅了。

俗话说，好的不灵坏的灵。方三响只是动动念头，视野里便突然跳出一个熟悉的身影。这身影正试图绕开一队散发着汗臭的扛包苦力，榔槺的身材颇为狼狈——不是曹主任是谁？

方三响一瞬间觉得口干舌燥，心跳加速，吓得根本说不出来话。杜阿毛见势不妙，急忙把他推去一旁，笑着对海关官员解释说："红会下辖的医院可多咧，除了总医院，还有天通庵镇的中国公立医院、天津路的时疫医院、十六铺马路的南市医院等。各家都是自行订购，各报各的。"

他一口气报出好几家医院，海关官员无奈地耸耸肩，签字之后径直走了。方三响一刻也不敢多待，跟杜阿毛打过招呼，匆匆从另外一个方向离开码头。

今天他出门大概是没看皇历，才走出去没几步，迎头便被另外一位熟人撞见。

"史蒂文森？"

方三响躲闪不及，只得在那一对牛眼的注视下，硬着头皮走过去。

史蒂文森看着方三响，唇边微微勾起一条弧度。他去年追查陈其美功亏一篑，一直对此耿耿于怀。苏格兰人独有的倔强，让史蒂文森对青帮保持着高度关注。这一次，他接到一个三光码子的消息，说青帮似乎在码头上有一批违禁货物，便立刻赶来查探，没想到会再次见到这个狡猾的中国医生。

上一次让你逃掉了，这一次可不会那么幸运了。史蒂文森想。

"方医生，你不去看诊，跑来码头做什么？"史蒂文森眯起眼睛问。方三响反问道："法律没规定不许来吧？"

这种无意义的嘴硬，在史蒂文森听来无异于自招。他扫了眼同样陷入惊恐的杜阿毛，又看看他们身后那堆印着红十字标识的货箱，突然脸色一板："现在巡捕房怀疑你们走私违禁物品，需要开箱清验。"

方三响和杜阿毛霎时不知所措，史蒂文森知道自己咬到大鱼了。他得意扬扬地拨开两人，在那堆货箱里随便选了一箱，从腰间抽出警棍敲了敲："打开！"

杜阿毛跳起来喊道："这是红会订购的慈善免检货物！你无权检查！"史蒂文森咧开嘴笑了："红会利用免检通道走私军火，这可真是个天大的丑闻。"

"军火？"

杜阿毛与方三响同时一怔。两个安南人趁机拿起撬棍上前，粗暴地撬开箱盖。可出乎史蒂文森意料的是，木箱里填满了白花花的棉花，棉花之间码着一个个方盒，每个方盒都是两英尺 ① 宽、三英尺高，合口处是一圈灰白色的锡封。

史蒂文森有些发愣，他本以为青帮和去年一样，是从外洋偷运军火来租界。可这些方盒的尺寸，哪怕是拆散的枪械零件也放不进去。

"也许装的是炸弹。"

史蒂文森黑着脸下令继续拆。安南人扯开锡封，打开方盒，结果发现里面是一排排固定在纸板上的深棕色小玻璃瓶。史蒂文森不甘心地捏起一个小瓶子，来回观察，瓶外的德文标签上写着"肾素"和"施托尔茨"两个单词。

他不知肾素是什么东西，也没听过化学家施托尔茨的大名，但无论如何这也不可能是军火。

史蒂文森有些悻悻地放下小瓶子，又撬开另外一个木箱，还是一无所获。他咬了咬腮帮子，仍不肯放弃："这些也许是违禁药品，必须等卫生处的人过来查验。"

---

① 英尺：英美制长度单位，1 英尺合 0.3048 米。——编者注

"你刚才还说是走私军火呢，到底是不是，讲讲清楚哇！"杜阿毛嚷起来。史蒂文森的大鼻头微微有些发红，他挥动警棍，恶狠狠地嚷道："巡捕房有权扣押一切可疑物资。你们青帮经手的，就要彻查！"

"外滩码头上哪条船卸货，不是青帮弟子经手？你有本事，全去给查封了呀！"杜阿毛跳起脚来大叫。史蒂文森有心把这个小瘪三一棍砸倒，可他发现周围一些脚夫纷纷围了过来，个个袖子都卷着。

史蒂文森倒不怕青帮，可最近中国时局有点乱，工部局反复强调一定要维持租界平稳。倘若外滩这里惹起骚乱又没个正当理由，只怕巡捕房那边也不好交代。可羞刀难入鞘，史蒂文森总不能在这些中国人面前示弱。于是他把视线移向方三响：

"这真是你们红会订购的药品？"

方三响不擅扯谎，被这么明确地逼问一句，神情显出些许不自然。史蒂文森双眼锐光一闪，立刻觉察有异。他正欲穷追猛打，却不防旁边有人打断了节奏。

"这位长官，听说您找我？"

史蒂文森侧头一看，一个礼帽胖子讨好地站在旁边，两只眼睛笑得像只正午的橘猫。不待他发问，这胖子主动递来名片："鄙人曹渡，忝为红会总医院院务主任，随时为您效劳。"

方三响气息微微一窒，曹主任怎么跑过来了？他转头一看，旁边还站着刚才那位海关官员。想必是这边的争端惊动了海关，正好曹主任也在提货，便把他叫来处理"红会"事务。

史蒂文森气势汹汹地问道："你们红会是不是订了一批药品，今天来提货？"曹主任知道他是巡捕房探长，搓着手赔笑道："正是，正是。"史蒂文森冷哼一声，又问道："你们这些药品入关，可有合法凭据？"曹主任道："都有，都有。"他是个精细人，专门有一个牛皮包放各种手续文件，当即一张张拿出来给史蒂文森看。

其实这两人说的，根本是两批药品。哪知道错卯对上榫头，居然聊得有来有往，都没觉出不对劲。只苦了方三响和杜阿毛两个人，站在一旁心惊胆战，唯恐哪句不对泄了底。

史蒂文森在手续文件上挑不出毛病，一瞪方三响："他也是你们红会的医生？"曹主任连连作揖："只是个不成器的内科实习医生，让您见笑。"反身踮起脚，把方三响的脑袋往下按："去给探长大人道歉！快！肯定是你做错了什么！"

这边态度一跪到底，史蒂文森反而头疼起来，只觉这个胖子态度油滑，比方三响难对付多了。无奈之下，他又指了指杜阿毛："你们红会的药品既然是合法进口，为何还要让青帮插手？"

曹主任比画着肥胖的手指，分辩道："码头脚行一向是青帮打理，不找他们，别人也不敢接呀！您可不知道，这些赤佬手段狠得紧，谁敢抢活，分分钟沉去黄浦江。"

话说到这份上，史蒂文森就算疑窦未消，可也没法盘问了。去年鼠疫之后，红会被工部局视为值得合作的对象，这种无凭无据的指控很难得到上级支持。他悻悻地把警棍收了，圆盔一拉，带着安南人离开码头。

方三响一口气还没松下来，曹主任已劈头盖脸骂起来："你难道嫌医院薪水少，跑来扛包做苦力？还惹来巡捕房的人！"

方三响早习惯了，一边挨着骂，一边给杜阿毛使了个眼色。杜阿毛心领神会，连忙回身指挥青帮兄弟，把那批药品迅速装车走人。曹主任立刻注意到这个小细节，旋即恍然："啊哟，你来码头是帮着青帮搞事情！要死了！医院早晚有一天被你拖累！"

他一气骂了五六分钟，直到口干舌燥才闭口，命令方三响去帮忙装车，一来以示惩戒，二来可以省掉一个扛工的工钱。方三响老老实实去搬运货箱，心里却长舒一口气。

这边厢真正红会的货物正在装车，那边厢青帮的马车已满载着药品离开外滩。押车的杜阿毛斜跨在货堆上，哼起了小曲儿。他可没留意，大车一离开码头，便被史蒂文森豢养的三光码子给缀上了。

原来史蒂文森疑心未去，临走前埋伏了一个眼线在大门旁。如果这批货物与青帮有关，那么只要紧盯着杜阿毛，一定会有线索。

马车一路飞驰，很快便来到了南市上海医院，顺着大车道拐进去。那学校规模不大，门口挂着一块白底黑字的牌子"上海女医学校"——这便是女子中西医学院新改的名字。

那尾随而来的三光码子观望片刻，立刻回报给史蒂文森。史蒂文森一听，立刻来了兴致。

去年他在派克路上抓陈其美功亏一篑。事后史蒂文森分析复盘，认为最有嫌疑的人，正是上海女医学校的校长张竹君。这个女人不仅给陈其美提供藏身之处，通风报信，之前还涉嫌包探沃伦之死一事，可见与青帮关系匪浅。

如今这辆装载药品的青帮马车没去红会，却一头扎进上海女医学校，恰好印证了史蒂文森的猜测。不过他并没有立刻行动。要突击搜查租界内的学校，非得拿到总探长的批准不可。

史蒂文森迅速起草了一份报告，亲自送去租界巡捕房。没过多久，总探长把他叫进办公室，脸色不是很好看。

"你知不知道这所学校的校董是李平书？"

史蒂文森点头。

"那你知不知道李平书也是上海自治公所的总董？"

史蒂文森起身争辩道："我只是申请针对张竹君进行调查，与李董事无涉。仅仅去年一年，这个女人就涉嫌一宗军火走私案、一宗包探失踪案和一宗协助危险分子潜逃案，可见与青帮、与革命党关系匪浅。现在我已找到确凿证据，有十足把握！"

总探长扬了扬手里的报告："你的证据，就是这一车送进上海女医学校的走私药品？"

"是的。我怀疑这批药品背后，牵扯到更大的阴谋，只要顺藤摸瓜……"

史蒂文森还没说完，总探长从桌子后头扔过一张报纸来："昨天这个张竹君刚刚宣布成立赤十字会，要去武昌进行慈善救援。她大量购入药品，很正常嘛，我没看出哪里可疑。"

"她说是支援武昌，可谁知道真正用在哪儿？这批药品是用红会名义走私进来的，手续不全，一查一个准。"

史蒂文森不明白总探长为何如此消极，这分明是一桩唾手可得的大案。总探长见他态度激烈，抬抬下巴，示意他坐回去。

"大卫，在上海滩做事，多了解一下政治没坏处。"总探长语重心长地教诲道，"现在各国公使关于武昌的叛乱有一个共识，即军事危机一定会演变成政治危机，而且很可能是全国性的政治危机。基于这个判断，工部局必须严守中立，维持上海安定。"

"政治的事我不懂，但这和抓人有什么关系？"

"张竹君现在搞赤十字会，是为了与官方红十字会对着干。你现在去查她，会让人误解工部局的政治倾向，破坏中立。"

"我去查张竹君，正是为了消弭隐患，更好地维持稳定！"

总探长摇摇头："如果是走私军火，我会毫不犹豫地批准你行动。可她只是走私了一批药品，这不足以说服工部局。"

"难道走私药品就不违法了吗？法律的公正呢？"

"巡捕房在租界的职责，什么时候是维护法律公正了？"总探长盯着他，唇边浮起一丝嘲讽，顺手端起了咖啡杯，示意送客。

这是他最喜欢的中国习俗，含蓄内敛，不失体面，可以省掉很多口水。

史蒂文森怒气冲冲地离开办公室，甚至连门都忘了带上。他现在肺部蓄积的愤懑，简直可以驱动一台蒸汽机车。两道灼热的气息从鼻孔里呼哧呼哧地喷出来，一对牛眼几乎要从眼眶里挤出来。

当年他从苏格兰场辞职，就是因为无法忍受那些愚蠢政客对查案指手画脚。没想到调到远东之后，旧事居然还会重演。

史蒂文森离开巡捕房，轻车熟路地走过两个路口，钻进弄堂里一间昏暗的羊肉铺子，一屁股坐在条凳上，用生硬的中文大喊："老板，一斤熟羊杂，面少些，烫一壶黄酒。"老板"哎"了一声，一边拿起菜刀笃笃切起来，一边吩咐小伙计拿起长柄木勺，从一个热气腾腾的杉木桶里舀出乳白色的老汤。

中国的饮食，史蒂文森样样吃不惯，唯独这家藏书羊肉铺的熟羊杂合他胃口。馆子里用的是山羊肉，只用盐调味，炖出来的杂碎味道让他想起家乡的哈吉斯。那是一种伦敦老爷们看不上的美味，需要把羊肺、羊心、羊肝搅碎了放入羊胃，混着洋葱与胡椒煮熟了再切开吃，再配点苏格兰威士忌，简直要上天堂。

可惜这里威士忌很少，只能勉强用黄酒代替。史蒂文森带着怨气大嚼羊杂，一会儿工夫酒壶便见了底。酒精在这个苏格兰人体内同时产生了两种功效。

首先它带来了勇气，史蒂文森喝得浑身发热，突然在铺子里大吼道："让那些该死的政客们见鬼去吧，哪怕是为了小沃伦，我也一定要追查到底。"它同时还赐予这位探长古老的东方智慧，他从怀里掏出曹渡的名片，一个绝妙的想法在脑海中生出。

总探长虽是头怯懦的蠢驴，但他至少有一句话没说错：在上海滩做事，多了解一下政治没坏处。

孙希整了整衣领，深深吸了一口气，举步迈进总医院的大门。

那晚他上了蚱蜢船以后，由着船家随意乱漂，一觉醒来，发现小船竟开到了嘉定。他索性下了船，在当地胡乱逛了一阵，无意在吴兴寺里见到个观音灵签的摊。孙希原本对这些不屑一顾，这一次却莫名动了心思。

结果他求到一支中平签，签文有云："衣冠重整旧家风，道是无穷却有功。扫却当途荆棘刺，三人约议再和同。"孙希看得一头雾水，花了十个角洋请和尚解签。和尚摇头晃脑地回答说："不用辨疑，自有佳期，若问前程，异路可遇。衣冠重整之象，凡事先难后易也；无穷而有功，仕途自可青云矣！"

孙希顿觉醍醐灌顶。"若问前程，异路可遇"——这异路，不就是指出国吗？"衣冠重整"，不就是脱去马褂换上西装吗？"凡事先难后易"，指的是先在红会总医院过了两年苦日子，"无穷而有功"，自然是以后在伦敦行医大为顺遂。

"衣冠重整旧家风，道是无穷却有功"，原来是这么回事！

听了这两句解签语，孙希心中愁云一扫而空，当即买了一张船票返回上海。既然天意如此，他决心一回去就把辞职提了，回到魂牵梦萦的伦敦，远离这一切纷扰。

他仔细盘算了一下，临行前请三响和英子去番菜馆吃一顿大餐；沈会董两袖清风，可以请德彝老写一幅字送给他，屎窟曹若是不骂人，也可以送一幅；唯独峨利生医生有点棘手，毕竟这位老师一心要培养出一个本土医生，知道这消息不免会失望。不过伦敦距离哥本哈根不远，明年峨利生医生回国以后，师徒俩反而更容易相见。

孙希一边琢磨着，一边走进医院大堂。他突然疑惑地抬起头，嗅了嗅，感觉空气中除了熟悉的石炭酸味道，还多了点别的东西。可他环顾四周，医院里明明和平常一样啊！

忽然走廊尽头闪过一个熟人，居然是农跃鳞。自从皖北事之后，他们跟这位记者算是认识了，只可惜他终日在外头跑，一年多来竟没聚过几次，反倒是在报纸上时常见到他的名字。

农跃鳞一见到孙希便主动过来打招呼，表示他此来是看静脉曲张的老毛病，不是来打探新闻的。孙希与他寒暄几句，农跃鳞突然感叹道："贵院这时候居然还坐得住，也真是令人钦佩。"

"嗯？怎么了？"孙希觉得他话里有话。

农跃鳞叹道："你纵然对政治没兴趣，本院的事总要关心一下吧？"

原来这几日先有张竹君檄文挑衅，后有冯煦专访暗讽，直接把红会推上了舆论的风口浪尖，热度仅次于武昌战事。各大报章纷纷追问三个问题：红会医院是否有经济问题？是否会派队前往武昌？救援方针到底是一体救助还是只援官军？

至于各种小道消息，更是四处流传。有说沈已被朝廷罢免，正在调查贪黩之事；有说红会尸位素餐，行将裁撤；有的甚至说沈、施两人已携巨款潜逃国外，留在沪上的乃是替身云云。

尤其到了十月十九日，张竹君的赤十字会在南市上海医院正式成立，到处招兵买马，劝募筹款，使得这股质疑风潮达到巅峰。可身处风暴眼中的沈敦和始终不置一词，这种态度颇为诡异。农跃鳞这才有此感慨。

孙希没料到自己离开上海不过两天，舆情已发酵到了这地步。他心里有鬼，只得敷衍道："沈会董的人品绝无瑕疵，我们医院同人深为信赖。"

"哎呀，你就不要打这个官腔了。"农跃鳞压低声音，"我可是听说，红会之所以会被质疑有经济问题，正因为沈会董身边出了个内奸，就是他偷抄账册去卖给有心人，才有后面这一大出。"

孙希的心跳，顿时停了一拍。

农跃鳞朝远处瞥了一眼："哎，都惊动租界巡捕房的人了，正跟你们院务曹主任开会呢。"他见孙希面色变幻不定，拍拍其肩膀道："我与红会在皖北有善缘，但倘若真有此事，我也只能直笔发论，希望你不要见怪。"

孙希哪里还有心思管这个，跌跌撞撞走到院务办公室门前，正看到史蒂文森扣上圆盔，得意扬扬地从里面出来。曹主任跟在身后脸色铁青，好似吃了半斤砒霜。

曹主任把史蒂文森送走，返回时看到孙希正等在那儿，眉头一皱："你这两天跑哪儿去了？"孙希勉强抑住惊慌："我有点私事去了趟嘉定。"曹主任不悦道："不请假擅自离岗，按规定要扣一个月薪水。"

孙希忙不迭地认错，然后小心翼翼试探："那位探长跑来咱们医院干吗？"一提这个，曹主任的脸颊一阵颤动："嘻！搞不好了！院里竟然出了个偷账册的内奸！"

"谁呀？"

"你的好兄弟，方三响！"

"啊？"孙希一霎时如遭雷击，僵在原地。

曹主任气得真不轻："那天我去码头接药品，正撞见方三响。我本以为他只是私自出诊，骂一顿也就算了。结果史蒂文森探长今天上门，我才晓得，他竟打着红会的旗号帮青帮搞药！我早看这小瘪三不对劲，天天脑袋钻铜钿里，跟一群混混搞七捻三，哪里学得好？"

孙希连忙问："这和偷账册有什么关系？"

曹主任声音陡然拔高："人家探长说了，那批药品直接送去上海女医学校，这还不够明白吗？去年闹鼠疫时，方三响就因为帮混混出头被抓去牢房，又是张竹君保他出来的，可见这几拨人早有勾结！"

这些事孙希都知道，被曹主任这么一说却变了味道。

"这次姚董事说内部有奸细，我还不信。史蒂文森探长讲了港口的事，这才真相大白。必是方三响得了授意，谎称加班来我这里偷抄账册。他给张竹君又是送药，又是送账本，真当我是傻瓜！"

误会，完全误会了！

孙希在心里呐喊，声带却似乎被注射了麻醉剂。他实在没想到，曹主任会阴错阳差，把这些不相干的事串到一起。老方冤不冤枉，他最清楚不过，可这该怎么解释呢……曹主任见孙希神色有异，遂严厉警告说"你不要通风报信"，然后把他撵出了办公室。

他失魂落魄地走出总医院，回到隔壁宿舍，一进屋便看到枕头旁边搁着一个信封。里头是一张太古轮船的二等船票，上海至伦敦，十月二十五日出发。

这是孙希返沪之后订的，没想到太古公司效率这么高，短短几个小时便把船票送来了。他捏着票子，不安感愈加强烈。

这是多么美妙的诱惑，只要拿起船票前往码头，便可以去追求梦寐以求的真正人生。中国的一切因果，与自己再无相干，多美好哇。

"衣冠重整旧家风，道是无穷却有功。扫却当途荆棘刺，三人约议再和同。"吴兴寺的签文再度浮现在孙希的脑海，文字盘旋，怎么都摆脱不掉。他把船票揣在口袋里，自己往床上一摔，脸深深地埋进荞麦枕头里，仿佛这样就可以屏蔽所有的烦扰。

可惜这注定是个奢望。

不知过了多久，一阵急切的敲门声传来。孙希起身开门，却是姚英子气急败坏地站在门口。

"孙希你还在睡?! 发生什么事你知道吗？"姚英子的声音嘶哑，一张圆脸满是焦虑。孙希不知道该如何反应，只得含糊地支吾两声。

姚英子一拽他胳膊："我爹和施伯伯都来了，他们把蒲公英扣在会议室里，还叫了道台衙门的苏推官！""啊？"孙希大惊。若是道台衙门介入，可就不是内部惩戒的问题了，难道医院已经下了决心要报官？

"谁……谁让他做出那样的事！"姚英子快要哭出声来，要说方三响是个贼，她是绝不相信的，可证据全摆在那儿，她心神慌乱，只好来找孙希。

平时巧舌如簧的孙希，此时连宽慰的话都不敢说，只得和姚英子一起朝会议室跑去。会议室门口已站满了看热闹的人，议论纷纷。方三响平时在院里人缘不错，这次居然搞出了这么大的丑闻，所有人意外之余不免有些愤愤。严之榭就一直摇头叹息，说老方平时古板得紧，怎么暗地里会做这么龌龊的事。

姚英子走过去怒道："严之榭，你不要背地里嚼舌头，三响不是那种人。"严之榭连忙打躬赔笑："姚小姐，这可不是我说的，是里面几位大人在议论呢。"

他往里一瞟，只见会议室内，施则敬、姚永庚、曹主任及来自道台衙门的苏推官环绕而坐，而史蒂文森也列席旁边，抱臂一脸得意。方三响站在他们面前，双臂垂下，拳头却紧紧握住，脖侧的大动脉隆起如蚯蚓，可见血压之高。

姚永庚见女儿也来到二楼，严厉地瞪了她一眼，示意不得吵闹。施则敬也看了一眼孙希，轻轻摇了一下头。两人一见这架势，心中俱是一沉。这两位态度严厉，只怕凶多吉少。

苏推官掏出怀表看了看："沈会董赶过来还得一段时间，咱们先开始吧。"曹主任连连点头，苏推官清了清嗓子，戴上眼镜对方三响道："去年你在劳勃生路，是否因为袒护青帮，殴打防疫官员，被抓去了租界巡捕房？"

"是。"

"你被姚会董保释出来之后，很快又被史蒂文森探长在法租界提审，罪名是涉及乱党偷运军火、杀害英探，可有此事？"

方三响回答："是的，但很快他就把我放走了。"

"不是无罪开释，是有人作保。"史蒂文森补充了一句。

苏推官冲史蒂文森谄媚一笑，示意听到，又转向方三响："保你的人，是不是张竹君？"

"是。"

苏推官点点头，在纸上记下一笔："昨天你是不是用红会名义，去帮刘福彪走私一批药品入境？"方三响犹豫了一下，点了点头。这个坦白引得围观的人一阵骚动。曹主任见他亲口承认，气得火冒三丈，破口大骂起来。

苏推官拍拍桌子，让周围安静，又道："根据史蒂文森探长的证词，这批药品后来被运进上海女医学校，可有此事？"

方三响摇头："我在码头办完事，直接跟曹主任回医院了，药品运去哪里并不知道。"苏推官低头做着记录，曹主任一拍桌子冷笑："你药都帮她运了，会不知道她拿去做什么勾当？是不是拿去给乱党啦？"

方三响对这批药品的用途有猜测，可若现场讲出来，陈其美的大事只怕要暴露。于是他紧抿嘴唇，一言不发。可在旁人看来，这便是做贼心虚了。

苏推官继续问道："那么你窃取红会医院账册给张竹君，用于诽谤红会名誉，也是确有其事喽？"方三响眉头一皱，大声道："走私药物我承认，可我没偷过什么账册！"

莫说台上几位，就是外面围观的人也忍不了了。事到如今，岂不是秃子头上的跳蚤，还有什么可狡辩的？不知是谁开的头，在人群里掀起一阵怒骂，铺天盖地砸在方三响头上。

史蒂文森坐在一旁，得意地捏起小胡子来。巡捕房管得着他，可管不着苏松太道衙门。他把这事捅到华界，让官府出手拘捕方三响，再顺藤摸瓜，细细询问张竹君的勾当——这也算是"以华制华"的一个小小应用。

苏推官再一次拍了下桌子，一推眼镜："方三响，我可要提醒你，红会医院乃是大清红十字会下辖，属于朝廷衙署。你作为该院医员，罪加一等——若证实了勾结乱党，可是要杀头的。"

是言一出，姚英子脑袋"嗡"的一声，感觉周边的氧气被瞬间抽空。她慌得六神无主，下意识地去抓孙希胳膊："怎么办？你快想想办法呀！"可她手指一拢，发现抓空了。旁边空无一人，孙希竟不知何时不见了。

就在同时，前方传来嘈杂声与尖叫声。原来方三响压不住火气，揪住那苏推官的衣襟要打，却被史蒂文森眼疾手快拦住，顺势上了副手铐。

姚英子慌乱之中，又抓住了严之榭："孙希呢？他在哪里？"严之榭猛然被她握住手，脸色腾地变红，结结巴巴说看见他刚刚离开，也没说去哪儿。

"啊？"姚英子呆住了，一瞬间感觉失去了全部的重心。

此时的孙希正拎着一个皮箱，逃跑似的走在徐家汇路上。那张贴在胸口的船票如烙铁一样，简直要把皮肤烫煳。

他刚才只是远远望见方三响雄厚的背影，便不敢继续旁听了，担心再多待一秒钟，自己便会因浓烈的歉疚感窒息而死。孙希失魂落魄地逃回宿舍，胡乱拣了几件衣物，决心早点去码头登船，将上海的一切抛诸脑后。

在路上，孙希甚至还自欺欺人地盘算起来："等到了伦敦，我得写一封信回国说出所有的真相，老方顶多吃一个月苦头罢了。没关系，等我到伦敦交完学费和房租，剩下多少钱，我全汇回来给他做补偿。"

正想间，忽然耳畔响起雄浑的钟声，孙希抬头一看，原来是静安寺里的晚钟响起。

这座寺庙就在徐家汇路北端，号称千年古刹，不过眼下的建筑是光绪七年（一八八一年）才重修完成的。寺前有一条英国人修的有轨电车道，可以直达外滩。孙希查了一下时刻表，下一班电车还有半个小时才来。他突然冒出一个古怪的念头：

要不……我再去静安寺里求一个签？看看我抛下老方对不对。

说来讽刺，人越是彷徨，往往越是迷信，他们会天真地寄希望于某种天启降临，将自己的抉择正当化。

此时正值晚课时分，香客有些稀疏。孙希先在大殿拜了拜佛，然后转到殿角求签处，待得小沙弥转身去取签筒的一瞬间，孙希蓦然想起一件悬案：

方三响每逢发薪日，就会去静安寺一趟，却从来不说去干吗。英子猜是给寺里做工，孙希猜是借钱给和尚放印子钱，莫衷一是。不过两人一致认为，就蒲公英那小气劲，肯定不是个会供养三宝的虔诚居士。

想到这里，他鬼使神差地随口问了小沙弥一句，可认识一位叫方三响的施主。小沙弥一听这名字，"哦"了一声，随手一指："你去问老张吧，他熟。"

顺着手指，孙希看到一个身材佝偻的老头正在殿外扫地，看头发和衣服只是个俗家杂役，一开口是浓浓的关东口音。

孙希自称是方医生的同事，跟他攀谈，才发现原来老张竟也是盖平县沟窝村的村民。老张还一扯裤脚管，露出一道触目惊心的长条疤痕："你瞅瞅，这就是那天在老青山让枪子儿给打的，不知是毛子还是小鬼子的枪。"

孙希知道那次惨案彻底改变了方三响的命运，原来这个老张也是亲历者。他一阵释然："方医生每个月来静安寺，原来是找老乡叙旧？"老张咳了一声，说不是不是。孙希看看时间还早，掏出一根烟，又划了根火柴，请他详细说说。老张点起烟卷，贪婪地吸了几口，话匣子立刻打开了：

"这事吧，还得从老青山说起。那年方老村长说带着我们发财，把全村人都拉去老青山，谁承想中了埋伏，村里人几乎都死完了。还是那个叫吴尚德的医生出去报信，叫来红十字会的人，才算把没死的几个救出去。最后拢共也就活了十来个人，还都落下残疾。沟窝村里更惨，只剩下几个老人和小娃娃，好好一个村子，算是彻底完犊子了。"老张抬起袖子，擦了擦眼角。

孙希点点头，这与方三响讲的并无二致。

"我们一群残废抱头痛哭，不知道以后该咋整。这时候三响站出来一拍胸脯，说他爹是村长，临终前叮嘱他得尽方家的本分。这孩子真仁义，他那会儿才是个半大小子，就在营口港的医院里跑前跑后，挣那点钱全给我们治病用了，自己连口粥都舍不得喝。后来打完仗了，那个魏伯诗德的传教士问他是愿意跟着传教还是去学医，三响挑了学医，我们都知道为什么，学医能挣着钱哪。"

孙希的双手猛然捏住了老张的双肩："你……你是说，他每个月都汇钱到关东？"

老张吓了一跳："是呀，沟窝村剩下的那点老弱病残，啥营生也干不了，只靠他每个月汇的钱活着。我不伤残最轻嘛，心疼这孩子一个人独扛，便来上海在静安寺找了份杂役，替他每个月跑汇寄。你知道，汇钱是个麻烦事，走官邮还是走民信局，还是托轮船夹带，忒费精力。他每月把钱送到我这儿，我再汇去牛庄，能帮他省点事。"

老张没注意孙希的脸色变化，不住感叹："你要说我们恨不恨方老村长，肯定恨，好端端一个村子没了。可这些年三响这孩子吃了多少苦，就为替他爹尽本分，也算仁至义尽。再回过头想，方老村长其实也是好心，我们心里头哇，早原谅他们父子了。要怪，都得怪那个叫觉然的秃驴。"

老张最后一句声音稍微大了点，引得路过的和尚一阵侧目。不过孙希根本没在意，他怔在原地，被自己内心的波澜晃得头晕目眩。

原来……原来老方玩命似的打工赚钱，不是因为什么小气，而是因为他要养活整整一个村子的幸存者，要替父亲赎罪。霎时间，一幕幕景象浮现在孙希的脑海里：赶驴套车的方三响、收拾条凳的方三响、在食堂咸菜就米饭的方三响、一枚枚数着角洋的方三响。

一股莫名的战栗从他的脚后跟缓缓升起，顺着脊背向上攀爬。恰在这时，小沙弥走过来，把摇出的签子递给孙希。签文一映入孙希的眼帘，就像一根镁条丢入清水，在瞳孔里爆出两团亮光。

"衣冠重整旧家风，道是无穷却有功。扫却当途荆棘刺，三人约议再和同。"

竟和吴兴寺是同样一支签，可这一次，孙希的视线牢牢地被后面两句吸引。

"扫却当途荆棘刺，三人约议再和同，扫却当途荆棘刺，三人约议再和同。"极轻微的念诵声从孙希的唇间流出，右手紧紧抓住胸口，似乎那里正蕴藏着极大的痛苦。

老张和小沙弥有点惊慌，这人莫不是心疾犯了？可很快惊慌变成了愕然，他们眼睁睁看着那人从胸前口袋里拿出一张硬纸头，随手扯碎，向半空一扬，然后转身跑出了静安寺。

"你给他看什么了？"小沙弥和老张面面相觑。

此时已近傍晚，在总医院的大门前，方三响被两个衙役推搡着走出来，门口一辆槛车已经备好。姚英子想要跟过去，却被自己的父亲紧紧按住肩膀，只能站在廊下不知所措。

正在方三响被推上车的同时，一个影子越过花坛的希波克拉底雕像，直直冲着他而去。两个衙役下意识地要抬枪阻拦，幸亏曹主任反应最快，小眼一眯便认清了来人，厉声大喝："孙希，你做什么？劫法场啊？"

"偷账册的人不是他，是我！"孙希大声叫道，挡住了方三响。

第十章
一九一一年十月（二）

孙希正在用冰块敷脸上的一块瘀青。

一个小时之前，他的突然坦白让所有人都陷入混乱。

医院董事们蒙的是，偷账册的居然是前途大好的孙希，而且还是得自冯煦的授意，这就复杂了。苏推官蒙的是，明明审的是勾结乱党，现在怎么牵扯到朝中大员？史蒂文森蒙的是，他原指望抓出方三响去查查青帮，怎么又节外生枝冒出一个孙希？至于姚英子，在两人面前左右为难，不知所措。

只有方三响做出了最为直接的反应。

衙役一松手，方三响便毫不犹豫地冲到孙希面前，结结实实对着他的面颊捣了一拳。孙希没敢躲，整个人生受了这一拳，被砸得一个趔趄。方三响还要追打，却被曹主任和严之榭合力抱住。

所幸这时沈敦和及时出现，先哄走了莫名其妙的苏推官和史蒂文森，然后召集所有董事开会，让孙希去院长办公室等候。

这一等，就是一个小时。

孙希在昏暗中慢慢用冰块蹭着脸颊，感觉又是轻松，又是有些隐隐的刺痛。他知道由于这次坦白，恐怕自己在红会的生涯算是彻底结束了，友情也是。

忽然门被推开，沈敦和走进来："咦，你怎么不开灯？"随即拉动灯绳，屋子里顿时变得明亮起来。

孙希略显畏怯地抬起头，看到一张疲惫的面孔。沈会董的眼下挂出两个醒目的浅灰眼袋，鱼尾胡有些凌乱枯槁——很显然，这段时间的内外交困，让这位会董实在心力交瘁。

孙希突然有些惭愧，这可真不是一个坦白的好时机。

这时沈敦和温言开口："冯公还是太见外了。他自己看入眼的子弟，写一封荐信过来，难道我会不重用吗？何必绕这么个圈子？"

"沈会董，我……"

沈敦和抬起手掌，向下压了压："冯公亦是红会官员，你把账册交给他，并未违反任何条例，董事们不会因为这个来惩罚你。你可以放心。"

这话让孙希压力更大："可我从一开始就骗了你们，辜负了您和施大人的信任。"沈敦和笑道："嗯，施子英是真气得够呛……不过你的来历，我从一开始就约略知道。"

"啊？"

"你一个北洋医学堂的高才生，既不去军中供职，也不自开诊所，偏要来名不见经传的红会总医院。我受宠若惊之余，自然也想探究一下为什么。"

孙希拍了拍脑袋，连叫愚蠢。其实上次张竹君也指出履历上的破绽，她都能看出来，沈敦和没理由不知道。沈敦和继续道："可当时红会医院草创，急需人才。你主动来投，正是求之不得的大好事，我又怎么会拒之门外——你可还记得你入院的第一天吗？"

孙希点点头，那也是他跟方三响、姚英子相识的第一天，三人合力救下重伤的刘福山，完成了第一台手术。

"从那件事我便能看出来，你是个好医生的苗子。事实证明，这两年你在总医院的表现相当突出，峨利生医生每次与我见面，总夸奖你是他的接班人。冯公和在初兄送来这么出色的人才，我又有什么好怨恨的呢？"

沈敦和语气越是诚恳，孙希越是羞愧。他哑着声音，把账册事件从头到尾讲了一遍，连冯煦留给他的荐信和对联都拿出来了，搁在桌上。沈敦和拿起来扫了一眼，拊掌叹道："你既然买了去伦敦的船票，为何又去而复返？"

"我是打算一走了之呀，可老方莫名其妙代我背起黑锅，我要是不坦白，除了对不住他，还要牵连好多人的性命，就算到了伦敦也一样身有屎，良心过不去。"

"嗯？好多人的性命？"沈敦和微微一讶，身子不由前倾。

孙希犹豫了一下，把方三响养活沟窝村幸存者的事也讲了出来，复又恳求道："沈会董，您知道就好了，老方他是个要面子的人，这事可别公开呀。"

沈敦和轻轻捋了几回鱼尾须，大为感慨："怪不得三响这孩子身兼数职，我本以为是曹主任有意为难他，原来……一诺千金，守誓不移，真是个有担当的义士呀，难得，难得！"他连敲了三下桌子，显然对此事十分激赏。

"所以说老方不可能是间谍，他那个人直肠直肚，第一天就得露馅——和我不一样。"孙希说到后来，声音沮丧起来。

沈敦和笑了笑，起身走到落地窗边，把手里的烟斗塞好烟草："你知道峨利生医生是怎么评价你的吗？他说，Thomas拥有优秀医生的一切素质，但只有两个缺点：顺从无从抵御的压力，回避无法解决的问题。"

孙希不得不承认，教授的评价和其手里的刀一样犀利而准确。自己的入职和自己的逃离，恰好是这两句话的完美诠释。这时沈敦和转回身来，双目灼灼：

"你还没发现吗？你这一次去而复返，已在无形中克服了那两个缺点，未来可期呀！"

孙希一阵苦笑，自己难道还有什么未来吗？沈敦和看出他的心思，正色道："孙希，你若想去伦敦，我个人可以为你补一张船票。但我希望你可以留下来，继续在红会总医院做医生。"

这个请求着实出乎孙希的意料："我一个偷账册的贼……"

沈敦和不以为然地拍拍他肩膀："那些账册并无不可示人之处，就算给冯公看了，也无妨。"孙希闻言，心中微微有了腹诽：那您干吗不给他看？让我枉做了两年间谍……

话未出口，沈敦和已经走回到窗边，远眺夜色："目下只怕有倾天之变，此时正该同舟共济，可没有时间浪费在这些无谓的小事上。医院多一个医生，我们便能多救一人。"语气中竟有一股挥之不去的疲惫、紧迫，以及愤懑。

孙希猜测沈会董说的"倾天之变"是指武昌叛乱，心中颇不以为然，觉得这是沈氏一贯的夸大其词。一场叛乱而已，红会何必如临大敌？

不料这念头刚起，便被沈敦和觉察到了："你对时局，似乎有些看法？"孙希想都没想，立刻回答："啊，不，不，没有。我对政治并不关心。"沈敦和笑了笑："我猜，你没读懂冯公给你的那副对联吧？"

孙希怔了一下，他国学底子很一般，确实不知道是什么意思。沈敦和展开那幅小字，用浓重的宁波腔先念了一遍："来日大难，对此茫茫百端集；英灵不昧，鉴兹蹇蹇匪躬愚。"啧啧赞道："好字，好字。"一番鉴赏之后，他方对孙希道："你可听过徐锡麟这个名字？"

孙希虽不关心政治，这个名字还是听过的。徐锡麟是个乱党，四年之前，他在安庆公然刺杀了安徽巡抚恩铭，是震惊中外的大案子。而且徐锡麟被处死之后，居然被挖出心肝，烹酒炒菜。当时孙希在北洋医学堂，还跟同学热议了一阵这野蛮的处刑方式。

沈敦和道："你可知道，接替恩铭担任安徽巡抚的，正是冯公。"

"啊？"孙希吓了一跳。

"其实早在光绪三十一年（一九〇五年），朝廷就废除了凌迟之刑。冯公接任之后，本打算对徐锡麟从宽处置。可两江总督端方坚决要求严惩，两人因此大起矛盾。可惜官大一级，最后还是端方亲自下令，让恩铭的亲兵虐杀了徐锡麟。"

事隔多年，孙希还是忍不住打了个寒噤。

"冯梦华目睹徐锡麟的惨状之后，大为痛惜，在安庆大观亭为他题写了一副挽联，就是你手里这一副了。"不待孙希发问，沈敦和自行解释起来，"来日大难，对此茫茫百端集——未来必有倾天之变，你已有坚定主义，从容慷慨赴死，我却百感交集、茫然无措；英灵不昧，鉴兹蹇蹇匪躬愚——你在天有灵，还望能谅解我的愚忠和无奈。"

孙希完全呆住了，这副对联竟蕴含着这么一层意思。他可没想到，冯煦居然对时局抱有这么个悲观矛盾的心思。

"正因为这副挽联犯了忌讳，端方大怒，借故撤掉了他的巡抚职务。要不然，冯公哪有余暇帮盛、吕二位大人奔走红会事务？你也不会到总医院来了。"

四年前的一桩案子，居然牵连到自己的命运，孙希忽然生出一种荒唐之感。

"我与冯公没有私怨，皆是公争。他愿意守成，我愿意开拓，都是个人选择而已。李中堂说过，'此三千余年一大变局也'。如冯公，如我，如你们，全都身处旋涡之中，每个人都得主动或被动地做出选择，没人能置身事外。

"北边总说我沈某人争权夺利，把持红会不放。其实若朝廷得力，我交权出去又如何？若朝廷不得力，我拢在手里又有何用？红会谁来做主，其实并不十分重要，关键在于能否发挥出功用，真正造福民众。"

沈敦和点到为止，顾自擎着烟斗，狠狠嘬了一口。一股淡蓝色的烟雾从烟斗缭绕而起，让他的脸庞变得有些模糊。

孙希沉默片刻，终于把字幅折好，扭捏道："峨利生医生明年合同期满，就要回丹麦了。我想拿到他的推荐信，再去伦敦。"这算是委婉表态愿意暂留下来，沈敦和大为高兴，在屋子里来回踱了几步，忽然低声道："对了，我这里有一桩机密事情，正好用得上你。"

他也不待孙希反应，顾自低声讲起来。孙希越听越是心惊，忍不住道："我刚刚出卖了你们，这种机密大事讲给我听合适吗？"

沈敦和哈哈笑道："当年李靖犯法将被问斩。唐高祖说了一句'使功不如使过'，叫他戴罪立功。此后李靖奋力杀敌，成了一代名将。今日我也对你'使过'一次，也算追蹑前贤。"

孙希还想多问几句，可沈敦和摆了摆手，示意他可以离开了。孙希见他不停捏掐鼻梁，确实是疲惫至极，只好乖乖离开。

门口曹主任早等在旁边，一见他出来，立刻谄媚地迎了上去——孙希居然是冯煦的人，曹主任这样灵敏的风向标，自然要释放一些善意。可惜孙希毫无心情，随口敷衍了几句，便把视线投到楼梯口一个熟悉的身影上。

孙希没想到姚英子在等自己，又赶紧看了看，确认姚永庚不在左近，这才松了口气。他正酝酿着怎么开口，姚英子已主动走过来，满面严霜。

"那天在我家喝咖啡，一说起内奸的事，你就开始讲英文。我那时就该注意到，你分明是做贼心虚！"

"哎，英子，你听我解释……"

姚英子冷笑："不知道孙先生能不能教我，英文的叛徒怎么说？无耻又怎么说？"孙希还是第一次见她这么激动，苦笑连连，伸手去扯她胳膊。姚英子手一甩，怒叱道："别碰我！你这个卑鄙小人！我等到现在，就为了当面告诉你这一句！"

她不待孙希再说什么，甩头噔噔跑下楼去。他一脸苦笑地站在原地，追都不敢追过去，心里一阵叹息。红会总医院的职位能留住，可与他们两个人的情谊，怕是就此终结。

姚英子不知孙希此时的苦楚，知道了也毫不关心。她离开总医院后，也不叫黄包车，只管闷头步行，仿佛不如此便难以发泄心中郁闷。

先是张校长与沈伯伯的公开对抗，接着是方三响被捕，最后又冒出一个孙希的背叛。层出不穷的烦心事，简直让英子喘不过气来。一想到自己前几天还在家里用心给那浑蛋煮南洋咖啡，她便忍不住一阵气苦，眼泪几乎都要掉下来。

"猪头三、烂污泥……"

她恨恨地念叨着，皮鞋嗒嗒地踏在硬实的沥青路上。这么闷着头走了十来分钟，姚英子忽然一抬头，发现眼前是一栋 U 字形三层小楼。这楼的样式颇怪，上面是中式歇山屋顶加蝴蝶瓦，墙身却是欧式的圆拱外廊，外面还设了一排漂亮的木制护栏。

"思颜堂?"

姚英子认出了所在,这乃是圣约翰大学里的一栋建筑。圣约翰大学距离徐家汇路并不算远,校园向来不设门禁。姚英子在总医院时,时常会跑来这里散步。刚才她心情激荡,便下意识地沿着平时最熟悉的路线走,就这么一口气走进了校园。

思颜堂的东侧是一个大会堂,西侧则是学生宿舍和图书馆。此时天色已晚,但一楼图书馆依旧人头攒动,灯火通明。看到这淳淳学风,姚英子烦躁的心情稍有缓和。她索性停下脚步,打算安静地待一会儿,不料视线刚刚延伸过去,便骤然一僵。

只见图书馆门口的铜铭牌前,此刻正立着一个修长的背影。

这背影的轮廓,在姚英子的脑海里曾被无数次地勾勒过。此时它就这么毫无征兆地、突兀地出现在眼前,那么清晰,那么真切。姚英子鼻子里似乎飘进了一丝碘酊味道,忍不住脱口喊道:"颜……颜医生?"

那人缓缓转过身来。

时隔七年之久,那张面孔上除了多了几丝风霜之外,并没有任何变化,依旧淡雅温和。姚英子浑身微微颤动着,胸口起伏剧烈,不得不用右手按住。

"小姐,你是在叫我吗?"颜福庆有些诧异,他显然已不记得七年前那个莽撞的小姑娘了。

姚英子张了张口,声带似乎麻痹了。她幻想过许多次两人重逢的情景,可唯独没想到是这么一个场合。颜福庆又问了一次,姚英子还是不知所措,唯独憋了一路的泪水再也无法收拢,就这么委屈地流了出来。

颜福庆吓了一跳,赶紧掏出一块大白手帕递过去,连声问:"你是哪里不舒服?"姚英子想起七年前两人第一次对话他也是这么一句,也有这么一块手帕,心中又是欢喜,又是伤感。她努力把嗓子清了清,正要开口说出身份,突然一个清脆的声音从旁边传来:

"爸爸!你在这里呢!"

一个穿着红裙的小女孩一头扑到颜福庆的怀里,姚英子不由得一怔。只见颜福庆把小女孩抱起来,亲切地摸了摸头。小女孩扭头看了看姚英子,一脸疑惑:"爸爸,这个姐姐怎么哭了?"

颜福庆道:"也许是哪里不舒服,我们要不要听姐姐自己说?"小女孩大为兴奋,转头对姚英子大声道:"姐姐,你不用慌,我爸爸是很厉害的医生,一看就会好!"

姚英子捏着手帕一角,心中五味杂陈。她定了定神,勉强笑道:"你叫什么名字?"

"我叫颜雅清，今年八岁！"小女孩口齿很利落。

八岁呀……按虚岁算，恰好就是颜医生救我那一年生的，原来那时他已经结婚了。姚英子咬了咬嘴唇，是了，以颜医生的岁数，娶妻生子再正常不过，有什么好惊讶的？道理虽如此，她心中那莫名的失落感却挥之不去。

"姐姐，你到底怎么了呀？"

小女孩的声音再次传来，姚英子正欲开口回答，一个细节却在脑海里炸开：那一年，颜医生救完自己，便立刻去了南非。也就是说，这孩子刚出生或即将出生，他便毅然远赴海外，去援助华工，这得有多大的决心哪！

相比之下，自己那点纠结的情绪，实在太可笑了。姚英子一念及此，小心思的怅然缓缓退去，另外一种倔强却逐渐凝实。

不成！如果这时跟颜医生这么相认，我们就只是救命恩人与被救者的关系。我要真正走进他的世界，就必须是以医生的身份才行——只要学医，我们迟早会相遇，这不正是当初我在码头发下的心愿吗？

姚英子用手背擦了擦眼泪，展颜笑了："姐姐没事，姐姐只是被风沙吹进眼睛了。"她摸了一下小姑娘的辫子，对颜福庆道："我在毕业册影集里见到过您，所以忍不住叫出来了。"

颜福庆抬抬眉毛："哦？原来圣约翰大学可以招收女学生了？"

"呃……"姚英子这才想起来圣约翰大学没有女科，赶紧改口道："我表哥在这里，我是上海女医学校的。"

"哦，张竹君校长的学校哇。如今女性做医生太难，你很有勇气。"颜福庆赞赏道。这让姚英子又是自豪，又有点惭愧。

小姑娘眨巴眨巴眼睛，一脸好奇："为什么女性做医生太难哪？我以后能当吗？"姚英子笑眯眯道："男子能做的，女子都可以做。等你长大了，来我的学校好不好？那里可全都是想当医生的女孩子哟。"小姑娘大为兴奋，揪着颜福庆的头发摇晃，说现在就要去。

颜福庆苦笑着抵挡了片刻，最后还是姚英子解了围："之前看报纸，说您从耶鲁学成回国，现在哪家医院？"

"我如今在长沙的雅礼医院。这一次是回上海采购药物与设备来的——顺便回母校转一转。"

这个回答，完全出乎姚英子的意料。凭颜福庆的学历，租界内外哪家大医院不要抢破头？怎么跑到湖南去了？

颜福庆看出她的疑惑，微微一笑："上海固然是个好地方，可中国并不只有上海。我想要去各处走一走，看一看，才知道什么样的医学更适合中国。"

"疾病不都是一样的吗？难道医学还分国别？"姚英子更加不解。

颜福庆仰起头来，看向黯淡的天空："中国这个老大帝国，很多问题不是单纯的医学所能解决的。如今的状况，是有医生，而无卫生体系；有医术，而无公共教育；能治沉疴于将死，却不能防患于未然。我归国之后深切地感觉到，若要改变，不在一两个名医、一两所医院，而在整个体系的变革——所谓 Public Health，公共卫生学。"

姚英子对这个名词颇为陌生，不过她也曾经历过淮北水灾与上海鼠疫，深知治疫之复杂，大概能猜到是什么意思。

"如今中国在单科上，尚有几位杏林圣手；可公共卫生这一块，从上到下几乎没人明白。比如去年哈尔滨那场鼠疫，全赖伍连德教授一手挽回，才将一场大祸消弭。这是幸运的，但我们不能每次都依赖这种幸运，必须要建起一套健全的体系。什么叫体系？就是不依赖某个特定的人，任何人按照规矩，都能把事情做好。"

颜福庆一说起这个话题，便滔滔不绝。听完解释，姚英子脑中灵光一现："我是学妇产科的，我一直有个想法，就是把上海周边的稳婆聚拢过来，搞一个短期班，培训一下基本的消毒常识——这是不是属于公共卫生的范畴？"

"不错，公共卫生的重点，不在治疗个别疑难杂症，而在普遍地提高保健意识。哪怕只是一个小改进，普及到整个社会层面，带来的效益也是惊人的。你能想到这一点，殊为难得。"颜福庆对这个想法大为赞赏，"那么，你这个培训进展到哪一步了？成效如何？"

姚英子脸红，她只是刚有个想法，八字还没一撇。不过她转念一想，发现这其实是个机会，便大着胆子道："我正在筹备，很多想法尚不成熟。您能不能留个通信地址？以后我有什么困惑，可以随时请教。"

颜福庆摸出一管钢笔，掏出一张淡绿色名片，在背后写了一行字。她接过名片，不知是不是心理作用，感觉那股碘酊味还在，闻起来很舒心。

"上海到长沙的邮路不太稳妥，你就送来思颜堂这里，会有专人统一送到我那里的。"颜医生解释说。姚英子奇道："原来您在上海，就住在这里呀？"

颜福庆哈哈大笑，让开一个身位。姚英子看到，楼前那一面铜质铭牌上，写着"纪念颜永京先生"几个汉字和英文。

"我伯父是圣约翰大学的创始人之一，这栋楼就是为了纪念他而造的，是以叫思颜堂。我每次回上海都住这里，也是为了时时想念他老人家。"

这突如其来、不动声色的炫耀，让姚英子顿时不敢作声。原来人家系出名门，家学渊源，来头大到不得了。她心里直骂自己愚蠢，这思颜堂来过无数次，颜永京的铭牌也看了许多回，都是姓颜的，怎么就没往前多想一步？

两人又简单聊了几句，颜福庆便带着女儿离开了。姚英子捏着名片，晕乎乎地走出圣约翰大学，之前被孙希背叛的气恼，多少被这意外的重逢冲淡了一些。

一想到自己刚下的决心，她忽然不太想回家了。只有尽快成长起来，才能获得颜医生的认可呀，可要怎样才能尽快成长呢？姚英子冥思苦想走了一路，忽然想起来，张校长不是搞了一个赤十字会吗？她们马上就要奔赴战场救援了——

"我要跟赤十字会一起去武昌！"

这个念头一起，便无法遏制。正好可以离开上海一段时间，避免和孙希那个大烂人共享同一城的空气。姚英子精神不由一振，抬手喊住一辆黄包车。事不宜迟，她决定今晚就去找张校长报名，校长现在肯定还没睡。

姚英子吩咐车夫直接去南市上海医院。女子中西医学院成立时，校址是在新马路，后来迁入了南市上海医院，才改名叫上海女医学校。张校长为了方便管理，就住在学校附近的达西公寓。

不过她到了达西公寓，发现窗口灭着灯，跟门房一打听，才知道张校长一直没回来过。姚英子不甘心，又讨来访板细看。这访板乃是一块小黑板，倘若住客约了客人却临时外出，便会在板上留言说自己去哪里、几时方归，访客看了，可以决定等候或离开。

板子上果然有张校长的留言，却是一串密码，显然她只希望特定的几个人知道她的行踪。姚英子常代张竹君发电译电，对私人密码本很熟稔，很快便解出来：三泰码头丙号。

上海女医学校的校舍，就是用的三泰码头的积谷仓公地，距离不远。姚英子半点不迟疑，立刻奔赴那边。

她并不知道，从她离开红会总医院时起，便有双眼睛一直紧紧缀着，一直跟踪她到了三泰码头的大铁门前。看到姚英子闪身钻进去，史蒂文森从巷道的阴影里走出来，一对牛眼说不上是兴奋还是得意。

他今天好好的敲山震虎之计，被孙希的意外坦白破坏了，方三响这条线算是彻底断了。可史蒂文森仍不甘心，他离开红会总医院后，又仔细排查了一下张竹君与红会的关系，意外发现另外一个重叠的人物——姚英子。

姚英子的父亲是红会会董，她却是张竹君的得意门生，更重要的，她还和方三响关系匪浅。史蒂文森虽没什么证据，可天生猎犬的直觉告诉他，跟着这个女人必有收获。

他不太放心手下的三光码子，遂自己亲自守在门口，等姚英子出来便紧紧地尾随其后，果然钓到大鱼了——哪个正经人会大半夜跑来码头？必定有诈！

他从码头附近的一座货栈边角攀上高墙，再沿墙脊走到一处圆顶铁水塔下方，顺梯子攀到了水塔最高处。今夜恰逢晴天，一轮钩月挂在天边。从水塔位置俯瞰下去，整个三泰码头一览无余。

史蒂文森眯起牛眼，看到在最靠里侧的泊位上，正系着一条鼓轮。这是条客货两用的铁壳船，上面是两层客舱，下方是货舱，船头写着两个大大的汉字：瑞和。他不识中文，但他会素描，遂掏出一个小笔记本，把这两个复杂的汉字当画一样摹上去。

此时瑞和号的侧舱正处于开启状态，与码头之间用一道栈桥相连，栈桥尽头是一辆马车。十几个黑影沉默地穿梭于马车与货舱之间，把一个又一个长条箱子运进瑞和号。箱子分量不轻，扛夫踩得栈桥嘎吱作响。

史蒂文森立刻认出了这辆马车，正是自己曾跟踪过的青帮马车。马车旁还站着三四个人，个个长袍礼帽，其中一人的体态特征很明显，是个女子，应该就是那个大名鼎鼎的张竹君——因为姚英子一进码头，立刻跑去了她的面前。

两个人讲了什么话，史蒂文森听不真切，就算听到了也不懂，但从姿态上多少能猜出一些。张竹君对姚英子的到来很吃惊，甚至有点不高兴。很快姚英子激烈地做了一个什么表态，连说带比画，张竹君反倒犹豫不决，隔了许久才点头，被姚英子兴奋地一把抱住。

然后张竹君把姚英子带到其他人面前，姚英子与他们一一握手。只见其中一人摘下礼帽，俯身拍了拍姚英子的肩膀，看他的姿态和周围人的反应，应该是这里的领袖。

他再凝神观瞧，那是一张熟悉的尖削面孔，正是陈其美！

我没猜错！

史蒂文森不由得攥紧了拳头，这里果然是同盟会的秘密基地！那些搬上船的长条箱子，只怕里面全是军火，看吃水，只怕运载量还不小呢。他们果然是要在上海搞暴动！

真是好计策！大家都一门心思提防着进入上海的船舶，谁也料不到，它们竟藏在一条宣布即将外航的船上。

他离开三泰码头的时候，天色已是蒙蒙亮。史蒂文森心情极为亢奋，丝毫不觉疲惫。他先赶到船舶公所，查阅到瑞和号属于商办瑞庆公司所有，专跑长江航路，提交的预定出发日期是十月二十四日，出发码头却是虹口的怡和码头。

这个变动，本身就十分可疑。史蒂文森认为，恐怕这不是什么出发日期，而是革命党搞暴动的日子。

他没有立刻回报巡捕房，总探长肯定又搬出那一套中立论调，太耽误事情了。史蒂文森决定还是故技重施，去找道台衙门，以华制华！

接待史蒂文森的，还是昨天那位苏推官。一见面，苏推官就抱怨史蒂文森调查不明，害得他枉做小人。史蒂文森深知这些中国官僚的秉性，随手送出一盒鸦片膏，对方见是最上等的公班土，立刻眉开眼笑。

对于史蒂文森在三泰码头的发现，苏推官有点犯难："你有所不知，张竹君这人，目下不好深查。"

史蒂文森大为不解："据我所知，张竹君的立场是同情乱党，你们道台衙门还不抓吗？"苏推官把他拽到一旁："朝廷如今跟红会正在互别苗头，赤十字这么一闹，正好羞辱沈敦和的面皮。上头乐见其事，何必去管呢？"

史蒂文森简直不敢相信自己的耳朵："就为羞辱一位同僚，你们竟容许一个反政府者在眼皮下自由活动？"苏推官解释道："赤十字会的章程我看过，说的是救治南北两军，一视同仁，并无政治倾向，要查也没有合适的理由。"

史蒂文森忍不住吼道："陈其美就在码头上，他们分明是要打着救援的旗号，去袭击江南造船厂。"苏推官哈哈大笑："呃，阁下实在是……杞人忧天了，杞人忧天了。"

没等翻译把这句成语翻译过来，史蒂文森就气得一拍桌子："你若不信，咱们现在带了防营，直接去三泰码头！"苏推官叹了口气，语重心长道："武昌怎么闹起来的？还不是新军里有乱党？刘道台才下过严令，各处防营要安守原地，怕上海重蹈覆辙。"

"那你跟我去亲眼看一下总可以吧？"

"这事能不能查，该不该查，值不值得查，我先请示上峰圆议一圆议，一有消息就通知阁下。"说完苏推官端起茶碗，悠悠吹了一口茶叶。

史蒂文森怒气冲冲地推门出去。苏推官掂着手里的公班土，侧头对同僚笑道："原先传闻洋人走路腿不打弯，固然是个笑话，可洋人的脑筋不打弯是真的，真是拎勿清。乱党都是在租界活动，关咱们华界什么事？"同僚俱是大笑，纷纷拿着烟枪过来借土。

史蒂文森听不懂中文，可背后传来的讥笑声是无须翻译的。这位探长此时的内心就如同一台失控的蒸汽机，鼻孔里呼哧呼哧喷着热气，一双凸眼几乎要被高压挤出眼眶。

"你们等着瞧！我会证明我是对的！"史蒂文森向空气挥动拳头，恶狠狠地喊道。

接下来的数日之内，上海报纸可谓热闹非凡。

最多篇幅的报道，自然是武昌叛乱。自称湖北军政府的叛军与清军在汉口展开激战，胜负难分。其次便是红十字会的古怪态度——沈敦和依旧保持沉默，以致外界质疑如潮。更有小报神神秘秘地指出，红会总医院前日似有丑闻爆出，似与内部监守自盗有关。一时间，就连沈最坚定的支持者，都心生疑虑。

方三响坐在电车上，眼前一排排乘客把报纸翻得哗哗作响，全都是长篇累牍的分析；耳边听到的，全是各种小道消息的议论。他心里烦躁得很，索性双手抱在胸前，朝窗边靠了靠。

孙希那个浑蛋挨了一拳之后，再没在医院出现过，有说他逃去海外，有说他被冯煦接回京城。无论哪种说法，都让方三响心浮气躁。可他自己也说不清，究竟是气那家伙背叛了信任，还是气他不告而别。

他本来想去找姚英子说说，翠香说小姐好几天没回来，不知去了哪里。方三响平时有来往的就他们俩，一时间竟陷入无人可诉的状况，只好把自己淹没在无休止的工作中，疲惫欲死方才罢手。

铛铛铛！

车铃声惊醒了几乎睡着的方三响，他挣扎着从座位上起身，跳下电车。

这一站叫作工部局站，顾名思义，站点旁边即整个租界的心脏地带——工部局大楼。此时大楼外面聚了许多人，正陆陆续续走进楼里。其中大部分是穿着黑色或宝蓝色绸褂的商界华绅，也有一小部分西装革履的洋人，居然还有几个穿和服的日本人。在更外围，还有二十几个捧着相机和笔记本的记者来回游走，镁粉燃烧声与呼喊声此起彼伏。

方三响一不留神，差点与一个日本人撞肩。对方连忙弯腰道歉，方三响生平最恼恨他们，把头一别，却在另外一侧见到熟人。

"方医生！"

农跃鳞捧着相机跑过来，很是兴奋。不待方三响开口，他先连珠炮般问道："你们沈会董今天突然召集各界集会，还特意借了工部局的议事厅，到底搞什么名堂？能否提前透露一下？"

方三响挠了挠头："我也是今早接到通知，从总医院赶过来参加的，不知道是做什么。"农跃鳞追问道："是不是总医院的人都来了？"方三响道："应该是的。反正峨利生医生、柯师太福医生、王培元医生，还有严之榭、宋雅……我的同学、同事差不多都来了。"

"也包括孙希吗？"

这个问题，让方三响当即沉下脸去，生硬地道："这我不知道，没见到。"农跃鳞何等敏锐，立刻追问道："坊间传闻他是为京城做间谍，窃取了红会账册，可有此事？"

方三响不会说谎，只好不吭声。

农跃鳞正色道："莫怪我挖阴私。红会以劝募各界善款为经济，定期发布征信册乃是义务。沈会董突然召集大会，是不是因为账册将被曝光，才急忙出来澄清？"

方三响被这一连串问题砸得发窘，不知如何才好。农跃鳞哈哈笑起来："好啦好啦，方医生，你的答案全写在脸上了，一点都不懂掩饰。若是人人都像你，我们记者的工作可就太简单了。"

说完农跃鳞扯着他的胳膊，一起往大楼里走去："你跟孙希，这算是绝交了？"方三响步伐一滞，闷闷"嗯"了一声。

"咱们在淮北是共过患难的，作为朋友，我得劝一句，很多事情，不要急着下论断。"

方三响恨恨道："他自己都承认了，还能有什么误会！"农跃鳞道："我们做惯了新闻的都知道，有时候一件事情，远比你看到的复杂。孙希是如此……"他顿了顿："恐怕今天的沈会董也是如此。"

两人一边讲着话，一边走进位于大楼东侧的议事厅里。

这是一个半椭圆形的会场，叫作阿尔伯特厅，里面可以容纳数百人。此时厅里熙熙攘攘，其中既有沪上缙绅，也有许多同仁、仁济、公济、广慈等租界大医院的医生，加上记者、教士和一些租界官员，无论座位上还是过道上都挤满了人。其中最为醒目者，乃是坐在第一排的英国按察使苏玛利，引发周围的各种揣测。

只有方三响的注意力不在按察使身上，而在台上一个高挑的身影上。

"孙希？"

孙希穿着一套姚英子送的藏蓝西装，正调整着一根蝶形的碳精话筒。他仿佛感受到了视线的热力，转过头来，恰好与方三响四目对视。孙希抬起手来要打招呼，方三响冷哼一声，一动不动。孙希只好装作捋了一下头发，埋头继续调试。

方三响虽然面无表情，内心却是惊讶万分。一个叛徒怎么还能堂而皇之站在台上？沈会董难道不是把他开除了吗？农跃鳞也注意到了孙希的存在，他正抬手要拍一张，忽然议事厅里响起一阵喧嚣。

只见沈敦和头戴礼帽、身穿暗蓝色的常服马褂，阔步走进了会场。在他的身后，还跟着施则敬、姚永庚等一干红会高层，以及大名鼎鼎的广学会督、朝廷头品顶戴、在中国最著名的传教士李提摩太。

一看这个阵容，全场立刻安静下来，所有人都好奇地等着看，这位非议缠身的大慈善家到底有何主张。沈敦和冲会场内拱了拱手，更不多言，直接登上议事台。孙希赶紧在话筒前站好，准备同声传译。

沈敦和环顾全场，没有急着开口，而是缓缓从怀里掏出一张纸来："诸位，红会昨日接到一封无线电报，发自汉阳一艘兵轮之上，请容在下当众朗读。"

他展开电稿，语气沉重地念起来："日前南北两军大战，伤亡兵士弃尸如山，伤者无人救治，困苦万状，即武昌居民为流弹所伤者，不知凡几。请即亲率红十字会中西医队迅速来援，普救同胞。急急急！"

关于武昌战事，在座的人早读过很多报道。可亲耳听到从战地发来的求援电报，听到来自一线的惨烈描述，感受又大不一样。

电报很快念完，待孙希翻译完之后，沈敦和敲了敲木台，朗声道："战争之祸，乃是天下最残酷而不忍闻睹之事。鄂事紧急，民命涂炭，已经不容诸位贤达坐而论道。敦和虽然愚钝，愿庶竭驽钝，倾力救援湖北！"

台下响起一阵热烈的议论声。今天出席的多是业内人士，对于京会、沪会的争端来由很清楚。沈敦和突然表态要救援武昌，莫非是与京会达成了共识？那么救援方针又该是如何？更有联想力丰富的人，猜测莫不是因为红会账册被冯煦掌握，所以沈敦和才被迫妥协？

在纷乱的猜疑中，许多记者纷纷举起手来。沈敦和却把手掌下压，示意稍等片刻，继续侃侃而谈："可这场战事波及武昌、汉口、汉阳等地，南北两军并居民不下几十万人。仅仅依靠本会救护人员，断断不敷调遣。敦和以为，欲求部署神速，机关完备，而经费又可节省者，唯有与沪上诸公群策群力，合散兵为一处，并力共援之！"

这也是题中应有之义，无非是呼吁大家捐钱捐物、出人出力。只有少数人在台下冷笑，红会账册不清不楚，沈某人不先澄清，却又要来劝募，未免太过无耻。

沈敦和在台上似乎觉察到了这股恶意，话锋一转："沪上的名医圣手，大多都在教会医院供职。欲要联合救援、统一协调，非红会一家所能调度，体制上必须要借重西董之力。敦和与按察使苏玛利先生、李提摩太先生仔细商议之后，决意成立中国红十字会万国董事会，设中、西董事若干位，专为武昌战事运作。"

是言一出，全场顿时哗然。方三响有些茫然，不明白沈会董这句话怎么激起如此强烈的反响。倒是农跃鳞在旁边喃喃道："厉害……沈敦和可真是好手段哪！"

他见方三响一头雾水，低声解释道："这个红会万国董事会，是为武昌之事而设。做事的还是同一批人，只是换了一块牌子，沈会董便如孙猴子一样跳出桎梏，想怎么救援就怎么救援，不再受朝廷辖制——此所谓留鸟换笼之计！厉害，厉害。"

这里面的弯弯绕绕，方三响觉得比药物的拉丁名字还难记。农跃鳞笑道："嘿嘿，其实这也不是新鲜手段，沈会董在去年已玩过一次了。"

"什么？"

"你还记得吧？去年淮北水灾，红会在蚌埠一共打出两面旗帜，一面是红会，一面是华洋义赈会。"

方三响点点头。

"那个华洋义赈会，其实就是沈敦和跟洋人合办的机构，用来筹集善款，拨给红会，红会再派你们前往救援。严格来说，你们是受雇于华洋义赈会。"农跃鳞解释说，"当时并没人觉得不妥，朝廷还觉得这是筹款的好法子。现在回想起来，那应该是沈会董的一次投石问路。你看如今这个万国董事会的手法，与华洋义赈会的性质岂不一样？"

方三响似懂非懂，台上沈敦和已经介绍起董事名单来，从苏玛利到李提摩太再到各个医院院长、医生，无不是显赫人物。

农跃鳞掏出本子，边听边记，连连感叹："好家伙，沈会董能请来这许多大人物，只怕是酝酿良久哇。"

酝酿良久？

方三响心中五味杂陈。这说明红会账册的争议，从一开始就在沈敦和的掌握之中，这一切都是设计好的……

农跃鳞却大不以为然："没点心机的人，岂能在上海滩屹立十几年不倒？沈会董耍手段，是为了慈善救人，大节无亏——再说，朝廷死守着体制，不许红会援鄂，又怪谁呢？"

他让方三响帮忙举好镁光灯，对着台上拍了一张。其他记者听到声响，这才如梦初醒，也纷纷举起相机，对着沈敦和拍起来。一时间会场内镁光闪烁，快门开合，几乎要盖过观众们嗡嗡的议论声。

沈敦和见气氛已然扭转，遂结束了发言，邀请李提摩太上台。李提摩太先与他热情拥抱了一下，随即面向台下，热情洋溢地称赞沈敦和为"救苦救难之大元帅，救命军之大教主"。他发表完讲话，《纽约报》驻华代表唐乃随后上台，表示万国董事会此举不特为中国人士所欢迎，即泰东西各国亦莫不馨祝，他当立电《纽约报》报告成立，并募捐款云云。

就这样，适才被点到名的各位董事轮流上台演说，无分中西人士，皆是口若悬河，引得台下掌声接连不断，如浪奔无息无止。只苦了孙希在台旁翻译得口干舌燥，不停地喝茶润喉。

随着演说次第展开，气氛逐渐浓烈起来。会前的诸多疑虑、愤慨，以及嘲讽，被扫荡一空，几乎每个人都被感染，兴奋地拍起巴掌来。

"啧啧，红会前一阵被舆论围攻，很多人以为他要身败名裂了。想不到人家早有成算，一出手便是泰山压顶。我看朝廷这次怕是要大大地丢脸了。"

农跃鳞的语气里，全是浓浓的幸灾乐祸。方三响担心道："朝廷会不会报复沈会董？"

"嘿嘿，这便是沈会董的高明之处了。你想，他这番演说，一字不提京沪之争，只说因为要联合教会医院，不得不采用万国董事会的形式。这理由冠冕堂皇，任谁也挑不出错，朝廷有苦也说不出。"

方三响还要讲话，农跃鳞却压低声音，神情严肃："唯一可虑的，便是朝廷拿红会账册一事来质疑。不过如此明显的破绽，沈敦和不可能漏算，难道他……"

他停顿了一下，却突然不说了，因为这时英国按察使苏玛利登台演说。直到按察使演说结束，换了沈敦和重新上台，方三响才重新凑过头来："你刚才说什么？"

农跃鳞似笑非笑："我只是想到一种可能。沈会董之所以如此高调行事，不惧朝廷严饬，恐怕他打心眼里认为，武昌战事结束后，就再没什么大清国了。"这大胆的发言宛如一根烧红的探针，直刺入方三响的中枢神经。他猛然瞪圆了眼睛，拳头捏紧，浑身的肌肉都紧绷起来。

恰在这时，台上沈敦和挥动手掌，大声道："本会这一次赴鄂救援，将严守中立，不分民军、官军，凡民军受伤医治送还民军，官军亦然！医者以生灵为念，绝不退缩逃避！"

全场掌声雷动，几乎要掀开厅穹。在座的业内人士心中无不震动，这一种表态，等于红会挣脱朝廷约束，自行其是了。农跃鳞正要评论几句，不防方三响腾地从椅子上站了起来，振臂吼道：

"我是红会总院医师，坚决支持沈会董援鄂！"

可就在同一瞬间，孙希也踏前一步，高喊："红会总院同人，支持沈会董援鄂！"

这突如其来的默契，让两人同时愣住了。他们台上台下，对视片刻，不知是该抛却恩怨振臂齐呼，还是该迅速挪开视线。所幸这种尴尬只持续了极短的时间，其他与会的医生次第起身，大声表示对万国董事会的支持。

"我是同仁医院医师，支持红会援鄂！"

"鄙人代表广慈同侪，全力支持红会！"

"仁济全体，自当秉持人道准则，全力支持！"

"博医会诸成员，枕戈待命！"

一时间会场里人立如林，无不激昂奋发。借着这股热潮，沈敦和当场宣布，红会将以总医院王培元为领队，峨利生、柯师太福医生、班纳医生、杨智生为副，动员红会医生及看护生三十余人，分甲、乙、丙三队，次日即发。并在三马路新闻报楼上设置专门事务所，办理后续的筹款、采购、调度诸事宜。

今日成立，明日出发，这惊人的效率，又引得大众一片盛赞。

听着阿尔伯特厅里的喧嚣，方三响只觉肾上腺素在飞速分泌，就像之前在派克路协助陈其美逃难似的，没有恐慌，只有异样的兴奋，仿佛那才是自己一直在追寻的目标。

与此相比，跟孙希的那点尴尬，根本不算什么。方三响想到这里，忍不住朝台上看了一眼，那家伙已退到话筒后方远一些的位置，挂着一脸复杂的表情——难道说，他也打算跟我们去湖北？方三响心想，一时说不清该愤慨其脸皮太厚，还是该有些期待。

"本次分驰战地，有进无退，概无半途中止之虑！"

沈敦和挥动手臂，做了最后的总结陈词，在议事厅里久久回荡，将会场气氛推至高潮。与会人士纷纷当场慷慨解囊，曹主任不得不在门厅口临时设置一处桌案，收取各路善款。

可怜曹主任在医院里防了半天乱党，没想到公然举起反旗的却是自家上司。他哆嗦着下巴，忐忑不安地应接着潮水般涌来的捐献。

好在短短十几分钟内，曹主任便收到了八千多元银洋与四千多两银子，更有药品、绷带、衣服、担架等大量物资的承诺。随着进项越来越多，他整个人从提心吊胆变得容光焕发，钱帛最润人心，哪怕不是自己的也一样。

这一场震惊沪上的万国董事会成立大会，便在一片热情中胜利结束。各大报章以号外的形式，迅速在当日发表，在华、洋两界引发了又一轮更广泛的热烈讨论。

不过这些热议，方三响并无余裕理会。沈会董承诺救援队伍次日即发，留给准备工作的时间极为有限。因此大会一结束，他和其他医生就赶回总医院，整理出一批急救设备与药物，装满了七辆大驴车。方三响亲自押送，一路从静安寺运到虹口的汇源码头。

这个码头位于外白渡桥东北，恰好位于苏州河与黄浦江交叉口，位置绝佳。早年叫汇源码头，被日本人收购以后改叫"日本邮船中央码头"，不过当地人还是爱用旧称。

在上午的大会上，日清公司宣布提供一条叫"襄阳丸"的江轮，用来运送红会救援队。这条江轮专跑上海与武昌之间的航线，只消四五日便可抵达汉口，是目下最迅捷的办法。

红会总医院的车队一抵达汇源码头，立刻被扛夫们包围。这些人都是刘福彪亲自安排，过来帮手的。曹主任本来还有些抵触，一听是免费的，才勉强哼了一声。

方三响在青帮颇有声望，不需催促，扛夫们一个个闷声不吭地扛起大小包裹，鱼贯往襄阳丸上运。曹主任手捧账簿站在货舱口，细眼滴溜溜地扫视着，生怕他们私藏。

他如临大敌，事必躬亲，方三响反而无事可做了。

此时其他医生和看护人员都回家收拾行李去了，要明天开船前才会到。像严之榭这样的单身汉，说出发前得好好打个牙祭，早跑得不见踪影。汇源码头除了曹主任，方三响竟没有其他熟人。

他忽然怀念起平时跟孙希、姚英子厮混的日子，如今……唉，方三响信步走到防波堤上，朝远处望去。这一带是上海核心的码头群，一排排浅褐栈桥鳞次栉比，如几十根长指伸向黄浦江面。在更远处的江心航道上，大大小小的轮船喷着黑烟，交错行驶，在水面上耕出一圈圈密如网纹的涟漪。它们就像一个个勤劳的红细胞，为这座都市一刻不停地输送着养分。

只可惜触目望去，这些轮船大多悬挂国外旗帜，大清龙旗寥寥。就连方三响如今脚踩的位置，也是日本邮船会社的资产。

方三响一向最讨厌日本，想到要搭乘日本人的船去武昌，内心一阵烦闷。他鼓起肺部想要深深吸一口气，没留神空气掺杂着煤灰味与水腥味，呛得他咳嗽连连，不得不偏过头去。

一阵响亮的号鼓乐传来。这是《霍亨弗里德堡进行曲》，上海有点排面的庆典活动，都会奏这曲子。方三响咳嗽着，好奇地转过头去，发现声音是从隔壁的怡和码头传来的。

只见一艘客货两用的洋灰色大船，正停泊在近水浮泊位，船首喷涂有"瑞和"二字。它伸出一条带扶手的踏板，与栈桥相接。栈桥前密密麻麻站着几十个人，女性占了一多半，或绣袍或洋装，皆是名媛装扮，手持绢布与花束，还打出了一条醒目的横幅——"欢送赤十字会诸位姊妹同人赴汉救难"。

方三响一阵愕然。原来……张校长竟然是今日出行吗？他再定睛一看，一个短发女子正扶在船舷边，朝船下俯瞰。她头戴英式木髓盔，身着咔叽布短衫，右手叉腰，英姿飒爽，不是张竹君是谁？

没想到，赤十字会的出发码头，居然就在红十字会出发码头的隔壁，而且出发日期前后只差一天。张校长和沈会董斗了这么久，却撞得如此默契，老天爷也真是爱开玩笑。

他抱臂朝那边眺望了一阵，突然双眼一眯，注意到在距离栈桥不远处的仓库旁，有一个熟悉的娇小身影。

"英子？"

她是给张校长送行的吗？他注意到，英子旁边还站着陶管家，两个人似乎在交谈。

方三响回头看看，货物装卸有条不紊地进行，应该不用自己插手。他决定走去怡和码头，跟张校长打个招呼，顺便也见见英子。

汇源码头与怡和码头不过百步之遥。方三响很快便走进码头区，正要拐过仓库，忽然听到转角那边姚英子愤怒的叫喊声，几乎要刺破耳膜。

"你不要劝了！我是不会回去的！"

"小姐，战场不比救灾，子弹无眼，说死就死，不可以任性。"这是陶管家苦口婆心的声音。

"我不是把胎毛笔带上了嘛，还有什么不放心的？你不总说它能逢凶化吉？"

"小灾可以挡挡，可这是最狠的兵灾……"

原来她是在和陶管家讲话。方三响知道姚英子有管毛笔，是用她幼时的胎毛做的，陶管家老絮叨着让她带上。她始终嫌恶心，所以都是陶管家随身携带。

"帮帮忙，赤十字会是中立团体，是不允许被攻击的。"

"这世道，哪有真按规矩来的？战场上会发生什么事，谁都不知道！"

方三响停下脚步，大为震惊。怎么英子要跟张校长去武昌？这也太胆大妄为了吧？不过他转念一想，去年这丫头就敢扒火车去淮北，做出这样的事也不足为怪。

但这趟差事，确实如陶管家所言，委实危险。方三响正要站出去加入劝说之列，不料陶管家转变了策略："小姐，您都二十岁了，不好像从前一样乱跑，得赶紧定门亲事，不然就成老姑娘了。"

脚步停住了，方三响下意识地屏住呼吸。姚英子似乎更加愤怒："不是在说去武昌的事吗？和我结婚有什么关系？"

"男大当婚，女大当嫁，你看看身边，谁不是十五六七就定下亲事？老爷由着你学车、学医，也不让你缠足。可我看得出，你有了归宿，他才真正踏实安心——你婚都没结便要去武昌那么危险的地方，他不会同意的。"

"谁说嫁人了才算有归宿哇！张校长也没结婚，谁敢小看她？"姚英子语气转冷，"陶管家，你回去吧，就算告诉我爹也没关系。船就要开了，我得走了。"

陶管家沉默片刻，深深叹息了一声："小姐，姚家和普通人家不一样。老爷资产巨万，膝下却只有你一个女儿。"

姚英子肩膀一颤，没吭声。

"你那几个在宁波的叔伯，天天跟老爷吹气，说你是女子，没资格继承老爷的财产，想要把你的堂兄过继一个过来。老爷心疼你，从不在你面前说这些，但我看得出，他也焦虑。最好你能找个门当户对的，要么招个上门女婿，诞下一男半女，跟你们姚家姓——不然你和老爷谁有个三长两短，家产便可能落到外人手里。"

"好荒唐，为什么女子没资格继承？难道我不是我爹的骨血？"

"唉，规矩不是一向如此嘛。"

"这世道，哪有真按规矩来的？"姚英子反唇相讥，"原来说女子不能学医，如今也能学了；原来说女子不能抛头露面，如今也松了。只要有人做成了先例，没什么规矩是不能破的。我跟张校长去武昌，就是想多破几个规矩！"

陶管家还要劝说，忽然一阵急促的脚步声从远处传来。两人同时转身，先看到方三响一个跟跄被从拐角推出来，接着是全副武装的史蒂文森，而在史蒂文森身后，则是二十几个持枪的华捕、安南捕和印捕。

"方三响，姚英子。"史蒂文森得意扬扬，拙劣地用中文念出这俩名字。姚英子顾不上问方三响怎么来了，冲史蒂文森质问道："你们巡捕房来做什么？"

史蒂文森一拍腰间的短枪："我接到消息说这里有人意图袭击租界，赶过来检查。你们三个，统统要抓起来审问！"

那些巡捕不由分说，拥上来一阵推搡。方三响护在姚英子身前拼命抵挡，他体格硕大，打得几个安南捕鼻青脸肿，东倒西歪。可对方人实在太多，又装备着橡木警棍，几番挣扎，他还是被按在了地上。

陶管家眉头一皱，试图讲理："阁下没有证据，先行动手，未免不合规矩吧？"史蒂文森冷笑，一指方三响："这个杀害小沃伦、勾结陈其美的青帮分子出现在这儿，就是最好的证据！"他下巴朝远处的轮船又是一抬："张竹君在那条船上掩人耳目，其实是为了偷运军火，意图暴动。"

姚英子只觉这指控荒唐透顶："这是去武昌救援的赤十字会！哪里来的什么军火和暴动？"史蒂文森哈哈大笑："一群女人去战地救援？这种荒唐事只好去蒙骗一下道台衙门，却瞒不过我。"

姚英子正要反驳他的偏见，史蒂文森突然阴恻恻道："你在三泰码头已在船边见过陈其美了，还有什么可说的？"姚英子悚然一惊，自己那一天可能被跟踪了。史蒂文森继续道："我不知你是装的，还是被张竹君故意隐瞒，总之这条船一定有问题。"

姚英子的内心，一瞬间竟有了动摇。事实上，那天晚上她也有疑问，张校长为何大半夜跑到码头装货？为何又在寓所留下密码？她确实见到了一个自称陈其美的人，但张校长只介绍说是一位朋友，可什么朋友需要半夜相见？

当时她出于对张校长的信任，再加上急切要表达去武昌救援的意愿，并没有深究这些异常。现在史蒂文森一点出来，姚英子登时有些惊慌。

难道说……这一切真的只是幌子？

方三响在地上抬起头："你见到陈其美了？"姚英子"嗯"了一声，然后从牙缝间勉强挤出一个疑问："你认识他，他是革命党，对不对？"方三响没回答，但表情算是默认。

史蒂文森见两人表情，大喜过望，知道自己赌对了。

他这一次的行动，其实是瞒着总探长私自出动，心中不免也有忐忑。如今事实板上钉钉，史蒂文森吩咐手下抓住三人，迎着《霍亨弗里德堡进行曲》的调子，一齐朝着码头走去。他要去享受自己的高光时刻。

码头上的欢送仪式正进行到热烈时，忽然一大群巡捕拥入场中。乐队被迫中止演奏，那些挥动小旗的名媛太太也被推到一旁。张竹君从船上见到情况不对，剑眉一皱，立刻顺着舷梯走下来，质问到底怎么回事。

她的气场太过强大，史蒂文森不得不挺起胸膛："张校长，我奉命前来调查一桩军火走私案。"

"放着海关货栈你不去查，为何要查一条出港的船？"

史蒂文森咧开嘴："我们有充分的证据，怀疑这条瑞和号上装有危险军火，用来袭击租界。"张竹君扫了他身后一眼："先把我的学生给放了。"史蒂文森认为她服软了，于是弹弹手指，把姚英子、方三响松开。

"这条瑞和号已经被赤十字会租用，用于武昌战事的慈善救援。无论是苏松太道还是工部局，都已经报备过了。"张竹君面无表情地说道。

"但如果这条船上搭载的东西，与报备不符，那便不受法律保护。"史蒂文森得意扬扬，像一只玩弄着老鼠的猫，"为了不耽误张校长的慈善活动，我想还是尽快查明比较好。"

"你无权搜查赤十字会的船舶，这违反国际公约！"张竹君挡在瑞和号前面，眉宇间隐隐藏着怒气。

"别糊弄人了，《日来弗公约》承认的红十字会，是沈敦和那个，你这个赤十字会只是个民间组织罢了，没有豁免权。"

这一句话，直刺张竹君的要害。史蒂文森拍了拍挎枪："请你配合一下，今天谁也不会受伤。"他见她沉默不语，大为得意，一级级缓缓踏上舷梯，心情如新君登基一样爽快。

瑞和号是一艘客货两用江轮，吃水以下是货舱，上面是两层客舱，分为一、二两等，可以容纳四十人。史蒂文森走到客舱门口，大声命令手下准备好霰弹枪。

这可是满载着军火的大船，万一革命党狗急跳墙，负隅顽抗，可不是警棍所能应付的。在逼仄的船舱环境里，只有 M1897 霰弹枪可以保证敌人平心静气——任何意义上的平心静气。

这是史蒂文森从巡捕房的武器库里搜罗来的，同样没有合法手续。他豁出去了，一次违规和十次违规没有本质区别。只要解决掉瑞和号，这些都不是问题。

史蒂文森率领众人小心翼翼地进入一层客舱。这里是敞开的大间，里面摆着三排上下铺的床位，十几个赤十字会的年轻成员，男女都有，正忙着撕麻布。他们看到巡捕房的人进来，大为惊慌。史蒂文森没看出什么可疑，简单转了一圈，便直接登上二楼。

二层客舱的条件比一层强，分成十二个小单间。史蒂文森一个个单间敲门查过去，第一间里住着一对夫妻，男方是个圆脸胖子，身穿西装，留着两撇鱼尾须，颇有东洋人的味道；他的太太披着一件中式夹袄，头发盘成一个小髻。

隔壁宿间里，则是一个尖脸男子，一对招风耳上架着副小巧圆镜，短发梳得油光锃亮，室友长得比较莽撞，方面阔目，似是个愣头青；再隔壁，居然住的是一个货真价实的日本人。

他们的共同点是穿着洋气，普遍会讲英文，都声称是受雇于张竹君的医生。史蒂文森询问了一番，没问出什么异常，房间里也只有简单的几样行李。对此史蒂文森并不意外，张竹君既然打出救援武昌的旗号，肯定得雇点人做做样子。

真正的好东西，肯定藏在下层的货舱里呢。

他吩咐手下守住门口，亲自拎着一杆霰弹枪爬下货舱。这里左右分成六个舱室，中间有一条甬道相连，里面空无一人，唯有轮机声嗡嗡作响。

史蒂文森推开第一个舱室，里面是几十个柳条箱，箱子里堆叠的是一匹匹白麻布。客舱里那些赤十字会成员，刚才就是在对麻布做裁剪加工，撕成一截截的绷带，这是在战场上消耗最多的物品。在麻布箱旁边，还堆放着一批棉质被褥、细纱帐、幕帘和十几盘棕绳。

第二个舱室里摆放着各类药品与化学试剂，如硼酸、碘酒、苏打粉、酒精和石炭酸等，还有少量阿托品与吗啡。每一类都安放在大小不一的布袋与皮革袋里，塞满棉花，牢牢固定在舱内。少量的医疗器械，则被见缝插针地分散在空隙里。

第三、四个舱室，摆满了各种建材和工具，以及几张折叠病床。张竹君神通广大，居然还弄了一台小型爱迪生发电机，摆在里面；第五、第六个舱室，塞满了够三十人吃一个月的粮食补给。

赤十字会的这批物资虽然数量不多，但面面俱到，几乎考虑到了战场救援的每一处细节——唯独没有史蒂文森要找的军火。

这位不幸的探长在六个舱室里转了半个多小时，不甘心地打开一个又一个箱子，可一无所获。他甚至跑到瑞和号的外面，仔细地测量船壳的壁厚，看是不是藏有夹层。张竹君站在甲板上双手抱臂，就这么冷冷地看着他跑上跑下，甚至带着几丝怜悯。

随着时间推移，他鼻翼内侧的毛细血管因压力剧增，几乎要爆裂开来，使得鼻头愈加刺红。

"哈哈！你们快来看！到底让我找到了！"

史蒂文森忽然欢呼起来，兴奋地挥舞着霰弹枪。可手下们跟到底舱一看，不过是两百斤白花花的硝石。手下只好悄声提醒史蒂文森，硝石大概是救援队用来土法制冰的，毕竟战场上不可能有冰箱。

把硝石等同于火药，又等同于军火，这栽赃得实在勉强，史蒂文森只好重新爬回甲板。张竹君嘲讽道："船上有显微镜，需要吗？"史蒂文森顿觉血管爆裂，猛然上前揪住她的衣领，歇斯底里地吼道："你……你到底把军火藏哪里了？"

话音刚落，张竹君偏转身子，双手一摊一膀，只听"扑通"一声，史蒂文森这六英尺高的汉子竟被摔落到江里。她在广东行医时练过咏春拳，这是女子防身必备之术，如今总算捞到了实战机会。

巡捕们手忙脚乱地扔下一个救生圈，把这位狼狈的探长拽上岸来。史蒂文森呕出一口混浊的江水，气急败坏："全船！全船的人都给我下来！一个不许漏，我要带回巡捕房，查个清楚再说！"

"你没有证据，却一口气抓这么多人回去，合规吗？"一个声音不阴不阳地响起。

"老子就是证据！老子就是规矩！"史蒂文森大叫，可突然觉得不对，他赶紧揩开手指，拨开湿漉漉的额发，嗓子一瞬间变干了。

出现在眼前的，居然是公共租界巡捕房总探长，他怎么跑来这里了？

总探长的脸比瑞和号的底舱还阴沉："我接到了匿名举报，说有人私自调动警力，史蒂文森探长，对此你有什么可说的吗？"

"谁举报的？分明是做贼心虚！"史蒂文森瞪向张竹君。可后者同样莫名其妙，表示从没离开过码头。但她何等敏锐，岂会放过这个好机会，直接用英文讲道：

"史蒂文森探长跟我说，这次搜捕慈善船只的行动，是得到您的批准的。"

张竹君有意咬着"慈善船只"两个单词，让总探长青筋绽起。他没有片刻犹豫，转身挥动铅头拐杖，狠狠在史蒂文森的胫骨上敲了一记："你好大的胆子！竟然去非法拦截一条慈善船只！"

史蒂文森结结巴巴道："可是，有证据证明他们具有潜在危险……"

"那么证据呢？"总探长怒气冲冲道，"我说的可不是你脑子里那些带着羊膻味的苏格兰式臆想，而是实打实的证据！"

"呃……我正在船上搜。"

"那就是没有喽？"

"我正准备再细致地检查一次，对……对了！一等舱的那些乘客，需要重新核验身份！我怀疑他们有古怪。"

史蒂文森这倒不是气话，刚才他落水时脑子灵光一现，想起那几位一等舱医生的古怪。比如那个鱼尾须的胖子，拇指内侧带着一层厚茧，更像常年握枪的军人；再比如那个尖脸油头的眼镜男，问话时眼睛总朝右下斜看。苏格兰场有过研究，这是说谎心虚的表现。

之前史蒂文森一门心思在军火上，并没特别关注这些细节。直到入水清醒之后，这些被忽略的古怪才浮现出来。他意识到一件事，革命党不一定运军火，也可能是运送更多的革命党。

"你适才说这船私藏革命党的军火，没搜到，现在又改口说私藏逃犯。反正你既不用证据，也不用为后果负责，何乐而不为，对吧？"

张竹君的话令总探长的表情起了微妙的变化。他低声呵斥道："不要胡搅蛮缠了！"

"我不是胡说！"史蒂文森只能硬着头皮顶着，"只要让我再去查一次，我一定能查出结果！"

总探长冷笑着用拐杖一敲地面："我告诉你接下来会是什么结果。明天这桩丑闻便会直接登上租界各大报纸的头条，三天后会传到孟买，五天后会传过苏伊士运河。一周之内，我们会沦为整个伦敦的笑柄。"

史蒂文森的一对牛眼又变红了，他甚至能听到毛细血管破裂的声音。

"请等一下，我认为有必要……"

"不要继续让巡捕房蒙羞了！"总探长打断他的话，一挥手，几个红头阿三冲过来，把史蒂文森往旁边的马车上拽。这个不幸的苏格兰人愤怒地挣扎着，却无济于事。

总探长转过身来："张小姐，我谨代表巡捕房向您表示歉意，并希望这个小小的不愉快，得到您的谅解。"

"这是自然，感谢您对慈善事业的支持。"张竹君不失优雅地伸出手，让总探长亲吻手背。

巡捕房的大部队迅速撤走，怡和码头又恢复了平静。姚英子扑过去，把方三响从地上搀扶起来："你怎么来啦？"

"红会的救援队船就在隔壁码头，明天出发，我听到这边的声音，便顺便过来看看。"

"啊？沈伯伯他们也要出发了？"姚英子大为惊讶，赶紧去看张竹君的脸色。张竹君不屑地冷笑道："沈敦和动作倒快，可惜呀，终究晚了一天。历史会记下来，第一支奔赴武昌的救援队，注定是我们赤十字会，而不是他沈敦和的红会。"

她争强好胜的性子，真是始终不变，连这个虚名都不肯放过。

"好了，我们被那个蠢货耽误了太多时间，必须要启航了。"张竹君优雅地转了一个身，顺着舷梯朝船上走去，行到一半忽又回头，"三响，你回去跟沈敦和讲，一个教头一路拳，我已仁至义尽，让他不好再做无耳茶壶了。"

"啊？"方三响听得半懂不懂。张竹君却没打算解释，踏上甲板，很快消失在舱门里。

剩下方三响、姚英子和陶管家在码头边站着。他不由得问道："英子，你要去武昌？"姚英子先是"嗯"了一声，随即想到，刚才与陶管家在仓库前的对话，应该都被蒲公英听到了，顿觉脸颊飞霞。方三响全然没觉察，伸手拍拍她肩膀："我支持你。"

"你也觉得我应该去武昌，不好留在上海结婚？"姚英子有些扭捏。

"农先生说过，你不去关心时局，时局也会来关心你。你看武昌这事，张校长也罢，沈会董也罢，无不积极参与其中。我有种直觉，咱们这次去是能见证历史的——至于结婚，回上海你再慢慢找人呗。"

听了方三响的话，姚英子又是欣慰，又有些莫名怅然。她缓缓抬起头，欲言又止，这次方三响倒敏锐得很："你是想问孙希？那浑蛋这次也去，他是北洋医学堂毕业的，本业就是战地外科，他不去谁去？"

接着方三响把万国董事会上的情景约略一讲，姚英子一听孙希这么风光，撇了撇嘴："索性不要理他。"

"我不知道他给沈会董灌了什么迷魂汤，反正我是不会原谅他的。"

姚英子忽然犹豫了一下："那你说，他要做什么事情，咱们才好原谅他？"方三响一怔，他还没考虑过这个问题，呆立片刻，终究还是摇摇头："我想不出来——你打算原谅他了？"姚英子勉强笑了笑："唉……仔细想想，他虽然做了错事，最后倒也主动承认了，不然你可要吃官司呢。"

方三响"哼"了一声，不置可否，姚英子的声音越发低弱："自从我决定去武昌救援之后，总想起去年我们一起去淮北的事。那一次虽然忙得要死，可我很心定，因为你们两个就在旁边。如果能回到那时的样子，也蛮好。"

方三响宽慰道："我听说三镇特别大，红十字会和赤十字会的救援位置估计相隔很远，我俩也很难见着你。"

"真是戆大。"姚英子恨恨嘟囔了一句,不知是说谁。

这时瑞和号汽笛声响了起来,姚英子依依不舍地看了方三响一眼,缓缓登上舷梯。她刚刚踏上甲板,一个黑影噌地从岸边跳上舷梯,几步便跃至她身旁,迅捷惊人。

姚英子一看是陶管家,大吃一惊。陶管家在姚家做了许多年管事,她一直当他是个絮叨的小老头,实在没想到还会轻身功夫。她才想起来,自己从来没了解过,陶管家之前到底是做什么的。

陶管家摸了摸她脑袋瓜,一脸苦笑:"小姐,你一意孤行,我一个人留在上海怎么跟老爷交代?你不愿意带胎毛笔,那就我带,拼了这把老骨头,我也得把你照顾周全。"姚英子喜滋滋地挽起他胳膊:"就知道你最疼我,笔就换你收着好啦。"

这时汽笛声再次响起,水手们过来把舷梯拉上来,岸上的军乐队又奏起了欢快的曲子。方三响快步冲到船下,从口袋里掏出一样东西掷到甲板上。陶管家俯身捡起来,发现是一块头巾,质地是最便宜的白竹布,上头绣着一个醒目的红十字标志,针脚拙劣。

"战场上硝烟弥漫,容易误伤。红十字袖标不够醒目,把它包在头上,两边都能看清。"方三响双手拢在嘴边,仰头大喊。

与此同时,瑞和号的蒸汽轮机猛然启动,整条船身微微一震,浮离了栈桥。船头那一面赤十字会的旗帜,迎着黄浦江的江风猎猎吹起。

陶管家望着伫立在码头的方三响,忽然对姚英子道:"我记得方医生是辽东人,家里没人了,对吧?"姚英子拿着那块白布,一边试着往头上比画,一边随口说对。陶管家"哦"了一声,突然陷入一种长辈的犹豫。

此时他们三个谁都没觉察到,在远处的码头办公室里,还有另外一双眼睛,注视着瑞和号起航。

这里距码头有四百多米,无论是船上的人影还是栈桥上的人影,看起来都离自己无比遥远。一声轻轻的叹息,从孙希口中喷吐而出。这时旁边的港口办事员敲敲桌面,指着旁边那一台新式的黄铜德律风:

"刚才你拨通了一次,通话两分钟,一共收费五角洋。"

孙希从口袋里抓起一把铜圆,数也不数丢给办事员。办事员见他出手阔绰,有意讨好道:"先生是在给朋友帮忙?"

"Maybe or maybe not."

孙希嘀咕了一句,转身离开,背影说不出地落寞。

次日也即十月二十五日，赤十字会出发的消息出现在各大报纸上，可惜没多少人注意到，因为大家都被另外一条新闻抢走了注意力。

京城传来消息，资政院通过一项决议，要求朝廷罢免盛宣怀的一切职务。

资政院成立于去年九月，乃是朝廷预备立宪的举措之一，类同于泰西诸国的国会或议院。议员们居然向朝廷要求罢免一位总揽邮传、工业、金融诸项要职的大员，又是在极其敏感的武昌战事期间，不啻在帝国政界引爆一枚重型炸弹。

那些昨天刚刚参加过万国董事会的人，对沈敦和的钦佩又多了一分。

沈敦和选在十月二十四日成立万国董事会，十月二十五日盛宣怀即被弹劾，这个时间节点可谓卡得极为精妙。要知道，盛宣怀此时还身兼大清红十字会会长一职。他被弹劾，京会群龙无首，哪里还有余力追究沪会另起炉灶？

正因如此，红会在汇源码头的出征仪式可谓盛况空前，前来送行的沪上绅商学报各界，不下几千人，附近道路为之堵塞，就连外白渡桥上都挤满了人，趴在栏杆上远远向着码头欢呼，排面远超昨日欢送赤十字会。

此时烈日当空，襄阳丸的船头飘扬着两面大旗，一面白底红十字旗，还有一面万国红十字会旗，也算是题中应有之义。所有红十字会的队员在船舷一字排开，皆头戴硬檐军帽，穿着洋灰短服，臂系白底红十字袖标，接受检阅。其中柯师太福、峨利生、班纳、杨智生、王培元五位带队医生居中，方三响和孙希则分别站在队伍两侧，彼此都看不见对方。

除此之外，船舷旁边还站着一支新近培养的看护妇队，带队的乃是总医院护士长克立天生女士。

沈敦和亲自登轮，即兴发表起演说来："务祈诸君子有进无退，普救同胞。并谓诸君既尽义务，凡一切川资、用度、旅费、干粮悉于捐款、垫款项下提用。预计用费日需数万，幸中外慈善家源源乐助，不致困乏，请诸君放手进行……"

"有意思，真有意思。"

随着沈敦和的演说响彻码头，方三响身后一个声音轻轻评论道。方三响没回头，他知道背后只可能是农跃鳞。这位记者绝不甘心在上海等候二手消息，早早抱着他的宝贝相机，登上襄阳丸。

"你什么意思？"方三响道。

农跃鳞呵呵一笑："沈会董之前被人指责账册不清之事，一直未有公开澄清。怎么他还在演说里主动提起红会账册的事？是有恃无恐还是别有用意？"

方三响眉头一拧："沈会董身正不怕影斜。"农跃鳞道："沈大人腹有韬略，一步三计，他这么说必有深意在里面，只是还看不出。"

"也许只是你当记者的职业病，想得太多了。"

"古怪，很古怪……"农跃鳞嘟囔着，捧着相机又跑开了。

方三响侧过头，朝着队伍的另外一端望去。孙希面无表情地站在那边，头顶的旗帜猎猎飘扬。他身材挺拔，卖相好，特意被安排在这个位置，被无数相机镜头对准。

"说不定他会知道沈会董的心思，毕竟万国董事会那次突袭，他是做翻译的。可沈会董到底怎么想的，会让一个叛徒参与这么机密的事？"方三响的脑海里飘过无数疑惑。

孙希似乎感应到了什么，也偏过头来，神情复杂地看向这边，方三响赶紧把视线挪开。所幸这种尴尬没持续太久，就被一阵极热烈的掌声打断。沈敦和的演说刚刚结束，他走下舷梯，摘下礼帽，和岸上的人们一起向船头挥舞。

襄阳丸就在这一片欢呼声中，缓缓启航。它驶离汇源码头，先北上吴淞口，进入长江航道后，再朝着战火纷飞的武昌西去。

在接下来的数日中，红会救护队在船上一点不清闲。他们出发得极为仓促，很多准备工作必须在船上进行。上午几位带队医师要轮流进行战地救护演练，下午队员们聚在甲板上或舱室里，撕绷带或整理药物。到了晚上，还得由一位湖北籍的向导讲解鄂地地理、风俗、饮食习惯等事宜。

到了十月二十八日，襄阳丸顺利抵达九江。九江在五天前便被新军掌握，成立了九江军政分府，对于赴援武昌的红会队伍十分支持，并无阻挠。襄阳丸在湓浦港稍事修整与补给之后，继续溯江西上。

当天夜里，忙碌了一天的方三响正坐在甲板上休息，看着不远处几条英国军舰驰骋。自从武昌开打之后，这些军舰极为活跃，航道上没有一天不见到它们的身影。

这时农跃鳞跑过来，神秘兮兮地叫他来自己舱室一趟。方三响莫名其妙地跟过去，可一进房间，脸色不由一沉。

原来里面早坐着一个人，正是孙希。

在这几天的旅途中，方三响始终没理睬孙希，两人全无交流。孙希显然也没预料到他会来，慌得从椅子上站起来，脑袋差点撞到逼仄的天花板。

方三响虎着脸，问农跃鳞这是怎么回事。农跃鳞道："今次请两位过来，一来为印证一些事；二来呢，也为澄清一些事。"两人对视片刻，不知他葫芦里卖的什么药。农跃鳞从枕头旁取来一沓报纸，递给他们：

"这是襄阳丸停在九江的时候，我在岸上买的几份报纸。你们先看这一份，十月二十六日的《民立报》。"

方三响顾不得跟孙希置气，两人同时看去。只见这一期的副版刊印了一封公开声明，投书者赫然是张竹君，题目叫作《张竹君致沈仲礼书》。

在这封公开声明的开头，张竹君指责沈敦和，斥责他搞的万国董事会不过是牛头马面，欺世盗名，种种慈善行径，无非搜刮资财，是"欲掩全国官民之资，而貌为公等数人之事也"。语气之激烈，用词之锋锐，方、孙二人对着报纸都感觉如寒风吹面。

痛斥了一顿沈敦和之后，张竹君继而话锋一转，在结尾发出了呼吁：

"公倘尚恤人言，则请将八年来收支之数据，报告天下，否则当以吾粤所捐两万金还诸吾粤，吾粤人必能自为之！"

这就是摆明车马，要求沈敦和公布善款账册了。

两人缓缓放下报纸，正要开口，却被农跃鳞拦住了："你们先不要急着评论，再来看这两份。"这次他拿出来的是两份，一份《申报》，一份《民立报》，都是十月二十八日新鲜出炉的。九江是长江大埠，各报皆设有分社，可以与上海同步刊行。

两份报纸上，刊载了同一篇文章，题目叫作《沈仲礼驳张竹君女士书》，作者自然是沈敦和本人。

在这篇文章里，沈敦和并没有上来就大力反驳，而是从红十字会创始肇因娓娓谈起，分析利害，解释与京会之冲突，解释万国董事会成立之苦衷，等等，语气恳切，文如其人。

最令方、孙两人惊讶的是，面对张竹君要求公布账目的指责，沈敦和这一次居然没有沉默，而是正面做了回应，且极其详尽。

"红十字会财政历由会计总董施子英观察主持，至耶历一千九百零七年旦，总共救济市民十六万七千人，募捐银收入六十四万一千九百两，支出五十九万七千四百两，余银四万四千五百两。另有电报费五千余两，洋六十余万元等，不及详叙，唯逐年账目俱在，随时可就查询……"

这一份报账写得极为详尽，每笔俱有来历。既说明了之前捐款的用度走向，也解释了为何这一次仍要各界捐款。

至于为什么之前迟迟没有公布，沈敦和的解释是："所以不即造报销者，因辽沈救护之后，即以余款建筑会所及医院、学堂，年来缔造经营，由渐而进。医院甫于前月开幕，红十字会规模于今粗具，而用款亦始有结束。施观察正在赶造报销，以副中外捐户乐观厥成之意，造竣后自当刊册宣布。"

原来在救援日俄战争之后，红会所得余款用来兴建总医院，账期延续。直到今年总医院正式开始运营，财政方才终结。

沈敦和在文章的结尾，还委屈地发了一通牢骚："女士若以办事迟缓责鄙人，鄙人当然息听命。今以报销责鄙人，是教鄙人以越俎也。鄙人不敢也。鄙人之于红十字会，薪水夫马丝毫无所取，本非图利而来，硁硁之愚且不能见信于女士，更何足以欺世盗名乎？"

方三响和孙希同时搁下报纸，面露无奈。沈张二人之间的战争，看来并没有因赴援武昌而中止，反而愈演愈烈，竟然演变到在报纸上隔空对辩的地步。

农跃鳞笑眯眯道："两位看完这两份投书，觉得谁有道理？"孙希率先开口道："张校长我一向很敬重，不过她的这篇文章，词锋滔滔，却言之无物，似乎纯是情绪发泄而已。反观沈会董，不疾不徐，句句皆有来历，更有说服力。"

"方医生，你觉得呢？"

方三响沉默片刻，简短答道："沈会董更有理。"

农跃鳞哈哈一笑，把报纸收起来："果然，连你们这些在沈敦和身边的人都看不出端倪，这瞒天过海之计，可称高妙矣。"

两人相顾失色，不知农跃鳞何出此言。农跃鳞扯过一个小桌案，兴致勃勃道："沈、张二人积怨已久，两人隔空对骂实属寻常。可咱们只要排列对比一下这一连串日子，便会发现其中蹊跷之处。"

他拂了拂桌面，从搭袋里取出一沓厚厚的剪报，按时间次序一一放下去。

"且来看。十月十七日，张竹君在《民立报》公开斥责沈敦和，十九日成立赤十字会，宣布救援武昌。然后她在二十四日扬帆西上，同一天，沈敦和宣布成立万国董事会，绕过京会独自行动。二十五日红会乘坐襄阳丸出发。二十六日张竹君在《民立报》发表文章，再次批评沈敦和。二十八日，沈敦和在《申报》和《民立报》做出回应，正式公布账册。

"这份时间表，你们看出什么问题没有？"

两人对视，在对方眼中都只看到莫名。

农跃鳞笑道："其实这就跟人体病学一样，须从全体考量，方能深入腠理。这些事件单独来看，并无出奇之处。可若把它们连缀起来，便会发现种种疑点。你们看，我再把这张时间表补充一下，便明显多了。"

农跃鳞又拿出两张剪报，放在时间表的空隙里。一张是冯煦接受《江南商务报》

的采访，暗示红会账册有问题，它发生于十月十八日，早于张竹君成立赤十字会一天。另外一张是盛宣怀被资政院弹劾的新闻，发生于十月二十五日，恰在万国董事会成立之后一天。

"你们看，无论是沈敦和还是张竹君，他们的每一次重大举措，都跟京城局势有着微妙的联系。"农跃鳞说到这里，看向孙希，"其实这个时间表，只要再添加一个关键事件，整件事情的轮廓就再清楚不过了。"

"嗯？"孙希隐隐觉得不妙。

"你是何时把账册拿给冯煦的？"

孙希面色登时大窘，含含糊糊说是九月。农跃鳞俯身在时间表上加上一笔，然后又掏出一份剪报放进去。方三响一看，那是十月二十一日的《申报》，报道的正是红会爆发一起纷争，虽然没提及任何具体人名，可一看便知是自己被冤枉、孙希自首那天的事。

"农先生，别卖关子了。这到底是怎么回事？"方三响头大如斗。

农跃鳞叼起烟斗抽了几口，往椅背上一靠，淡淡地先说出结论："我认为，这一切都是沈敦和与张竹君共演的双簧。"

方、孙两人像触电似的同时跳起："不可能，他们两个可是有宿怨的。"

"有宿怨又如何？谁说仇人之间不能合作？"农跃鳞不为所动，"为了一个更大的目标，摒弃成见携手，不足为奇。"

他见两人都不言语，知道这结论实在惊世骇俗，便把烟斗拿开，缓缓道："我先与你们说个汉朝的典故。汉昭帝初登帝位之时，只有八岁，由霍光等大臣辅政。燕王刘旦忌惮霍光，便派人去进谗言，说霍光准备纠集禁卫造反。汉昭帝却说，霍光如果调动禁卫军造反，只要十日时间，而从长安传消息到燕地，要二十日，试问远在燕地的刘旦，是如何在霍光造反前得到消息的？所以这一定是谗言。"

他扫视两人，继续道："如果一件事是自然发生的，那么它的每一个节点，该符合消息传输速度。这份时间表太过紧凑，一个反应接着一个反应，彼此衔接不甚自然，只能认为是事先设计，是为了达成某种目的而安排好的。"

孙希忍不住道："这哪里不自然？"

农跃鳞一指时间表："你们且看。《张竹君致沈仲礼书》是二十六日所发，而她二十四日即离开上海，中途水陆相隔，船上亦少无线电报。那这份声明，是怎么发出来的？"

孙希不以为然："也许是张校长临出发前拟好的稿子，交给《民立报》。"农跃鳞道:"好,按你这说法,她最晚二十四日前,便把稿子交出了。但这就衍生出一个诡异之处:如果张竹君存心要给沈敦和难堪,应该选在二十四日或二十五日发表,正好能搅乱万国董事会的筹谋。可《民立报》拿到稿子后,偏偏拖到了二十六日才发表,其时红会救援之事木已成舟,这声明已没什么效果了。"

孙希愣了愣,一时想不出什么合理解释。

"再说沈敦和,就更古怪了。先前舆论汹汹,要求红会清查账册,他迟迟不见动静。可等到张竹君二十六日声明一发,他二十八日便做出了回应,可谓神速。你们也读了那文章,道理写得极为妥帖,账目也开列得极详尽,但问题是——他之前为何隐忍不动?"

这也是孙希一直在心里盘桓的疑问。沈敦和明明胸有成竹,之前却始终按兵不动,任凭外界舆论汹汹,实在不合情理。

农跃鳞道:"若将沈、张二人分开考察,这些疑问殆不可解。唯一假设两人有合作,方才合乎情理。"

"照你这么说,张校长斥责沈会董,反而是在帮他喽?"方三响怎么也不能理解这荒谬逻辑。

"好,咱们就说说红会账册这事。孙希,你在九月把账册偷拿给了冯煦,你觉得接下来对沈敦和最不利的情况是什么?"

"自然是京会以账册未清为由发难,要求沈会董离职或妥协。"孙希答道,这原本就是冯大人的目的。

"可张竹君偏偏抢在冯煦前一天,在媒体上率先发难,这样冯煦若继续追究沈敦和的责任,便有帮助乱党打自己脸之嫌。于是他只能在报纸上隐晦地点了一句,不好再讲什么,一场危机就此消弭。"

"你的意思是,张校长看似是对沈的攻讦,其实是替他打了个掩护?"孙希道。

农跃鳞忽然压低声音,眼神闪动:"我其至有个大胆的猜测,张竹君关于红会账册的消息,到底从何而来……"

孙希闻言剧震。他当初偷走账册,只发给了冯煦,绝没有泄露给第三者。所以张竹君站出来质疑账册时,他还疑惑了很久,她的消息是从哪里得来的?

若按农跃鳞的猜测,给张竹君透出红会账册底细的人,竟是最不可能的沈敦和。

"我还是不明白。沈会董既然没有任何贪黩之情,那么即使京会拿账册出来质疑,他只要坦白回答便是,何必请张校长出来打掩护?这不是脱裤子放屁吗?"方三响仍是不解。

"这自然是因为沈会董有更大的图谋。他彼时正在筹划万国董事会，所以故作心虚，任由外界舆论沸腾。结果所有人的注意力全被账册引走，反而忽略了他真正的筹谋。直到他得到内线消息，盛宣怀倒台已成定局，这才猝然出手，收获全功。"

方三响与孙希同时吸了一口凉气。账册破绽，竟是沈会董故意露出来作声东击西之用。

其实他俩在阿尔伯特厅里，都隐隐觉得哪里不对劲，万国董事会成立得过于迅速，也过于顺利，绝非一日之功。可当局者迷，他们并未进一步深思。如今被农跃鳞一个局外人点破，才觉察到沈会董的手段如羚羊挂角，不露痕迹。

"那后来这两份声明呢？"孙希哑着嗓子问。

"很简单。斯时沈敦和大事已成，之前的烟幕弹也好收收了。但自己主动跳出来澄清账册争议，未免刻意，这时张竹君适时发布一份声明，他正好顺水推舟，详加解答——你们把两篇声明对着读一下，是不是像国术里的喂招？一人亮出招式，不为击倒对手，只是为了方便他尽情施展。"

舱室里陷入一阵安静。方三响和孙希都如木头人一样呆坐原地。在他们心目中，沈敦和一直是位略嫌啰唆的善长仁翁，直到此刻，两人才深切地感觉到，能在上海滩沉浮十几年不倒的人物，岂是单单"仁厚"二字就能解释的。

尤其是孙希，内心更是五味杂陈。他窃走账册，原本负疚沉重，对于沈会董的谅解十分感激。如今听了农跃鳞的条分缕析，才知道一切都在沈会董的掌握中。

想起那一夜与沈敦和的长谈，孙希心里憋闷得紧："到头来，我终究还只是一枚棋子吗……"

可他实在没什么立场可指责，毕竟是他窃取账册在先，沈会董顺水推舟而已。

这时方三响又问道："你一直在说沈会董的好处，可张校长为何要配合他这么做？"

农跃鳞道："她愿意与宿敌联手，自然也是从中得了好处。不过张校长是人中龙凤、百越女侠，她想要的好处，断然不是资财名声这等俗物。"

"那会是什么？"

农跃鳞双手抱臂，双眼微眯："你们跟张竹君都有渊源，应该对她的政治立场很熟悉。但你们仔细琢磨一下，她成立赤十字会之后，反复强调的是中立支援、一体救护、革官二军绝无偏袒，说得太多了，反而有欲盖弥彰之嫌。而她要掩盖的事，就是她要得到的好处。"

方三响一琢磨，还真是如此，不由得钦佩无极。这资深记者，眼光比积年老吏还毒辣，堪比爱克斯光诊断，文字里深藏的心思，根本无所遁形。

"她对外宣称中立，那要遮掩的，必然是不中立。张竹君的立场不中立，自然只会偏向革命党那边。"农跃鳞从容掏出另外一份剪报，放入时间表内。

这份剪报同样是自《申报》裁出的，时间是十月十二日，新闻内容是：武昌起义新军、湖北诸议局议员和绅商代表召开联席会议，公推黎元洪为湖北军政府都督。

"对革命党人来说，最迫切的事，便是派遣得力干将赶至武昌，在军政府中扩大影响力，莫被黎元洪摘了果实。事实上，谭人凤、居正等同盟会干部，已在十五日抵达汉口，但成效不大，还得有更重量级的人到场，方能与黎元洪抗衡，控制大局。"

农跃鳞说到这里，手指轻点时间表上的一条。十月十七日，那正是张竹君公开斥责沈敦和的日子，距离谭人凤抵达汉口只隔两日，必存因果。

方三响头皮一阵发麻，头发恨不得根根竖起，目光几乎要射穿农跃鳞。

"你……你是说，赤十字会也不过是掩人耳目，张校长的目的，竟是要去支援武昌革命党？"

"不错。她故意跟沈敦和演了一出戏，假意愤恨红会不作为，自行成立赤十字会。全上海包括道台衙门和工部局，都认为她成立这组织，只为羞辱沈敦和，丝毫不起疑心。却不知她竟是瞒天过海，要去运送革命党要员——这，才是她真正要的好处。"

方三响恍然大悟："难怪张校长选在二十四日出航，那天正是沈会董宣布成立万国董事会的日子，所有人的注意力都在那儿，更没人去管乘坐瑞和号的到底是谁了。他们俩互打掩护，配合得竟这么好……啊！"

他忽然轻声叫了一声，农跃鳞问他怎么了。方三响挠了挠头："我想起来了，张校长让我给沈会董带句话，说什么'一个教头一路拳，我已仁至义尽，让他不好再做无耳茶壶了'，莫非也是有什么深意？"

"哦？你讲给沈敦和听了没？"

"讲了，他只是大笑，却没说什么。"

农跃鳞亦是笑起来："一个教头一路拳，是广东俚语，意思是各有各的打法。仁至义尽，即两人合作到此为止，不必再深入了。他们两个八字不合，勉强联手，想必忍得很辛苦哇。"

"那无耳茶壶呢？"

"茶壶没了耳朵，不就得让人捧着吗？张女侠到底还是嫌弃他爱出风头，总忍不住要讥讽一句。唉，这两个实在是妙人。人家是相忍为国，他们俩却是相斗为国。"

农跃鳞啧啧称赞。

"你说他们何时开始勾……呃，联手的？"

"我疑心就是从去年那场鼠疫开始。那次两人斗归斗，可红会总医院与上海女医学校联手做了不少事。"

孙希发出一声叹息："全上海的人，都被这一对仇敌蒙蔽了。唯一差点接近真相的，倒是那个洋人探长史蒂文森。他如果在码头多坚持一下，说不定计划就被撞破了。"

方三响突然觉得不对："嗯？你怎么知道的？"孙希耸耸肩："若不是我在码头用德律风告知总探长，只怕瑞和号早被史蒂文森翻了个底朝天。"

"竟然是你……"方三响皱起眉头。孙希苦笑一声，默默转过脸去。

农跃鳞俯下身去，把这些摆好的剪报一一收拾起来："其实呢，一切只是我的揣测，实情如何，没必要去深究，我亦不会对外发布，只今晚与你们二人私下说说罢了。"

一听这话，两人心头俱是一松。倘若这内幕被媒体爆出，只怕沈、张二人都要信誉扫地。农跃鳞敏锐地抬起头："你们俩现在一定暗自松了一口气，对吧？因为你们觉得沈、张二人如此行事，实在不够君子，万一公之于众，有损形象。"

孙希正要解释几句，谁知方三响已老老实实答道："是。"

农跃鳞摘下眼镜，慢条斯理地擦了擦："切不可有这种想法。凡事须看大节，有人耍手段是为了牟取私利，有人玩心眼是为了排除异己。而他们两个人捐弃私怨，携手做局，却是为了大业，为了理想。此乃国士之风，我钦佩还来不及，又怎么会去故意破坏呢？"

一阵悠扬的汽笛声打破江面的寂静，传入这间小小的舱室。农跃鳞信步走到舷窗前，看向外面的黑暗，语气肃然起来："如今这个时局，最大的慈善，无过于拯救吾国之命运；最高明的医术，无过于拯救吾民之灵魂。沈敦和与张竹君，一个慈善家和一个医生，他们在这片黑暗中拼命寻找着出路，求索变化，这才是大节所在。"

他缓缓转过身，目光炯炯："今日跟两位说这些，不为揭露秘辛，其实还是那句老话：你不去关心时局，时局也会来关心你。两位与沈、张渊源不浅，得见贤思齐才行啊！"

这场小小的密议，就此结束。

孙希和方三响并肩离开，不约而同地来到船头甲板上。是夜无月少星，周围一片黑漆漆，唯有高杆上一盏黯淡的汽灯，只笼罩住了三丈左右的范围，随着船身摆动。他们双手撑住栏杆，探出身子，也想试着去看穿农先生口中的这片黑暗。

久久无语之后，到底还是孙希先打破沉默："哎，老方，沈会董和张校长这事，除非他俩肯说，否则无法验证吧？"

"不，还是有办法的，但我不想告诉你。"方三响态度依旧生硬，双眼一直看着船头的前方，似乎答案就在那里。孙希悻悻道："唉，我知道你要说什么，但知道也没什么用。她一定也是不肯告诉我的。"

他从裤袋里摸出一包大前门，点燃一根叼在嘴里，把视线也投向那不可知的远方。

在两人目力遥不可及的数百公里之外，瑞和号已安全抵达汉口租界的二码头。这里是怡和洋行的地盘，并没有被战火波及，但隐隐能听到枪炮声。赤十字会的队员们迅速办理了手续，井然有序地下船。

姚英子收拾好行李，和陶管家走下舷梯。她忽然注意到一件怪事，那些一等舱的医生第一批下了船，没有等后续人员下完，先登上另外一条泊在码头的竹篷小船。

码头灯光昏暗，看不清那边的情形。只分辨出他们站在船舷旁边，同时做了个握拳的手势。小船轻轻驶入航道，朝着江对面的武昌而去。

张竹君伫立在原地眺望，她的肩膀微微松弛下来，像是卸下了一副重担。姚英子跑过去挽起她的胳膊："张校长，那些医生怎么先走了？"

"他们还有更重要的事情。"张竹君淡淡道。

"他们到底是谁呀？"

张竹君左手垫在右肘关节下，右手食指点了几下太阳穴，这是她思考时的惯常姿势。数秒之后，她忽而展颜道："事到如今，倒也不必收收埋埋。喏，那个胖胖的留着鱼尾胡的，叫黄兴，旁边是他的太太徐宗汉——她跟我在广东时就是手帕交①。戴眼镜的叫宋教仁，同室的叫田桐。那个日本人叫作萱野长知。"

听到这些禁忌的名字，姚英子的瞳孔骤然收缩，指甲不自觉地抠紧校长的皮肤。张竹君拍拍她的头，示意放松些，疲惫的面孔浮起一丝笑意：

"英子，很快你便可以大声地讲出这些名字，不必再有任何顾忌，也不会有危险。"

---

① 手帕交：比喻亲如姊妹的好朋友。——编者注

第十一章
一九一一年十月（三）

轰！

火药骤爆的强压，驱赶着一枚炮弹在狭长炮膛内急速前行。它的金属外壳刮擦着膛线，旋转着，奋进着，仿佛迫不及待要见到一个新的世界。

脱离炮口的一瞬间，炮弹周围骤然明亮起来。它的下方，可以看到一艘巨大的铁甲炮舰，在短短一秒内，这战舰迅速后退，变小，最终化为宽阔江面上的一个小黑点。一个更加斑驳的世界，在炮弹前方展现出来。

这是一段毗邻长江北侧的曲折江岸，上面被无数人类造物覆盖。在江岸下游，是秩序井然的欧式建筑群，依次为日、德、法、俄、英五国的汉口租界；而江岸上游则属于汉口华界商埠，密密麻麻的低矮棚屋彼此交叠，杂乱不堪，如同一大片紧附在船底的藤壶。此时有无数浓烟从棚屋间隙中飘摇而起，几乎要遮蔽整个天空。

炮弹从英租界的边缘划过抛物线的最高点，在重力牵引下向华埠街区急遽下落。景色越来越近，已经可以看清火光中的断垣残壁，看到繁密如毛细血管的曲折巷道，以及在巷道里惊慌奔跑的无数影子。浓烟与大火之间，甚至还可以辨认出两种旗帜，一种是黄底蓝龙戏红珠旗，一种是铁血十八星旗。

仿佛被这景象刺激，炮弹微微抖动着躯体，发出兴奋的尖啸，向着地面狠狠撞去……

一声沉钝的巨响骤然震起，如深秋闷雷，不甚高亢，但威势无远弗届。即使在数里之外，依旧能感受到那强烈的冲击感。

空气传来的波动，只是让方三响的耳朵动了动，脚下丝毫没有迟滞。身后的严之榭却猛然陷入慌乱，手臂一松，担架一头失去了平衡。幸亏方三响眼疾手快，手腕一顿，硬凭力气把担架重新抬起来。

"不要慌，这是舰炮，不会朝着城里轰。"方三响宽慰道。

这声炮击很好分辨，来自长江上的大清水师，更准确地说，是来自旗舰海容号。只有它的一百五十毫米克虏伯大炮，才能砸出这样的威势。

方三响在这片燃烧的城区待了大半天，已经摸出点规律。舰炮声不足为惧，大清水师往往一次只开一两炮，且多半落在草埔、荒坡之类的空地上。相比之下，清军陆军的格鲁森五七快炮更危险，它的开炮声音尖锐而短促，子母弹在半空会炸裂，弹片八方奋开。即使提前匍匐在地上，也会被波及。

但真正可怕的，乃是那种细切、清脆，如单根鞭炮燃放的步枪射击声。

在这片错综复杂的汉口街巷里，清军和民军已经厮杀了十几天，局势乱成一团。没有什么前线与后方，也不分清军的曼利夏步枪和革命军的汉阳造，子弹可能在任何时间从任何方向射过来。这种无法预测的冷枪，才是催命无常。

趁着严之榭喘息的空当，方三响顺手把红十字袖标往上臂捋了一下，突然感到右手手腕一阵钻心痛，应该是伤了尺侧腕屈肌。方三响皱皱眉头，没急着处理，先去检查担架上的伤员。

这个伤员是清军那边的，头上中了一枪。本来方三响已做了简单止血，还找了个青瓷碗扣住伤口。可担架这么一摔，青瓷碗掉在地上，伤口眼看又渗出血来。

眼下这环境危机四伏，不容重新包扎。方三响只能强忍痛楚，把右手伸到伤员的耳前，对准下颌关节，用指头压住了他的颞浅动脉。这是抑制头顶出血的不二法门，效果立竿见影，但缺点是不能挪开。

方三响右手保持着指压，左手握紧担架把手，喊严之榭在另外一端一齐用力，硬是靠单手把担架重抬起来。

"老方，你行不行?"严之榭见他面色涨红，大为担心，"这人是头部中枪，多半救不回来了，要不咱们……"

"他还没死呢!"方三响一瞪眼。严之榭嗫嚅道:"脑袋中了弹，救了也是白救嘛。"

方三响跟没听见似的，径直朝前走去，他也只好紧抬着跟上去。这两个人以别扭的姿势抬起担架，在隐约的枪炮声中匆匆赶回大智门。

大智门原本是汉口城北的一座堡垒，后来京汉铁路修通之后，这里建起了大智门火车站，周边发展出一片繁华商圈，平时人流极为旺盛。可惜自从开战以来，大智门作为兵家必争之地，损毁程度极为惊人，触目唯见断垣残壁，路上几无行人。

两人抬得汗流浃背，脚下却不敢有半分怠慢。他们穿过遍地瓦砾的大道与站前广场，转过货捐巷口，直到眼前出现一栋红砖三层洋房，看到房顶飘扬的一面红十字会旗，才松了一口气。

这里便是红会在汉口的驻扎地，也是战地救伤医院所在。无论是方三响、严之榭，还是其他红会救援队员，从来没如此真切地感受到这旗帜带来的安全感。

他们所乘坐的襄阳丸，在十月三十日凌晨抵达汉口日租界码头，驻扎在汉口同仁会医院。红会救援队这时才知道，他们在江上这四五天时间里，整个局势可谓风云变幻。

原来朝廷得知武昌事变之后，于十月十八日即调遣北洋一、四、五镇三路大军，以陆军大臣荫昌为主帅沿京汉铁路南下，还命海军统制萨镇冰亲率水师进入长江助战。可古怪的是，无论是萨镇冰还是三镇清军，抵达汉口之后均无所作为，战事迟迟不见进展。

这可急坏了朝廷诸位大员，一番庙算之后，只得咬牙请出了闲居老家的袁世凯。袁世凯取代荫昌上任之后，清军幡然一变，从十月二十六日开始发起了极为猛烈的攻击。

到了三十日襄阳丸抵达时，清军已经占领了大半个汉口城区，革命军残部被挤压到了玉带门一带。在错综复杂的汉口街巷里，两军展开了一场惨烈巷战。从四官殿、花楼街一直烧到了六渡桥、龙王庙，整个城区变成了一个充满变数的炽热旋涡。

烈火无情，枪炮无眼，没有人能把握整体形势，也没人能控制战局走向——对人道救援来说，这样的环境最为棘手。

当地人建议红会救援队先留在租界观望，但领队医生们一致认为，待在租界固然安全，可什么事也做不了，应坚持原有计划，尽可能深入战地去拯救战伤者。

最终他们在大智门附近物色了一栋三层洋楼，用作红会落脚之处。唯是这里位于两军巷战的边缘地带，不时有冷枪交错。红会人员只好在楼顶竖起一面巨大的红十字旗，一来宣示此系中立机构，勿来侵扰；二来接受双方伤兵自行前来求助。

孙希担任峨利生的助手，忙着在楼里搭建外科割症室；而方三响等一群年富力强的队员，则分散成两人一组的搜救担架队，深入战场，去把受伤士兵抬回来。这一群年轻人还未从晕船懵懂中清醒过来，便投入火与血的战场之中，他们甚至来不及学会恐惧。

方三响与严之榭气喘吁吁地抵达医院门口，早有一个矮墩墩的方脸医生冲过来接应，身后还跟着宋雅。方三响一看到方脸医生，冷哼一声，把担架轻轻放在地上，不肯与他对视。

　　此人是日本赤十字社派来支援的医生，叫作盐谷铁钢，之前在日本陆军担任过军医，如今在汉口同仁会医院任职。方三响对日本人都没什么好脸色，只是碍于人命关天，勉强合作而已。

　　盐谷做事很是一丝不苟，他接过担架之后，掏出一张伤情单，用生硬的中文说："请方先生填好单子，方便接下来抢救。"方三响的右手腕刚才扭得很疼，只好用不熟练的左手在单子上写了几笔，绕过盐谷直接扔给宋雅，然后顾自找了一瓶跌打药膏去涂抹。

　　这所临时医院的入门，是一条半拱形的欧式长走廊，两侧皆是花园。设计者的初衷是想让入门宾客先欣赏园林之美，再入厅室叙话。可惜此时的园圃，却被二十个浑身血污的伤兵占据，他们或躺或坐，无不身缠绷带，神情萎靡，空气中弥漫着一股混杂着血腥味、硝烟味、石炭酸味和人体汗酸味的臭味。

　　这些人都是巷战中受伤的两军士兵，来不及得到医官救治，便跑来临时医院求助。其中轻伤员们得到简易处置之后，暂且聚在门口休养。

　　讽刺的是，革命军本是武昌新军，与北洋的军服装备所差无几。就连伤兵自己，也只能靠脑袋后面有无辫子来区分友军与敌军。所以他们干脆各据一侧园圃，以走廊为楚河汉界，彼此警惕地瞪着对方。

　　盐谷铁钢和宋雅护送着担架正穿过走廊，忽然一个胳膊吊住的清军小伤兵叫道："这不是丁棚长吗？"盐谷停下脚步："咦，你认得他？"那个伤兵走到担架旁，掀开布帘看了一眼，扑通一声跪下哭叫："真是丁棚长啊！是哪个龟孙把你打得怎惨！日他娘，日他娘哩！"

　　走廊另外一边被哭声惊动，登时有一个民军伤兵喝道："你骂谁呢？"那清军小伤兵一抹眼泪："谁打的丁棚长，俺就骂谁！"民军伤兵大怒："打死他的，必定是我们的革命同志。你骂同志，就是骂我们！"

　　"他还没死呢！"清军小伤兵不甘示弱。结果对方嗤笑起来："没死？脑袋挨了一枪子还想活？你是第一天当兵吗？"

　　小伤兵呆了呆。当兵的都知道，子弹打进脑袋必无幸理。可他沉默片刻，复又争辩道："若人死了，红会咋会把他抬回来抢救呢？他们肯定有法子！"

　　"人家只是尽人事而已，你还真当神仙了？"

小伤兵看看担架，突然大哭起来，扑到盐谷跟前扑通跪倒："大夫，大夫，你给俺个准话，丁棚长还有救吗？"他的口音太重，盐谷根本听不懂，只好勉强用中文解释道："他是子弹射入顶枕，弹头留在脑袋里面。我们只能尽力而为，实在是有些为难……"

"求求你们，求求你们。"小伤兵也不听他说什么，只顾咚咚磕头。

这时民军这边忽又有人惊叫："乖乖隆底冬（不得了），我晓得他！两天前，华商跑马场那场仗，我们队死了一多半人，就是他带头开的枪！"

呼啦一声，这边能站起来的伤兵全站起来了，一人沉声道："这个满清走狗，欠了这么多血债，就算能救，也不许救！"清军这边亦是不甘示弱，伤兵们纷纷叫嚷："一群吃着皇粮反皇上的反贼，还有理了？"

红会要求伤兵入院前必须放下武器，他们无枪可动，便一边互骂着，一边伸手去抓担架的边缘，你拽过来，我拖回去。盐谷大怒，忍不住用日文大吼："快住手！你们这样会影响到伤者！"

可没人听得懂这些，就算听懂了也听不进去。两边的士兵都气得上了头，彼此推搡，场面一度极为混乱。盐谷伸开双臂，试图去阻挡他们接近担架，可惜双拳难敌四手，就连旁边的宋雅也被挤得东倒西歪，花容失色。

严之榭急忙上前想要劝说，哪知刚清了清嗓子，被老兵们凶巴巴地一瞪眼，说辞被硬生生憋了回去。就在这危急时刻，人群中突然劈下一记霹雳：

"安静！"

这是个女子的浑厚声音，中文生硬，气势却如泰山压顶，轻轻便把这群乱兵震开。余音未散，走廊尽头出现一个身着白袍、头戴护理帽的高壮女子，膀大腰圆，比所有人都高出半头。

"克立天生女士……"宋雅的泪水终于滚落下来。

这位克立天生女士和峨利生一样，是丹麦人，受聘于红会总医院担任看护妇主管。她湛蓝色的双目一扫，刚才还气势汹汹的伤兵们，立刻都尿得缩回原地。

"这里是中立地带，你们的做法已违反了《日来弗公约》，小心上军事法庭！"克立天生女士叉着腰怒斥道。

伤兵们顿时不吭声了。他们来到临时医院后，得到了克立天生女士与麾下十几名看护妇的悉心照料。这些下级士兵在军营里动辄被长官喝骂鞭打，何曾有过这样的待遇，因此无论哪边，在她面前都不敢造次。

"可是，明明是他们先挑衅的！"一个民军士兵不服气地叫道。这又惹恼了那个清军小伤兵，反击说："俺们只要救丁棚长，分明是你们蓄意阻挠。"克立天生女士沉着脸道："我不管你们谁对谁错，总之这里是医疗重地，不许争斗，不许喧闹！"

那清军小伤兵眼珠一转："那我们唱歌总可以吧？"克立天生女士一怔，一时倒想不到反对的理由。小伤兵转过脸去，冲同伴一挥手，扯着嗓子唱起来：

"为子当尽孝，为臣应尽忠。朝廷出利借国债，不惜重饷来养兵……如再不为国出力，天地鬼神必不容！"

这是北洋军中的《劝兵歌》，为袁世凯编练新军所用，人人会唱。清军伤兵们听出来这歌词句句都在嘲讽对面，俱是心领神会，纷纷跟唱。调子虽荒腔走板，气势却大大升扬。

民军们先是面面相觑，旋即也齐声高唱道："向前向前奋勇争先，向前向前伸我自主权；抖擞精神唤起国魂，思独立心如百炼金坚！"——这首《文华学生军军歌》，是武昌文华书院师生所创，朝廷屡禁不止，在湖北影响甚大。早在武昌起事之前，这歌便已在新军营地里广为流传。

清兵一见对方来劲了，声音更加高亢："自古将相多行伍，休把当兵自看轻。一要用心学操练，学了本事好立功。"民军亦不甘示弱："把微躯为国捐，把微躯为国捐，羞偷生怕神州瓦解难全……慷慨从军恢复中原，誓国仇好将大力回天！"

这两首政治立场迥异的歌曲，在红会楼前响彻，你一段，我一段，居然唱和得十分紧密，实在是一番奇景。克立天生女士没料到他们会有这么一出，无奈地耸耸肩："唱歌总比打架好。"

盐谷没明白，刚才还打成一团的敌人，怎么突兀地唱起歌来了？他摸摸脑袋，觉得中国人的习俗实在难以索解，只好先顾担架上的病人。

交错的歌声也传进了方三响的耳朵里。他只觉《劝兵歌》迂腐不堪，《文华学生军军歌》却是慷慨激昂，一时竟听得有些入神，连药膏都忘了擦。直到严之榭出来一推他肩膀，才如梦初醒。

"人送进去了，也不知能不能救活。"严之榭说。方三响把药膏迅速抹完，袖子放落："走吧！"

"啊？还出去？"

方三响朝那边一指："我还想听更多人唱这首歌。"严之榭愁眉苦脸，不得不跟出去。方三响力气大，胆气足，对战场环境有着野兽般的直觉，如果一定要出去，跟着他自然最有保障。

方与严再次冲进汉口巷子，与此同时，丁棚长的担架也被送进医院大厅。

大厅里的血腥味比外面还要浓重。前半厅堆满了来不及拆开的物资箱，等待处置的伤员就躺在这些箱子中间，七八个看护妇手持药品和绷带，来回奔走。最骇人的是，楼梯旁边搁着两个竹筐，筐内赫然扔着几截新鲜人臂人腿，鲜血从筐隙淋漓缓缓滴下去，顺着一条临时开凿的沟渠朝外流淌。

在前厅角落里，还放着一个暗褐色的马桶。里面装的不是屎尿，而是救援队员的呕吐物。不少人第一次直面活生生的血腥场面，忍不住要大口吐出来，吐完擦擦嘴，再继续工作。

在大厅的后半部分，八张八仙桌摆成了两个割症台，彼此用白棉布帘隔开。峨利生、班纳两名外科医师各自负责一台，各配两个助手和一个看护妇。所有生命垂危的重伤兵员，都是送来这里。

这时班纳正在紧张的手术中，丁棚长便被直接抬去峨利生的台前。孙希穿着一袭沾满血迹的白袍匆匆过来，从伤者的脑袋旁边拿起一张伤情单。

上面寥寥几行字，写明了伤者的伤情及做了哪些紧急处置。那大架子字体，孙希再熟悉不过。不过此时他顾不得感慨，一边用英语向峨利生医生汇报，一边拿起推子，迅速把伤者的头发剃光。

随着泛青色的头皮露出来之后，医生们能清晰地看到，在右顶枕的位置有一个触目惊心的弹孔，很深，直径与汉阳造步枪的七点九二毫米圆头弹相符。而且方三响在伤情单里指出，头颅下方没发现别的出口，说明子弹还留在脑袋里。

孙希又确认了一下，确实没有别的伤口，知道这次麻烦不小。他迅速取来一根钝头软竹签，用酒精滤过一遍，轻轻朝弹孔里探去。这是个很危险的探测，稍一抖动，就有可能伤及脑组织。好在孙希的手腕十分稳定，轻捏细探，过不多时感觉探到底了，再缓缓抽出来。

根据竹签上沾染血迹的位置，孙希推算出弹道深度得有七至十厘米，相当深，恐怕弹头已经抵达中颅窝底，停留在右颧弓靠近颞肌的位置——可惜爱克斯光机器太过笨重，没法搬过来，否则一照便知子弹去向。

很显然，这位伤者不是被人近距离击中，而是被不知从哪里打的冷枪击中。子弹飞了个抛物线，恰好从他头顶落下。这时子弹速度已大大降低，击穿顶枕颅骨后又丧失了大部分动能，最后停留在颧骨下方。

勉强可以称为幸运的是，子弹避过了枕动脉和几条大神经，否则人现在已经死了。

峨利生医生这时也走过来，孙希说出了自己的结论——没法救，子弹太深了，位置难以确定，且弹孔沿途都是敏感区域，极易造成脑损伤。

"那就先不取弹头。"峨利生医生盯着伤者，神情严肃。

"啊？那万一感染……"孙希一时没转过弯来。

"欧洲有很多子弹或炮弹片留在患者体内的病例，存活率虽然不高，但也不是必死无疑。"峨利生医生说，"现在的首要任务，是处理创口——立刻准备麻醉，我们要实行开颅术。"

"啊？在这里开颅？"孙希大惊。

开颅术是难度最高的外科手术，人类对颅骨下那团灰白色肉块的了解极其浅薄，即使在欧美，这种手术的失败率也极高，何况是在战场环境下。

可峨利生的灰蓝眼珠没有任何犹豫："动手术，尚存一线生机。不动手术，他必死无疑。"孙希知道老师的心意已决，直把后面的话咽下去。

"那我们的手术目的是？"

"清除坏死组织和血肿，移除骨碎片。我来主刀。"峨利生医生的指示简洁有力。

孙希觉得这手术难度高得实在有点离谱，但既然老师已下了命令，他也只好打起精神来，死马当作活马医。

在这一年的年初，神经外科之父哈维·库欣发表了关于颅内手术的一系列举措建议，比如利用血压计来关联病人颅压，比如要术后缝合硬脑膜与帽状腱膜，等等。一直关注最新技术的峨利生医生，立刻将这套举措引入红会总医院，已有过几次实战经验。

在襄阳丸赶路期间，他组织救援队进行过许多次模拟伤情演练，其中就包括脑损伤。"我们可以失败，但绝不能失败于基本业务的生疏。"这是他反复强调给学生们的。

峨利生医生下了决心，下面的人立刻忙碌起来。测量血压、执行麻醉、备械备药……一系列术前准备按部就班地开展起来。战场救伤必须争分夺秒，前后差一分钟都可能决定生死。

"现在是下午三点十六分，我们必须在日落前完成这项工作。"

峨利生医生看了看怀表，大声对所有人说道。这里并没有电力，一旦拖到夜晚，在烛光下施行开颅术是绝不可能的。

他看了孙希一眼。孙希顿时明白他的意思。作为一位合格的外科医生，开颅术是一项必须完成的考验。此时虽然孙希还没有主刀的资格，却是一次极难得的学习机会。

手术正式开始了。峨利生医生以弹孔为中心，将皮肤和腱膜小心翼翼地一一剥离，孙希则密切配合，用钳子和头皮夹把创缘一一固定好。接下来骨瓣的钻孔与切割也很顺利，但在即将打开硬脑膜的时候，孙希刚要伸钳子下去，却被叫住了。

"等一下。"峨利生医生侧过头去，"告诉我患者目前的血压、脉搏、体温。"

立刻有人报出数据。峨利生医生皱皱眉头，用食指轻轻触碰了一下硬脑膜："伤者的颅压太高了，还记得库欣反应吗？"

所谓的库欣反应，是哈维·库欣在一九○○年发现的一种生理现象。他当时给狗的蛛网膜下腔灌入盐水，让颅压升高，导致血压升高、呼吸紊乱及体温骤升等；反过来，如果发现有这几种症状，说明颅压很高，需要格外谨慎。

孙希知道教授此时发问，不是要考病例，而是要问应对措施。他第一时间转头对助手道："快，注射三十毫升甘露醇降压。"助手见峨利生没有异议，立刻为伤者推入一管甘露醇。

这是刚刚问世三年的一种海带提纯物，是很好的利尿剂。众人等候片刻，可颅压迟迟不见降低，孙希不禁怀疑自己判断失误了。伤者此时的呼吸已很微弱，不可能等待太久。这时峨利生医生开口道："放掉一点脑脊液。"

孙希手腕一抖。

脑脊液就是民间俗称的"脑浆子"，其实是一种透明液体，积存于蛛网膜下腔。北洋医学堂的教官反复强调，脑脊液对大脑和脊髓至关重要，切不可动。没想到一贯谨慎的峨利生医生，居然会用这种危险的方式降压，难道不怕病人感染吗？

"美国曾经有十几个类似案例中用过这个方法，有风险，但成效显著。这个病人受伤的位置太危险了，我们只能冒一次险。"教授边操作边解释。

这时外面突然传来震耳欲聋的爆炸声，手术台顶的吊灯晃了几晃，丝丝缕缕的尘土飘落下来。众人都有些惊慌，可峨利生医生像没听见似的，全神贯注地进行放液操作。

孙希感觉自己在看一部惊险小说，主角险象环生，可每次都化险为夷。峨利生医生的双手就像青铜浇铸的一样，沉稳有力，却又无比精细。

这一台手术，做了足足有三个小时。峨利生医生完成了主要的清创工作，累得不得不停下来休息。孙希接过手去，最终赶在太阳下山前完成了最后一针的缝合。

周围的人想要鼓掌欢呼，可都已疲累得抬不起胳膊。这是一次不折不扣的外科奇迹，一次极小概率事件。要知道，即使在同时代的欧洲，头部贯通枪伤的手术成功率，也只有百分之三而已。

其实这个病人还未完全脱离危险。残留体内的弹头可能会感染伤口，引发败血症；又或者脑组织肿胀会压迫延髓，导致呼吸中枢受损……但无论如何，最难的一关已经闯过去了。

孙希目视护工把病人抬上二楼的重症病房，这才把手术帽从头上抓下来，决定出去透个气。过去三个小时，简直像在枪林弹雨里跳舞，他急需点支烟放松一下。

虽然疲惫得要死，可孙希内心很是激动。今天他算是见证了一次医学史上的微小突破。要知道，外科手术是一门要不断挑战人命边缘的技艺，今天峨利生医生证明了一条可行的办法，明天便会有更多医生使用，也许在未来，这会变成一种普遍的常识。所谓医学的发展，就是这么一点点累积起来的。

他推门走到医院外头，叼着烟刚要划火柴，那个清军小伤兵迎上来，急切地询问结果。孙希答道："暂时渡过难关了。可惜弹头仍旧残留在颅内，暂时取不出来。而且有数块大的血肿，深入在关键神经附近，不敢碰。未来也许它会自行消退，也许会……呃，总之接下来三天是关键。"

小伤兵根本听不懂后头的话，直接扑通一跪到地："俺谢谢几位神医的大恩大德！"吓得孙希赶紧去搀扶，把周围的伤兵都惊动了。

这些士兵不了解技术细节，但他们看得懂结果——子弹打进脑子都能活？这些医生太厉害了吧？一时赞叹和惊讶声四起。他们当初赶来这里，不过是想讨几服药，止一下血，救个急而已，没想到连这种伤都能治，不约而同都起了心思：回去叫兄弟们都来这里看看病，多救活几个。

看到面前跪了一片感激涕零的伤兵，孙希内心生出一股强烈的成就感。他忽然有点明白，为何医生们会义无反顾地奔向危险，并非只为了名与利，更有一种随着技艺精进而增长的责任，以及责任带来的反馈。这种正反馈，难以用其他任何东西去取代。

他好说歹说，把这个小伤兵搀起来，突然想起那个伤员身份还没登记清楚，便问他情况。小伤兵对孙希奉若神明，竹筒倒豆子，哇啦哇啦全说出来了。

汉口战事一起，他们棚打的是头阵，率先攻入迷宫似的街区。三十日一早，丁棚长通知麾下士兵，上头命令他们去拦截一个从武昌来的重要信使，可惜汉口街区太复杂了，他们棚在行进途中不断遭受零星袭击。小伤兵就是在这时负了伤，不得不与主力分开，顾自去红会医院治伤。没想到，没过多久丁棚长也被抬进来了。

"武昌来的信使？"

第三个声音插入他们的对话。孙希一看，居然是方三响。他刚刚从外面返回，面孔被硝烟熏得漆黑。小伤兵挠挠头："对，武昌来的信使，至于干啥的俺就不知道了。不过丁棚长出发前强调说，无论死活，身上的东西要搜出来交给冯大帅。"

"你们本来打算在哪里伏击？"

"后花楼街和歆生路的路口。"

方三响迅速取来一张汉口地图，简单扫了几眼，转身就要往外走。孙希大惊，问他去哪里。方三响道："丁棚长中弹的位置，正是在后花楼街附近。现场爆发过激烈枪战，遍地尸体，只有他一个还喘气。我们当时急着先把活人抬走，现在该去收尸了。"

"啊？那不是掩埋队的工作吗？你去干吗？"

红会的职责除了救护伤员之外，还有一项工作是收殓战殒者的遗体，妥善安置，避免疫情出现。只不过一般是在当地雇佣民工成立掩埋队，不需要医生亲自去。

方三响道："能让清军高层特意派兵专门去拦截，这个信使携带的消息，应该十分关键。我去找找，也许还在尸体上。"

"再关键，跟咱们有什么关系？"孙希一脸莫名其妙，"你忘了吗？我们是中立方，不能介入两边争斗。"

方三响一阵冷笑："许你有立场，就不许我有自己的想法？"

孙希知道他芥蒂未除，可又忍不住劝道："王培元医生强调过纪律，夜晚一律不得离开医院。黑灯瞎火的，人家看不见红十字袖标，给你打一冷枪怎么办？"

"这个不用你操心。"

方三响抛下一句话，径直出了门。

汉口自从开埠以来，华界人口与日俱增，他们以江边与租界为边界一层层铺陈开来。这些任意建起的商铺、瓦舍、货栈、牌楼、棚户就像一盆灰水泼洒在地上，漫延流展，不成形状，分割勾勒出的逼仄巷道，比毛细血管还繁密。加上清军今日又用大火与枪炮添乱，让整个城区变成一个错综复杂的废墟迷宫。

虽然天色已晚，但汉口华埠并不是一片漆黑。清军久攻巷战不利，索性放起一把大火，火势已经蔓延到了遇字巷和六渡桥附近。冲天的火光越是明亮妖娆，越衬出阴影的浓重与狰狞，整个城镇就像是伦勃朗的西洋油画，陷入一种半明半暗的荒谬中。

方三响是一个行动大过思虑的人，适才一听到小伤兵讲述，便毫不犹豫地跑出来了。跑到一半，才开始琢磨自己为何出来：也许是陈其美送的那两本书有了发酵，也许是那些民军唱的歌曲有所触动，也许单纯是跟孙希怄气——你既肯为冯煦卧底那么久，我去支持一下革命党又有什么不行呢？

他抛开这些杂念，小心翼翼地穿梭在断垣残壁之间，努力回忆着地图走向。周围不时响起一声枪响，每到这时，他便会迅速伏底身体，等一切恢复寂静后再移动。

孙希的提醒是对的，夜晚对红会人员至为危险。无论哪一方的士兵，此时精神都高度紧张，遇到动静会先开枪再确认身份，红会袖标起不到保护作用。

只不过这种危险，让方三响变得更加兴奋。他加快速度，朝着花楼街一路赶去。

那条花楼街位于六渡桥附近，毗邻汉口长江码头，紧连租界，分前街、中街、后街三段。沿街皆是银号、酒肆与烟馆等，极得兴盛气象，是汉口一等一的胜景。不知从何时开始，无论什么店家，都不约而同地给自家檐柱喷上五彩花漆，门窗亦是雕镂成梅、菊、芍药、牡丹等花卉形状，望之绚烂——花楼街即以此得名。

其时有《汉口竹枝词》唱曰："前花楼接后花楼，直出歆生大路头。车马如梭人似织，夜深歌吹未曾休。"可惜巷战一起，车马无踪不说，连楼前歌舞也一并销声匿迹，街头空荡荡如鬼城，空余楼边几千朵雕花徒然盛开。

歆生路口和白天一样，尸横遍野，双方都没有余暇来收尸。他轻轻叹了一声，这景象，让他仿佛又回到了老青山的那一幕。按理说，掩埋战死者也是红会职责之一，以避免瘟疫横行。可惜目前掩埋队疲于奔命，根本顾不上这边。

方三响收敛心神，猫下腰，沿着右边楼侧一溜贴过去，这样可以避免意外枪击。他花了一个小时，逐一翻检了民军那边的尸体，并没有发现什么信使的踪迹。

其实他所有的依据，只是一个掉队士兵的说辞。那信使什么模样，带的又是什么机密，如今什么下落，一概不知道。方三响只是朴素地觉得，这事对革命党很重要，有必要关注一下。

他决定扩大一下搜索范围，就在这时，方三响听到头顶一声轻轻的"砰"，似是窗板相撞。他猛然抬头，看到一家酒肆二楼，什么人正要急急关窗，一丝烛光漏了出来。

方三响鼻子一吸，闻到一股药味从窗缝传出来，不禁精神一振。这时候还在煎药，必是有伤员，也许能多一条线索。他走到楼前，敲了敲门板，很快门另外一侧响起一个女子的声音："东家逃难去了，小店恕不迎客。"

"我是红十字会的人，不是清军也不是革命党。"方三响把袖标摘下来，顺着门缝递过去。对面悄无声息，似乎心存犹豫。方三响又道："我是红十字会的医生。"

也许是"医生"二字有了触动，隔了很久，门终于打开了，屋内是一个矮胖的女佣。她没多言语，示意方三响跟着，举着蜡烛走到二楼。

二楼是个雅间，雕镂丝帘，颇为豪华。如今只有一个寸头男子脸色苍白地斜躺在榻上，下半身盖着丝被。榻旁炉子里煮着不知什么成分的汤药，几条沾血的布条散乱地扔在地上。

"阁下是红十字会的医生？请问是何时到的？"那男子形容枯槁，目光却犀利得很。方三响道："今天凌晨，乘坐襄阳丸抵达汉口。"男子点点头："新闻说你们是二十五日下午出发，襄阳丸西上的速度最多只有十节，从沪至汉再算上沿途补给，前后要四五天时间，三十日凌晨抵达，确是合理。"

方三响眉头一扬，这人疑心真是不小，头脑也清醒得很。他过去掀开被子，见这人右侧大腿一片血污，显然被子弹打到了股动脉。虽做了简单止血，可包扎手法不对，只是堵住伤口却没施加足够压力，一看脸色便知道失血过多。

方三响问女佣炉子里熬的什么，回答说是辽参。他说怎么给病人吃这个，人参容易导致渗血过多，不利伤口愈合。女佣苦笑说附近药房的人都跑光了，她又不懂，这是附近能找到的最好的药材了。

方三响也知道她的难处，从随身挎包里翻出鸦片酊，先止痛再说。谁知那人却摆了摆手："我立誓不碰烟土，忍一忍好了。"

他两侧颧骨高高凸出，腮肉发达，看上去面相十分坚忍。方三响只好先给他拆开布条，发现弹头还在肉里，可伤口位置太敏感，方三响自忖技术不够，不敢剜取，只好重新用消过毒的绷带暂且扎好。

那人见他手法纯熟，确实是医生做派，疑心去了几分。方三响注意到，对方不动声色地将一把手枪重新塞回被底。他试探着问道："阁下这个伤势，短期内是走不得路了，我该通知哪边的医官来接？"

那人思忖片刻："也罢，红十字会都是中立人士，我便与你说了不妨——我叫萧钟英，湖北兴国州人，同盟会会员，目下是湖北军政府的人。"

方三响心直口快，当即问道："阁下可听说湖北军政府有个特使来到汉口？"萧钟英立刻握紧了手枪，语气紧张："你怎么知道的？"

方三响把丁棚长的事简略说了一遍，萧钟英恨恨道："看来在湖北军政府里，大清孝子还真不少哇。如此机密之事，这么快就传到北边去啦。"他轻轻摆动手枪，枪口对准自己："你要找的那个信使，就是我。"

据萧钟英自己说，他是三十日上午从武昌出发，乘一条小舢板渡过江面，来到汉口，在花楼街附近码头登岸。他本来约好了跟另外一名叫林天白的同盟会会员接头，谁知刚到歆生路口接上头，便被一伙清军伏击。林天白与其他几人当场阵亡，萧钟英仓促间大腿中弹，滚到了旁边沟渠里，才算躲过一劫。幸亏旁边花楼的女佣李妈出来倒马桶，见萧钟英蜷缩在沟渠里一身血污，动了恻隐之心，赶紧抬回来收留，才算捡回一条命。

李妈有着汉口女子特有的硬悍劲："我救萧先生，可不图什么银钱。清军那些狗杂种，快把汉口烧成白地了，不能让他们好过！"说完啐了一口在地上。

萧钟英看了她一眼，语气颇带自豪："方医生，你瞧，得道多助，失道寡助。自从新军起事以来，三镇百姓都和李妈一样，箪食壶浆，以犒王师，足见民心之向背。他清军纵然占得一时之优，也不过是无根浮木，有什么好怕？"

这一番话，说得方三响频频点头。他忙碌了一个白天，对此深有体会。负伤民军，往往会被市民偷偷接到家里，清军落单伤兵却只能躺在街头呻吟。两下对比，十分明显。

萧钟英双眼盯着方三响："方医生虽是中立人士，但对革命似乎也有一番见解嘛。"方三响道："无为兄送过我《猛回头》和《革命军》，读过几遍，深为赞同。"

"无为？陈无为？你认识陈其美？"萧钟英的语调不由得抬高。

方三响心想这也没什么不好承认的，便说了说两人渊源。萧钟英忽然大笑起来："天意，天意，看来连老天爷都站在我们这边。"他复又恢复肃容道："你可知道我这个信使，是去做什么？"

方三响摇摇头："这是贵方的秘密，我不必知道。"萧钟英却跟没听见似的，继续说道："想必你在江面上也看到了，这一次萨镇冰带着水师早早开到了汉口，协助陆军镇压革命党。据水师里的同盟会内线说，无论是萨提督还是各舰管带、帮带、水兵等，都对清廷心存不满。这次来汉口助战，也不过虚与委蛇而已。"

方三响点头，这点他是深有体会的。舰炮每次都瞄准空地，一个时辰开个三四炮，这不是懒散能解释的。

萧钟英叹道："可惜萨提督虽然内心摇摆，骨子里却还是一个旧派武人，不肯与清廷决裂，须要有人推动一把才成。他早年在天津水师学堂当老师时，有一位得意弟子，如今就在湖北军政府任职。这位学生给恩师写了一封信，陈说利害，晓以大义，倘若能说服萨提督反正，则革命必胜矣。"

"什么学生，居然这么有说服力？"

萧钟英微微一笑："他的这个学生，叫作黎元洪。"

这名字听得方三响肩头一震，想不到那位湖北大都督，竟与萨镇冰还有这么一层关系。

"黎大都督委任了我做密使，要把这封亲笔信送给萨提督。可谁知这不争气的大腿……"萧钟英恼怒地捶了捶伤口。方三响见状，连忙提醒道："你如今的伤势，绝对不能移动。这封信，恐怕得让军政府另外派人去送了。"

萧钟英摇摇头："来不及通知武昌了。这封信如果不能尽快送到萨镇冰手上，会出大乱子。"他突然举起手枪对准方三响，见他无动于衷，哈哈一笑，把枪口放低。

"方医生，你是陈无为的旧识，思想是可以信得过的，我如今送你一个扭转乾坤的机会如何？"

一听这话，方三响顿觉口中有些干燥，他连忙摇头道："这不成，不成。我是红会总医院的医生，如果替你们传递信件，就破坏中立了。"

萧钟英递枪的姿势没变："国变当前，谁能真正中立？陈无为送你的两本书，难道你还没读懂？"他见方三响仍未下决心，复又说道："倘若这封信没能及时送到，萨提督说不定会全力出战，届时革命军可要大难临头——你难道还要中立下去吗？"

仿佛为他的话做注脚似的，窗外忽然传来一声尖锐的长啸，如一只不祥的夜枭飞临汉口上空。只是短短十几秒光景，它便重重砸在了汉口城区的某一处，冲击波向四外嚣张地散开来。

小楼里的药炉"咣当"一声，竟被其威力生生震翻在地。深褐色的药汤，就这么泼洒在了犹豫不决的方三响身上。

在红会临时医院里，孙希正在帮一个伤兵把疝气推回腹腔。那一声突如其来的爆炸声响起，他手一抖，疼得伤兵"嗷"一嗓子。孙希抬起头，喃喃用英文骂了一句脏话，埋头继续工作。

无论是花楼街的方三响还是大智门的孙希，他们只判断出这一枚炮弹来自战舰的主炮，但谁也想不到，炮弹的落点，距离姚英子只有三百米不到。

"喀，喀……"

姚英子大声咳嗽着，从地上爬起来，努力掀开砸在自己身上的邮政麻袋。她一抬手，不小心碰开了麻袋口，一大堆来不及寄出的信函倾泻而出。好在这些信件心意虽重，体量倒还算轻，她并没有真正受伤。

此时她身处的这栋建筑，叫作汉口邮政总局，就在江汉关附近的河街，是一栋欧式两层建筑。因为战争，邮政职员避战跑光了，空出来的办事大厅便被赤十字会充作临时医院。

这个位置比红十字会更深入战区，随着两军在汉口展开惨烈巷战，邮政总局一下子深陷暴风眼中，如今居然在大半夜挨了一记炮击。

偌大的邮政门厅里充斥着烟尘，呻吟声四起。尤其是靠近窗边的几个倒霉鬼，浑身都被震碎的玻璃碎片扎伤，看起来如被活剐了一样。黑暗中，姚英子隐隐听到陶管家在喊她的名字，这像是触动了某个开关。她的身体不由自主地颤抖起来，那枚炮弹若是再偏个几十米，这一屋子人很可能就全完了。

更可怕的是，谁能保证只有一枚炮弹落地呢，接下来会不会还有？

这才是战场最恐怖的地方，你永远不知道下一秒会发生什么。所以你始终会惦记，始终惶恐不安，这种未来的极大不确定，才是最令人恐惧的。

在这一片混乱的黑暗中，一个挺拔的身影率先起身，冷静而嘹亮地喊道："所有人就近检查伤员，优先救治重伤！"

听到张校长中气十足的声音，姚英子稍微放下心来。张校长是赤十字会的主心骨，可不能有什么闪失。张竹君分辨出了姚英子的位置，走过来把她轻轻拽起："听着，英子，让自己忙起来，唯一可以战胜恐惧的办法，就是让自己忙起来。"

姚英子握着张校长的手，感觉一股力量源源不断地传过来。她一咬牙，从地上挣扎着爬起来，迅速找到附近呻吟声最大的一名伤员。

伤员的胳膊在刚才的混乱中骨折了，姚英子没别的选择，只得先帮对方贴墙扶好，在腰间抽出一条三角布带，一边从腋下季肋部绕过胸背，一边绕过肩膀与腋窝，拉向锁骨上凹，打了个漂亮的纽扣结。整个过程一气呵成，毫无迟滞。

须知战场上最多的伤情不是弹片伤或枪伤，而是炮弹冲击波造成的骨折。姚英子这几天没日没夜地处理骨折病号，已经熟极而流了。

在张校长的指挥下，其他赤十字会的同伴也纷纷站起身来，好多人脸上还挂着泪水，就已经忙着去救治旁边的伤兵与市民。一股与战场气氛迥异的勃勃生机，在这间漆黑的邮政厅里弥漫开来，一直延伸到厅外挂的那面满是弹孔的赤十字大旗上。

赤十字会忙了足足一宿，直到天色初亮才算初步恢复正常。万幸没有造成人员直接死亡，但有一个伤兵的肠子被震出腹腔，已出现身体发热的感染征兆，恐怕撑不了太久。

伤口一旦感染，药石罔效。张竹君也没有办法，只得给他注射了一剂鸦片酊，至少不会死得那么痛苦。她忙完这些，叫了姚英子走出邮政总局，去观察周围动静。

邮政总局右侧本有一栋民房，如今却变成了一片废墟，显然这里是昨晚炮弹的落点。

"这些有口齿的清狗，明明已申报这里是中立区域，可他们还敢打炮过来！"

张竹君红着眼圈，狠狠地骂了一句。姚英子疲惫地叹道："这么持续下去，人心惶惶，大家根本就没办法安心诊治。"

她灰头土脸，双手虎口处有深深的勒痕，那是包扎了不知多少次的印记。

"黄兴他们到湖北军政府三天了，也不知何时能反攻过来。"张竹君先是喃喃，旋即又摇摇头，不能把希望全寄托在别人那里，"看来还得去跟清军交涉一下，我们这几天也救了不少清军伤兵，他们总不能翻脸不讲情面。"

两人正谈着，忽然从路对面跑来一个人。这人穿着灰蓝军装，头戴檐帽，右胳膊上扎了一个红黑两色袖标——这是汉口军政分府的标志。汉口的革命军都归他们指挥。

这人跑到邮政总局门口，先被眼前的惨状吓了一跳，然后满脸惭愧地说："这时惊动张女士实在抱歉，可我们有个标统昨晚胸部中枪，情况危殆，非您去不能救。"

张竹君一听是胸部中枪，二话不说，转身吩咐姚英子去准备相应器械药物，顺便问起局势。那人摇头叹息，说清军放了狠手，烧光一处，清剿一处，革命军被挤压得无法立足，估计撑到明天，就只能撤退到汉阳去了。

张竹君顿时深为忧虑。革命军这么一撤，汉口尽数被清军占领，那么赤十字会收容的伤员可怎么办？

她们这几天收治了六十几个病人，除去少部分居民和清军伤兵之外，大部分都是革命军士兵。以清军的匪气，很有可能会不顾中立，把这些伤兵全数虐杀。

恰好姚英子把药箱拿了过来，张竹君接过挎在肩上，把自己的担忧说了出来。姚英子将信将疑："《日来弗公约》禁止虐杀放下武器的士兵，他们昏了头了敢这么做？"张竹君冷笑道："清军把汉口都快烧成白地了，你觉得他们会突然变绅士？"

她用力拍了拍姚英子的肩膀："英子，我眼下要去救人。你代我去找一下对面的指挥官，一定要讨一个保证来。"

"啊？我……我……"姚英子从前都是在校长的羽翼下做事，现在突然要独立去执行任务，还是一个关乎百多号人生死的任务，她顿时乱了方寸。

可惜张竹君连宽慰她的时间都没有，挎好药箱，匆匆离去。

姚英子别无他法，只好稍做梳洗，把方三响送她的头巾戴上，准备硬着头皮出发。陶管家坚持要陪同，还把胎毛笔拿出来，让她揣在自己怀里。姚英子满脑愁思，实在顾不得拒绝，只好应允。两人高带着一面醒目的赤十字旗，离开驻地。

汉口血战已经进入十月的最后一天，巷战仍旧激烈无比。他们越朝着清军后方走，心中越惊。清军为了清剿革命军，几乎把半个汉口夷平了。只见沿途处处是断垣残壁，许多妇孺瘫坐在冒着黑烟的废墟中哭泣。姚英子甚至见到在一处路口旁竖起了一排木架子，上面捆着几个被俘民军士兵，下腹部一片血肉模糊，脏器几乎全被掏空。几个得了瘠病的人趴在架子底下，拿着馒头蘸泥土里的血吃。

看到这番情景，她一阵恶心，暗暗下定决心，绝不能让赤十字会的伤员落到这般境地。说来也怪，决心一下，慌乱之情反而减少了。

在这面赤十字旗帜的庇护下，姚英子和陶管家一路有惊无险，很快便抵达了距离邮政总局最近的一处清军指挥部。这里驻扎的，是第五镇二标下辖的一个营。自从清军攻克循礼门之后，这个营部就前移到了战线边缘，驻扎进了江汉路上的中英药房。

陶管家告诉姚英子，这家中英药房听着像洋行，其实是上海几个商人合资建的，如假包换的中国资本，去年刚在汉口开了这家分店。业务未及开展，却赶上这么一场战事。

"其实谈判让我去就好，小姐你不该来。兵营是大凶之地，女子进辕门不吉利。"陶管家小声埋怨道。

"我才不讲究这些呢！重要的是把事情给办了！"

"嘻，我是说他们，很多大头兵忌讳这个。"陶管家无奈地解释道。姚英子更不乐意了："那我偏要闯一闯。若没有不吉利，说明这是对女子有偏见的迷信；若真的不吉利……那说明他们会打败仗，也挺好哇。"

陶管家听了，一时无语。为了避免这位大小姐乱讲话，他主动上前向哨兵说明来意。哨兵一听是赤十字会的，立刻把他们带去了大班办公室。

这间办公室颇为气派开阔，水晶灯吊顶，一水儿的西洋家具。不过此时大班桌面上铺满了军用地图，七八名穿着马靴的军官正围拢一圈，指指点点。其中明显处于中心位置的是一个身披斗篷的年轻军官，他的右臂被白布条吊起，面色苍白，嘴里叼着一根烟卷却没点燃。

马弁过去恭敬地喊了一声"管带"，低声说了一句。那军官剑眉一扬，先朝这边瞥了一眼，左手一掀斗篷，当即走过来。陶管家赶忙起身，清清喉咙正要开口，姚英子先"啊"了一声：

"怎么……怎么是你？"

两天之前，一个清兵自行跑来邮政总局求助。他的右臂中了一枪，治疗期间出现了强烈的休克症状。张竹君权衡再三，冒险使用静脉输液法。这是欧洲才推广不久的战场救护方式，用玻璃罐、贝克利特软管和空心针刺入静脉，对病人紧急补液或输血。

这是种全新的治疗方式，种种手法尚未成熟，这项工作便交到了姚英子手里。她一边要处理烦琐的输液细节，一边还要监控病患情况，足足忙活了半天，才告一段落。可这个伤员苏醒之后，没和任何人打招呼，便悄悄拔掉针走了。

没想到，这人如今竟出现在清军营部，居然还是个管带？？

这军官快步走到姚英子面前，格外亲热："姚小姐，没想到你我还有重逢之日。"他见姚英子一脸愕然，笑道："我前日去微服侦察，不意为叛贼所伤，幸蒙小姐相救。只是当时形势所迫，只得不辞而别，告罪，告罪。"

他右臂伤势未复，不能拱手，便左臂虚握着拜了拜。既然对方姿态放得这么低，姚英子也不好再抱怨什么。那军官顺势伸手过去："重新认识一下，本官叫那子夏，忝为清军五镇二协四营的管带。"

两人双手握了一下，那子夏没有松开，反而直勾勾盯着她："我这里虽有随队的医官，却不如姚小姐你照顾得那般细心体贴。至今思之，仍觉慰怀呀！"

姚英子皱了皱眉头，把手抽回来："你的伤可好了？"那子夏道："见好，见好。对了，你们在邮政总局拿罐子给我吊水，是个什么章程？这么好的法子，我也想在军中推广。"

姚英子道："英文叫作 intravenous infusion，也是最近欧洲才有的。"那子夏道："老邓！老邓！"他扯起嗓子喊了一声，一个矮胖的军医紧忙从隔壁跑过来，耳朵上还挂着一副玳瑁圆眼镜。

那子夏一指姚英子："等会儿这位姚小姐教你一个罐子吊水的法门，你仔细记下来，这一仗打完，咱们也学一学，让兄弟们少受点苦。"邓医官连连称好，谄媚地说姚小姐真是活菩萨呀，功德无量，功德无量。

姚英子听出他只是讨好那子夏，夸奖得言不由衷，懒得搭理他。陶管家见寒暄得差不多了，正要切入正题，不料姚英子已抢先开口："对了，这次我们前来拜见那管带，是有一事相求。"

"姚小姐是我的救命恩人，只要是本官能力所及，绝不推托。"

姚英子把昨晚医院遭到火炮袭击的事约略一说，那子夏微微动容，连忙叫来个参谋问了几句，对她正色道："姚小姐，昨晚我部炮队并未开火，那次炮击应该是来自江面的水师。那些遭瘟的苦力，正经打仗时候不见出力，炸起慈善医院来倒是积极，我看根本是心存反意！"

那子夏骂得口滑，姚英子赶紧道："倒不是兴师问罪啦，只是担心再有类似的事件发生，容易伤及无辜，所以希望长官……"

"叫我子夏就成。"

"呃，希望那管带能把邮政总局一带划为中立非战区，方便赤十字会救护。"

那子夏一拍大腿："我就是赤十字会救下的，于公于私，都应该尽量给予贵会方便。姚小姐你放心，等下我便签一道军令下去，划定邮政总局为非战区，不得滋扰袭击。"

姚英子见他答应得如此痛快，大为欣喜，得意地看了陶管家一眼："你瞧，我一个人也能办得漂漂亮亮。"

那子夏又开口道："对了，我这个右胳膊还是不太妥帖，许是包扎问题。姚小姐，你能帮我再调一下吊带吗？"对这个要求，姚英子没法拒绝，只好随着他去了大班办公室隔壁。这里单独开辟出一个处置室，药品、绷带一应俱全。那子夏一边接受姚英子的重新包扎，一边大谈战局，夸称汉口不日即下，武昌、汉阳等地可传檄而定，平叛首功便是他的营头云云。

姚英子耳内听他喋喋不休，手里包扎不停。不知是不是错觉，她每次手指触到对方皮肤，总觉得那子夏的眼神会变得炽热。很快包扎妥当，他回到办公室去处理军务，邓医官留下来，说是请教 intravenous infusion 的诸般细节。

姚英子倒是有心介绍一下这门技术，谁知邓医官只是潦草地记录几笔，却拐弯抹角地问起她的个人情况：芳龄几许，可曾婚配，甚至连有无缠足都隐晦地问了一嘴。

旁边陶管家不悦道："邓医官，这些事与医学无关吧？"邓医官呵呵一笑："确实与医学无关，与那长官倒很有关系——对了，还没请教你与姚小姐的关系？"

陶管家表情生硬地说是长辈。邓医官搓着手道："长辈更好，长辈更好，能直接做主了。"一把将他拽到旁边："实不相瞒，那管带承蒙姚小姐悉心照顾，颇为倾慕，我看姚小姐亦是芳心暗许。倘能玉成此事，岂不留下一段战地佳话？"

突然听到这一番说辞，陶管家不由得瞠目结舌，半天方道："他们……他们才第二次见面吧？"邓医官嘿嘿一笑："两情相悦，一眼就够了。"

姚英子耳朵尖，在一旁立刻面色大变："我……我何时芳心暗许了？"邓医官见她听见了，索性直说："那管带回来对我们讲，说姚小姐你日夜照顾，无微不至，待他与旁人真真地不同。"

"那是我作为医生的职责！对待每个病人都是一样的！请他不要那么自信！"姚英子几乎要吼出来。

"不然，不然。那管带讲过，说你时常会摸他额头，两人贴得极近。一个女子若没有那番心思，怎么会对一个男子如此看顾？"

姚英子的情绪濒临崩溃："所以我让你仔细听讲解呀！这种盐水输液，如果打得太快，会导致伤员呕吐。我必须随时捏动橡胶球，调节注入速度，当然得陪在他身边哪！"

"那你摸他额头……"

"那是怕病人出现热原反应！"姚英子真想把这个单词用最大号的毛笔刷在宣纸上，然后糊在邓医官脸上。陶管家眼看要闹僵，拦住姚英子，平心静气道："邓医官，我想这其中有些误会，不如麻烦你跟长官澄清一下。"

邓医官犹不死心："哎，其实那管带人不错呀，出身高贵，年少有为，三十岁不到就做到陆军管带，实是良配。何况他对姚小姐也十分属意，愿意以平妻之礼迎聘。"

"什么？他已经有正室了？"这下子连陶管家也没法忍了。邓医官不解："这是自然，不过那边只是遵从父母之命，两人没什么感情的。"

"不必了，让他对自己妻子好一些。"姚英子面如寒霜，起身冷冷道，"我还有病人要管，先回医院了。"

邓医官见她要走，有些惊慌，看向陶管家："小孩子不懂，你这做长辈的难道不懂？以后那管带可是前途无限——难道姚小姐一个女子，还想一辈子做医生不成？"

姚英子忍不住要反唇相讥，却被陶管家拦住，赔笑着敷衍道："姚小姐父母皆在上海，总要回去请示才好。"

"不用请示！我爹肯定是不同意的，就算他同意，我也不同意！"姚英子怒气冲冲地拉开门冲出去，却见到那子夏正守在门口，嘴边的笑意还没来得及收回。

两人一见，异常尴尬。姚英子瞪了他一眼，转身欲走，那子夏伸手去拽她胳膊：

"姚小姐，邓医官是唐突了点，不过我的心意却是真的。你若有意，我回去休了她便是。"

姚英子厌恶地甩开他的手："临阵纳妾，抛弃发妻，难怪人家要造反！"这句话实在辛辣，一霎时，那子夏的脖颈青筋绽起，那张白净面孔就像年久失修的佛像，和善中微微裂出一丝狰狞。

姚英子低头朝着门口匆匆走去，背后传来一个狠声："姚小姐，你想清楚，邮政总局可还不是中立区呢，我无法保证其安全。"

她闻言一震，不得不停住脚步，强迫自己回过身来："你……你没王法！"那子夏道："王法？王法就是拿下汉口，别的一概勿论！"

"侵犯中立救伤队伍，这是违反《日来弗公约》的行为！"

那子夏抬起下巴，眼神戏谑："别以为本官不懂。只有大清红十字会才是加入《日来弗公约》的正经机构。赤十字会不过一民间自办团体，没资格要求战场豁免！"

这话正戳中了要害，姚英子没料到这家伙还懂国际法，一时不知如何辩解。那子夏趁势伸出手，搂她的肩头："我记得在邮政总局时，可看到里面窝藏着不少叛军呢。姚小姐，你说我要不要现在派人去搜捕一下？"

"你……你这个忘恩负义之……"姚英子气得杏眼欲裂。那子夏侧耳过去："哦？之什么？"他见姚英子低头不语，大是得意："其实只要你肯答应，赤十字会便是我丈母娘，女婿哪里会为难丈母娘呢？"言罢哈哈笑起来。那只手一搭在肩上，姚英子便浑身浮起鸡皮疙瘩，身体挣扎起来。

那子夏一见挣扎，反而更起劲了，两人这么一推搡，那管毛笔从姚英子怀中滑落，掉在地上。那子夏好奇地瞥了一眼，捡起来一看，发现笔身上写着"英子"二字，知道是她的贴身物品，便暧昧地要凑近鼻子闻一闻，却不防旁边一只大手抓住他手腕，如铁钳加身，疼得他叫起来。

一抬眼，陶管家铁青着脸，口称"得罪"，顺手把胎毛笔夺回来，递还给姚英子。

那子夏后退数步，揉着手腕叫道："还愣着干吗？有人袭击长官！"旁边的马弁们慌忙冲过来，却见陶管家轻舒手臂，几下拨动，不见动作有多迅捷，那几个马弁便咣当咣当全数倒在地上。

这下子那子夏慌了，紧忙从腰带里拔手枪，不料陶管家冲过来，显露出了强横的外家功夫，一个铁山靠，登时把他撞翻在大班桌前。

姚英子甚至没时间惊讶，便被陶管家拽着朝外走去。卫兵还没有反应，便被陶管家左边肘击，右边膝撞，疼得扔开步枪蜷缩在地。陶管家趁这个空当，带着姚英子冲出办公室。

这一切发生得太快，外头的人根本不知发生了什么，更谈不上拦截。眼看陶管家就要冲出中英药房的大楼，在屋里的邓医官如梦初醒，一边去搀扶那子夏，一边玩命地吹起哨子来。

一大批士兵从四面八方赶过来，把陶管家和姚英子拦在了大楼出口前。十几杆长枪对着，武功再高也没辙，陶管家无奈地松开姚英子的胳膊，挺胸挡在前头。

那子夏追出来，一脚端在陶管家大腿上，却感觉像踢到一根铁柱。他疼得龇牙咧嘴，喝令卫兵们把这个浑蛋按在地上，然后抬起马靴，踩在陶管家头上重重踩动："你算是什么东西，敢来扰我的雅兴？"

陶管家在靴下强声："你不要动小姐，你得罪不起！"那子夏眼神一闪，蹲下身子："哦？我堂堂一个管带都得罪不起的，是什么大人物？"陶管家用尽力气嘶哑喊道："她是姚永庚的女儿！"

那子夏忍不住失笑："那又是谁？本官听都没听过——不过呢，会把自己女儿送上战场的，想来也不是多厉害的角儿。"

马弁们一齐哄笑，陶管家还要试图抬头，却被马靴又是狠狠一踩，脑壳"咣"的一声撞在地上。姚英子尖叫一声，连忙扑过去搀扶，却发现老人半边脸高高肿起，一缕鲜血从额头缓缓淌下。

那子夏还要继续踩，这时从人群里忽然站出一人，拱手笑道："那管带，可否容项某一言？"这人一袭深蓝绸袍，与周围的军装格格不入，棋子脸上架着副金丝镜，镜片后一对腰果眼，无时无刻不带着笑意。

"哦，项掌柜，你有何要说？"

那子夏认出这是中英药房驻汉口的经理，名字叫项松茂。这次清军进发，人家主动提供了药房当驻地，又捐了一批药物，拿人的手软，便许他开口。

项松茂看了姚英子一眼，凑到那子夏身旁，悄声道："管带，倘若那老者所言无虚，您还是放了他们稳妥些。"

"哦？她跟你沾了亲故？"那子夏不悦。项松茂笑道："我哪里高攀得起，只是她父亲姚永庚乃上海滩有名的烟草大亨，响当当的闻人。这位姚小姐是代表赤十字会来的，您把她扣下，这事遮掩不住，早晚会传到上海去的。"

不待那子夏撇嘴，项松茂又道："当然啦，姚永庚再有钱，也不过是个商人。管带您是为国家带兵的，不必忌惮，可眼下有桩消息，还请您过目三思……"

项松茂拿来一张昨日刚出版的《楚报》。这是租界公办的英文报纸，也叫《华中邮报》，是目前汉口唯一还在坚持发行的报纸。

那子夏识得洋文，满腹狐疑地一摊开，头版便是一条重磅新闻："中国海关总税务司安格连，要求汉口海关截留税款，停止向中国政府交付。"

"管带比我清楚，如今朝廷一应开销，皆仰各处海关税款。而海关一直在洋人手里头，如今他们开始截留汉口海关税款，说明洋人对咱们大清，开始失去耐心了。"

那子夏能做到管带，自然是个有见识的人。项松茂稍一点破，他便明白了。海关税款是朝廷的命根子，这个节骨眼上，若传出前线将官霸占上海名媛的丑闻，洋人便有理由质疑清军战力，万一以此为理由扣款不发，事情可就闹大了。

项松茂没再多说什么，笑眯眯垂手而立。那子夏不由得愤恨道："我早说过，海关乃国家命脉，焉能操于他人之手！朝廷衮衮诸公，真误我也！"言罢他走到姚英子身旁，视线在她的脸上停留片刻，末了一咬牙："姚小姐，卿既无意，本官也不强求，请回吧。"

姚英子如释重负，不料那子夏又冷声道："念在你与本官曾有输液之恩，今晚便放过你们。但我军明晨会发起总攻，邮政总局恰好位于攻击轴线之上。枪炮无眼，你们好自为之。"

姚英子浑身一震，呆立在原地。那子夏嘿嘿一笑，说本官的指挥所随时对你开放，然后带着马弁们转身离去。邓医官还想过去帮着检查陶管家的伤势，却被姚英子凶狠的目光瞪回去，冷哼一声不识好歹，也顾自走开。

最后还是项松茂和她一起搀了陶管家，将他们带去了旁边的经理宿舍。

这宿舍比大班办公室要简陋得多，但打扫得十分素净。一张带蚊帐的木床，一方小桌，床对面的墙面一半是柜子，一半是书架。在战乱期间，这里居然仍井井有条，可见主人的细心与勤快。

"这次多谢项经理。"姚英子把陶管家扶到床边，心力交瘁。项松茂笑道："我虽不认识姚公，但身为宁波人，有同乡之谊，岂能坐视他女儿受辱呢？更何况赤十字会活人无数，我久有耳闻，岂有见死不救之理？"

他的声音醇厚低沉，又总挂着一副儒雅笑容，天然带有令人信服的魅力。

姚英子稍稍心安，去给陶管家敷药，一边叹道："唉，你来我家这么多年，我都不知道陶管家你功夫这么好。"陶管家斜靠在床头，浮起些许感怀："还是老了，心态涣散。换作二十年前，非得在中英药房杀个七进七出才尽兴。"姚英子不情愿道："胎毛笔还是交给你拿吧。你看，它一离身，你就闹出事了。"

"可大小姐你带着它，总算有惊无险。所以这东西，它真的管用啊！"

窗外的日光照射进来，陶管家头向后仰，似是回忆起往事："我一直不曾告诉小姐你。我在来你们姚家之前，可是山东响当当的一号响马，劫夺过老爷的货。当时老爷就带着这管胎毛笔，所以逢凶化吉，还不计前嫌收留了我，我从此才告别江湖。"

姚英子小小吃了一惊。陶管家慈眉善目，絮叨细致，没想到年轻时居然还是个土匪，怪不得功夫这么好。她本想详细听听当年的传奇故事，可一看外头的天光，兴致立刻没了。

她想起来了，这一趟差事还没办成呢。

邮政总局非但没被划成安全区，反而成了明天清军首先攻击的目标。赤十字会在邮政总局的工作人员与伤员有百余人，还有不少医用物资，不可能在短短一晚上转移走。战事一起，只怕会瞬间灰飞烟灭。

"唉，我终究不是张校长……"姚英子这时才明白，作为一个领导者，要考虑的事情何其之多，肩上的担子何等之重。

姚英子在宿舍里焦急地转了几圈。项松茂见状，主动表示："我们药房有一部短途电报机，可以联络武昌，要不让军政连夜派人来把伤员都接走？"

"民军明天也要撤离汉口了，怕是没有余力管这边。"陶管家一口否决。

项松茂沉思片刻："若只是转移伤员，不涉战斗。我中英药房旗下尚有三辆马车和几个伙计闲着，如不嫌弃，可以喊他们去帮手。"

"真的吗？太好了！"姚英子又惊又喜，几乎要开心得跳起来。

陶管家斜在床边有些起急。小姐太缺少江湖经验，人家一个做生意的，凭什么冒这么大风险，出这么大力？还不是要卖人情给姚永庚！贸然答应，后头还不知要付出多少代价。

他使了半天眼色，兴奋的姚英子却丝毫没觉察。陶管家没办法，只得捂着腮帮子，语气含糊："项经理的好意，我会转达给老爷的。"

项松茂何等敏锐，嘴角一抿，转头问道："姚小姐，有一事我不太明白。俗话说，千金之子，坐不垂堂。以您的家世，不必为稻粮谋算，亦无须为名望奔波，却跑来这战乱之地，莫非有什么大的好处？"

姚英子正色道："我原本在红会总医院做医生，现在是赤十字会的成员。无论是沈会董还是张校长，他们总是反复强调，做慈善不是做买卖，不能只问是否有好处。慈善所向，是因为有人需要帮助，如此而已。"

项松茂钦佩地点点头，把目光投向陶管家："我之所以向姚小姐施以援手，不是因为她是姚公永庚之女，而是因为她是张竹君的弟子。一个弱质女子，竟愿深蹈险地，拯救生民，实在令人钦佩。宁波人爱赚钱不假，可也讲仁义、敬君子，所以阁下不必疑惧。"

陶管家被说破了心事，顿时大为尴尬。姚英子这才如梦初醒，嗔怪地推了他一把："陶伯伯不要疑神疑鬼，项经理帮了我们那么大的忙，怎么好怀疑他？"

项松茂摆摆手，浑不在意："咱们非亲非故，我无事献殷勤，陶老兄起疑心也实属平常。不过呢，我这次帮姚小姐你，其实还真存了点私心——哎哟，光顾着讲话了，先给陶兄上药吧。"

他一边说着，一边走到床榻对面。墙上嵌着一个对开小木柜，里面摆着十几种常用药品。项松茂打开柜子，挑出几瓶合用的递给姚英子。

趁着她给陶管家的伤口清创敷药，项松茂走回到药柜前，深深感慨道："你们看，这小小的柜子里简直就是八国联军。碘酊是德国货，酒精是英国人在香港办的宝成药厂出的，哥罗芳是日本岛津牌子，就连升华硫和苏打片都是孟买的达索尔工厂出品的。我中英药房经手的药物，九成九是从国外进口的，国产药品几近于无。"

"这也是没办法的事，我们没有药厂啊。"姚英子道。

"朝廷要打仗，就建了汉阳军工厂；要造铁船，就建了江南造船厂。要治病的人更多，为什么就不多建几个药厂呢？"

"唉，我听曹主任说，红会总医院进口药物的开销，占到医院日常运营的四成。如果有国产药，估计他额头要撞天花板了。"姚英子随口附和。

项松茂道："姚小姐说得不错。都说鸦片是贸易大头，其实洋人每年出口中国的药物利润，可一点不比鸦片少，白花花的银子就这么流出去，实在是可惜，可惜。"他的语气，不知不觉抬高："更有甚者。你看这次汉口大战，各国一宣布中立禁运，药品立刻断绝。两军伤员辗转呼号，医官却难为无米之炊。我们中英药房汉口分部捐了全部库存，可也只是杯水车薪！望之深憾！"

姚英子没料到这个看似市侩油滑的小小经理，居然会有如此感慨。她忽然发现，那两片镜片的背后，居然闪动着和沈会董、张校长、农跃鳞一样的光亮。似乎处世越深之人，越是会生出这样不甘心的锐芒。

"鄙人其实已经辞职了，这一次战事结束之后，就回上海转任五洲大药房总经理。我想借此资历聘请化学家，创建药厂，让中国不必再受制于人。倘若姚公有意，不妨共襄盛举，也不枉我在汉口这一场善缘了——这便是我私心所在，姚小姐见笑。"

姚英子这时已给陶管家包扎完毕，对项松茂正色道："这是一件大好事，我回上海，一定跟我爹说。这可比卖烟草有功德多啦。"陶管家赶紧咳嗽一声，哪有女儿这么说爹的？姚英子也觉得不妥，吐了吐舌头。

项松茂忍俊不禁，拊掌笑道："既如此，那我们便沪上再……"

话未说完，外头突然传来一声闷闷的枪响，提醒宿舍内的三人这里仍是战地。姚英子放下手里的药瓶与棉球："好了，我现在得回邮政总局了。项经理，你的人与马车什么时候能集齐？"

项松茂站起身来，掏出怀表一看："半个小时之内，我便能把他们派去邮政总局。可是有一样，你打算把伤员们转移到哪里？"

姚英子一愣，这个问题她倒给忽略了。如今汉口被清军烧成一片焦地，房屋所存无多。就算赤十字会能转移，也没有落脚之处。就算找到落脚之处，那子夏也可能故技重施。

她彷徨无计，轻轻咬了一下嘴唇，涌出个荒唐念头："实在不行，我回去找那子夏，虚与委蛇一下。先争取到伤员们转移再说，谅他这几天也不敢对我如何——张校长把赤十字会交给我，可不能辜负了她！"

陶管家看着姚英子长大，一见她咬嘴唇，便猜出心思，面色登时大变。这时项松茂忽然道："姚小姐刚才说曾在红会总医院做过？红十字会在大智门也设了家医院，要不……转移到那里？"

"啊？对呀！！"

姚英子连连骂自己昏了头，怎么把红会给忘了？这是得到国际承认的慈善组织，谅那子夏不敢来骚扰。

可她又犹豫起来。张校长和沈会董之间仇怨深重，如今把赤十字会的伤员转去红十字会，岂不是让张校长难堪吗？就算送到，沈会董会不计前嫌收留他们吗？

种种碍难，在她脑海中盘旋。这时项松茂淡淡说了一句："人命关天，别的皆是末节。"

姚英子猛然警醒，跟一百多条人命比，哪怕被责罚，也认了。更何况张、沈二人皆不是因私废公之人，他们一定能理解这个选择。一念及此，姚英子把红十字头巾再度扎在头上，向项松茂问明大智门位置，独自扛着赤十字旗冲出宿舍。

陶管家挣扎着要起身跟上，可他一动就疼得龇牙咧嘴，只得忧心忡忡重新靠回去。

项松茂好奇问道："姚小姐一直如此？"陶管家摇摇头，无奈中居然还带了点自豪："从小便如此胆大妄为，真是操碎了心。"

项松茂站在窗边，望着那面旗帜几下飘摇，消失在远处的断垣残壁之间，连连钦叹："我只道秋瑾秋竞雄一死，浙江再无英雌。如今见到姚小姐，当真有继代侠女之风啊！"

第十二章
一九一一年十一月（一）

“……综上所述，请求各位领队准许我前往长江水师。”

方三响挺直了胸膛，声音洪亮，那一封油纸包裹的黎元洪亲笔信，正捏在他手里。

此时他正站在临时医院的三楼，面前是柯师太福、班纳、峨利生三位外籍医生及华籍医生杨智生。除了王培元外出未归，其他红会领队医生齐聚于此。

方三响刚刚已经向他们汇报了花楼街的遭遇，并出示了萧钟英转交的信件。可怜这些领队医生，刚刚忙碌了一天一夜，未及休息，又被这位红会见习生出了一道难题。

“啧，班纳医生，你有什么想说的吗？”

柯师太福医生从嘴边放下烟斗，向右侧转头，班纳似乎在打瞌睡。柯师太福医生耸耸肩，又看向左边。峨利生医生面无表情地回答：“一切依规章行事。”

班纳和峨利生都是业务型的专家，很少对非医学事务发表意见。柯师太福医生只好把目光投向唯一的华人同事：“杨医生，方三响提出的这个申请，你意下如何？”

杨智生是广东人，是红会总医院的内科副主任，这一次也是领队医师之一。他被上司点到名，想了想，只好回答道：“我认为应该驳回。红会怎么能为战事一方传送情报？这严重违反了中立原则。”

“这不算是军事情报……”方三响急得向前踏了半步。

杨智生看了他一眼：“这是劝降信，比军事情报还严重！你想想看，一旦红会传信曝光，清军一定会取消承认我们的中立身份，拒绝保护。届时我们在战场上的同伴，将面临致命威胁，你想过这个后果没有？"

杨智生的口音很浓重，思路却清晰得很。一番话讲下来，三位外籍医生都纷纷点头，表示同意。

这个反应，并不出方三响意料。他把身体挺得更直些："红会没有立场，那么红会成员是否会有立场？"杨智生答道："那是自然。"

"那么杨老师，您的个人立场是什么？"

杨智生突然被这么直接质问，有些尴尬，他变了一下坐姿："于我个人而言，还是同情民军多些。"

自沈敦和以下，沪会成员多半都倾向于革命，这几乎已成为公开的秘密。方三响道："既然同情革命军多些，眼下有一个改变局势的良机，又怎么能错过呢？"

杨智生笑道："我有立场，就去帮助民军；那么曹主任有立场，是否也可以要求只救官军？如果人人都坚持自己的立场，红会岂不是要分崩离析？"

方三响急道："现在汉口快要失守了，若长江水师仍在，民军只怕会全军覆没。一辆马车眼看就要掉进水里了，难道因为男女授受不亲，就不去对女乘客施以援手了？国运转机当前，难道不该以大节为重？"

柯师太福医生吹了声口哨，注释道："For the greater good。这个说法我喜欢。"

杨智生盯着他的眼睛，语气生硬："你要做的事，可不是救乘客，分明是要把整辆马车拽回岸上——你有多大力气？"方三响昂然道："《猛回头》里有段词：'天下事，怕的是，不肯去做；断没有，做不到，有志莫偿。'若人人都觉得自己的力气不大，不去出力攀拽，那这马车可就真沉下去起不来了。"

杨智生只是摇头："三响，你的心情我能理解，但这是红会的规矩，我是不会批准的。"

方三响眉头一皱，默默伸出手，准备去拽胳膊上的红十字袖标。他其实在申请前就盘算好了，如果不批准，索性退出红会，以普通人的身份去送信。他刚抓紧袖标，手指还未发力，宋雅突然惊慌地推门进来：

"王老师被枪炮打伤，刚刚送回来了！"

会议室里响起一片椅腿刮地板的声音，所有领队医生都骇然起身。王培元是中方最资深的医生，也是实质上的汉口红会最高领导，他今天明明是去武昌谈事，怎么会受伤？

宋雅也说不清楚，只说克立天生女士正在为他包扎。过不多时，王培元头缠绷带，蹒跚着走到三楼会议室来。

峨利生跟他关系最好，不由分说把他按在椅子上，仔细检查伤势。柯师太福和班纳也凑过去，王培元无奈地由着他们会诊，一边把经历讲出来。

原来今天一早他乘一条舢板前往武昌，跟军政府商谈移交伤员的事情。谈完之后，王培元坐船返回汉口，突然一阵疾风把船吹到了武胜门一带。那里是清军驻扎的阵地。

王培元经验丰富，连忙在船头竖起了红十字会的旗帜。但岸边的清军跟没看见似的，抬起枪就朝这边射击。小船当即被击中了数处，连船夫都负了伤。王培元拼命挥动旗帜，大声呼喊表明身份，对方却置若罔闻，继续射击，逼迫小船逃至江心。

清军士兵一见小船要逃，居然又推出一门快炮来，发了两炮，其中第二炮在距离小船一米的地方爆炸。王培元的头部，就是这时为弹片所伤。幸亏船夫拼死划动，舢板才脱离了射程，顺利返回大智门。

"明明看到红十字会旗，为何他们还要射击？"杨智生又是愤怒，又是不解。

王培元苦笑道："我登岸之后找到一位清军官打听。汉口这不是快失守了嘛，残存的民军准备退守汉阳。所以清军接到命令，江面行船一律视为民军，可以无须请示直接开枪。"

"连红会都不行吗？"

"军官跟我说的是，战场枪弹无眼——那就是不保证红会安全喽。"

"他们怎么可以不守规矩?! 我去找冯国璋抗议！"杨智生大怒，起身要走。王培元晃了晃脑袋："小杨啊，算了算了。能活下来，我就很欣慰啦，很欣慰——哎，你们几个开会说什么呢？"

几个人互相看了眼，一时神情都有些奇妙。沉默片刻，柯师太福医生走到方三响身前，把他的红十字袖标扯下来："暂时放你一天假，好好休息。"方三响固执地一抬下巴："我不需要放假，我只需要批准。"

柯师太福双手一摊："批准什么？我没看到任何申请，我们今天也没开过会——你们见过他的申请？"班纳与峨利生默契地一齐摇头。方三响有点发蒙，这位爱尔兰医生晃了晃手里的袖标，露出一个坏笑神情："你休假期间无论去哪里，无论做什么，都是个人行为，红会不知情，也管不到。"

话说到这份上，方三响才反应过来，下意识地去看杨智生。杨智生哼了一声，装作什么都没看见，转头去检查王培元的伤势。

"呃，对了，那位叫萧钟英的信使，还在花楼街养伤，他的弹头还没取出来，能不能派个人去……"方三响又嗫嚅道。杨智生不耐烦地摆了摆手，说："知道了，你总给我们找事！"

方三响捏紧油纸信封，兴冲冲顺着楼梯踏下去，忽然发现一个人跟在后头。原来柯师太福医生叼着烟斗，也优哉游哉地走下来。他与作风简朴的峨利生不同，即使在战场上，该享受的东西也一样不会马虎。

方三响正要拜别，却不防被柯师太福拽到一旁："你在医院门口稍等片刻，我一会儿就来找你。"方三响一愣："找我做什么？"

"我跟你一起去海容号，我一直想有机会登一次铁甲舰。"

这次轮到方三响大吃一惊。柯师太福医生嘿嘿一笑："有一个洋鬼子陪同，你送信也更稳妥些，不是吗？"方三响不知他为何冒出这么个古怪念头，简直……简直比英子还要胆大妄为，一时有些手足无措。

柯师太福见他这反应，哈哈大笑："我猜你现在是在心里想，你一个碧眼紫髯的洋人，干吗跑来掺和这种事情？"

方三响讪讪不敢答。柯师太福医生把烟斗在扶手上反叩了几下烟灰，放回怀里："你可以把它理解为一种非理性的热情，或是一种……"他停下脚步，凝神细想了一下，才补完了整个句子："感同身受的共鸣。"

楼下的大厅里，传来一阵喧嚣和呻吟。柯师太福医生的眼神往下飘了飘，轻佻的神色收敛了几分："昨天我救治过一个民军伤兵。他被炮弹震伤了内脏，脾、肝、肾等处都破裂了。我除了给他一些鸦片酊剂，束手无策，只能看着他一点点死去。"

方三响在原地默然。

"每一个灵魂临死前，都有权得到慰藉，所以我便不停地跟他讲话。原来他是一个生漆店的小帮工，十八岁不到，这场战争之前，从未受到任何军事训练。革命军起事以后，号召市民拿起武器保卫汉口，他便应征入伍了。这个小士兵说他完全是出于自愿，我问他为什么，他的回答是，为了能过上好日子，然后就咽气了。"

柯师太福医生将了将自己唇边那两撇浓密的胡须，重复了一遍最后一句："为了能过上好日子。哎，三响，你可知道，这句话在我的家乡爱尔兰，是一句妇孺皆知的口号。一代代爱尔兰人的梦想，就是摆脱大不列颠的控制，过上独立自主而有尊严的好日子。像他这个年纪的爱尔兰独立战士，每年都会有很多战死在香农河畔与威克洛的群山中。"

方三响听孙希讲过一点爱尔兰和英国之间的数百年的恩怨。没想到平时看起来大大咧咧的柯师太福医生，居然内心怀有如此炽烈的爱国情怀。

"群氓是最无知的，但群氓也是最敏锐的，他们总能最先感受到时代的风向。无论是爱尔兰还是武昌，当一名穷苦的工匠或农民自愿拿起武器时，未来的风暴便已注定。所以我决定陪你去送一趟信，顺着风向推动一下，为远在万里之外的家乡做一次鼓励，告诉他们，没有哪个老大帝国是无法击垮的。"

"可是红会那边的规矩……"

"你看我也没戴红十字袖标。我只是工作乏了，上船探访一位故友，顺道带个学生，与红会立场无关。"

柯师太福医生挤了挤眼睛，阔步朝大厅里走去。方三响跟在后头，没来由地想起农跃鳞的那句话："你不去关心时局，时局也会来关心你。"

围绕着这场战事，大到清军与革命军，小到萧钟英、无名小漆工、丁棚长、柯师太福医生，还有沈敦和、张竹君、冯煦、陈其美，以及他与孙希、姚英子，每一个人或主动或被动，都被卷入旋涡，挣扎着在寻求出路——这就是所谓的时局大变吗？

"不知英子在哪儿，她是不是也被卷入旋涡？"方三响心想，朝残破的窗外望去，一阵凛冽的江风恰好扑面吹来。

可惜此时的姚英子也不知道自己在哪儿，她居然迷路了。

在出发前，项松茂给姚英子指明了大概方向。不幸的是，自幼生长在上海的姚英子，对东南西北并不敏感，她对方位的记忆全凭街道为经纬。可持续数日的惨烈战斗，几乎改写了整个汉口城区的结构，任何经验和地图都失去了作用。

她矮下身子，从一处屋棚钻到另外一侧。这里的低矮木建简直令人窒息，一栋紧邻一栋，中间几乎没有任何缝隙，密如蜂巢。但更让姚英子难过的是，这些窝棚底下还潜藏着幸存的市民，以妇女与儿童居多。他们像老鼠一样蜷缩在瓦砾之间，大多数又饿又渴，瑟瑟发抖。

甚至有一位孕妇接近生产，抱着肚皮哀哀地哭号着。姚英子走过去才发现，她的丈夫被一记流弹打在后心，仆倒在门前无人收尸。好在孕妇本身并没什么症状，只是惊吓过度导致宫缩异常。可在这个环境下生产，本身就是一件极有风险的事，姚英子一下子陷入两难境地。如果去救孕妇，可能会耽误宝贵时间；可若置之不理，又于心不忍。她犹豫片刻，只好找到几个流散居民，撒出两枚银圆，请他们把孕妇抬上门板，跟着自己。

这支小队伍刚走过一条巷，不知哪个角落传来一阵炒豆般的枪声，流弹在担架前方激起一排土尘。那两个抬担架的居民"咣当"一声扔下门板，吓得掉头就跑。可怜孕妇直接滚落到土地上，哀哀直叫。凭姚英子一个人的力气，根本挽不动，她只能一遍又一遍按摩着孕妇的肚皮，希望能帮她减轻一点痛苦。

就在姚英子近乎绝望之时，巷子口忽有一面醒目的白底红十字旗闪过，几个身影紧跟着过来。一见这旗帜，姚英子顿时涌出一股踏实感。她三步并作两步迎上去，却看到打头一个熟悉的身影。

"孙希？"

姚英子止住脚步。孙希同时也看见了她，先是面露惊喜，旋即浮起几许尴尬。自从姚英子在总医院痛斥他之后，两人还是第一次见面。

好在孙希身后还跟着宋雅、严之榭，还有那个矮墩墩的方脸军医盐谷铁钢，场面上不至过于尴尬。姚英子顾不得叙旧，把孕妇交代给其他人，先送回大智门。

严之榭看到姚英子，大为欢喜，说汉口如今兵荒马乱，姚小姐一定没机会吃到当地美食吧？临时医院雇了个厨子，原本是开早点摊的，切面手艺绝佳，一会儿回去一定要尝尝。姚英子没心情听他的美食经，问宋雅："你们这是去哪里？"宋雅道："我们是受命去花楼街救治一个伤员。"

姚英子觉得有些古怪。宋雅和严之榭去也还罢了，为什么孙希也要跟来？外科医生不应该留在割症室吗？

孙希只好硬着头皮解释道："那位伤员是革命军的重要人物，伤势挺重。很有可能要就地手术。"姚英子环顾四周，又问："蒲公英呢？"

孙希见她肯跟自己讲话了，精神一振，连忙道："杨医生给他批了一天假，不知干吗去了。"放假？姚英子一怔。如此紧要关头，他放哪门子假？可其他人也说不出个所以然。

她心中一阵失望，不过这不是怄气的时候，便对孙希说出转移赤十字会伤员的请求。孙希面色凝重，连忙问人数。

姚英子说重伤者大概有二十人，皆不良于行。孙希倒吸一口凉气，这起码得要二十副担架和四十个民夫，而且要冒着漫天炮火横跨大半个汉口，这不是件容易的事。

姚英子补充说，赤十字会人手足够，中英药房还支援了三辆马车，现在最麻烦的是合法身份。那子夏拒绝承认赤十字会的地位，所以转移伤员得有正牌的红十字会成员陪同，才能从法理上得到保护。

孙希点头，红会的职责就是救伤，责无旁贷，可他很快想到另外一桩麻烦事。

现在已经下午三点多了，他们还得先去花楼街救人，赶到邮政总局恐怕要傍晚。这么多人连夜转移，外面乌漆墨黑，搞不好会被两边误会成军队调动，风险实在太大。

姚英子见他沉默不语，以为是顾虑红会与赤十字会的龃龉，便急切道："张校长向来以人命为重，不会计较这些。沈伯伯那边，我去跟他解释！"

孙希道："不是这个原因，而是时间有些尴尬。红会规定入夜后不能外出行动。英子，明天一早出发你看如何……"姚英子一听就急了："清军明天一早就打过来了，哪有时间拖拖拉拉？你不想帮忙就直说！"

"我又没说不去，只是夜里……"

英子气呼呼地一甩手："算了算了！你是立了功的红会大忙人，我怎么好去高攀?!"她被那子夏的事弄得心烦意乱，此时见孙希居然推诿，满腹委屈一下子爆发出来。

孙希突然被骂，不由得也怒意升腾："我是做错了事，可已经认错了呀！你们还要怎样?!"姚英子毫不客气地回道："不要你怎样！是我有眼无珠，行了吧？"孙希气得大吼："什么时候了，你怎么还揪住不放？"

"请你们不要吵了，你们中国人怎么总把脾气当成争论本身？"

一声生硬的中文，插入两人之间。盐谷铁钢满脸不悦地站出来，他的年纪比周围的人大很多，一张方正黝黑的面孔自带威势。

严之榭懂一点日语，赶紧凑过去叽里咕噜地解释了一通。盐谷一板一眼道："我是赤十字社派来协助的，并没有指挥你们的权限。但良好的行动，需要精密的规划。你们两位的计划，不是靠争吵来决定，而应该仔细计算一下其可能性。"

他说完以后，从怀里取出一张地图摊开，以及一块怀表。那地图密密麻麻，连每一条小巷都标记得十分清楚。就连当地官府，都没有这么细致的地图。

这份专业度极高的地图，让孙希和姚英子知趣地闭上嘴，默契地蹲到了盐谷两侧。

"从地图上看，我们距邮政总局的直线距离，大概四十分钟步程。现在是下午三点五十，十月三十一日的日落时间是下午五点三十五分。我们在那之前肯定能赶到。"盐谷伸出粗短的手指，在地图上缓慢移动，"但根据红会条令，入夜必须停止一切救援行动，以免被误伤。所以伤员的转移时间，不能早于十一月一日的上午六点三十七分，日出时分。"

姚英子急道:"可是,万一那时候清军发动总攻……"盐谷摇摇头:"这几天你们没发现吗?两边军队从来没发动过成建制的夜战,大多只是游兵散勇的零星遭遇战。"严之榭也补充道:"对,对,很多食肆和其他店铺,都是趁夜里偷偷开一段时间。"

这个证据实在过硬,姚英子"嗯"了一声,不再说什么。孙希委屈地咬了咬腮帮子,他刚才明明也建议明天一早出发,可姚英子根本没容他说完,便把"推诿不前"的大帽子扣过来,何等不公平!

盐谷铁钢继续道:"从邮政总局到大智门不算远,但考虑到马车的宽度,只能沿江汉道通行。这条路足够宽,而且视野开阔,利于被别人发现,避免被误伤。这也是为什么我们要在白昼出发。"

姚英子听他分析得头头是道,不由得连连点头,大为信服。

"综上所述,我认为最有效率的做法是兵分两路。孙医生和宋小姐即刻前往花楼街救治,然后返回医院,让他们做好接纳伤员的准备;我和姚医生、严医生即刻赶去邮政总局,次日清晨带上伤员出发,与你们的接应队伍在这里碰头——当然,这是我的建议,请你们决定。"

盐谷拍了拍手,站起身来。姚英子欣喜道:"总算还有一个靠得住的。"

她话音刚落,孙希率先站起身来,沉着脸一言不发地挎起手术包,转身朝花楼街方向走去。宋雅惊慌地站起身来,嗔怪地看了姚英子一眼,然后紧追上去。

姚英子望着那个颀长的身影在街巷尽头远去,心中微有歉疚,自己是不是讽刺得有点过分了?不过目下还有百余条性命要担忧,她顾不得感伤,和严之榭、盐谷铁钢迅速离开。

孙希一个人在废墟间闷头朝前走,那姿态不像赶去救人,反倒像急着赶去投江。他的怀里就跟揣了一块滚烫的石头似的,沉重灼热,无法扔掉。

沈敦和的开解,并不能让他释怀;农跃鳞发掘的真相,也没法让他卸下包袱。原因无他,只因为方三响和姚英子还不肯原谅他,与他形同陌路。孙希反复跟自己说,这没什么大不了的,可每次一想到他们俩的眼神,他便感觉有几枚牛毛细针刺入心脉,移不走,抚不平。

孙希自许洒脱散淡,没想到这点小事就是过不去,只好闷头狂走。只苦了身后的宋雅,要一溜小跑才能跟上他的步伐,还得顾虑周围的冷枪,疲惧交加。

"孙希,你慢一点……"宋雅实在跟不上了,不得不扯着嗓子喊了一声。孙希这才停下脚步等候,宋雅一边小步跟上,一边喘息着抱怨:"你对英子有怨气,干吗撒到我身上啊？"

孙希嘴角动了动，苦笑着没吭声。宋雅道："她是来搬救兵的，你是去做救兵，明明什么矛盾都没有，怎么会吵成这样子？"孙希气道："你也听见了，她根本不容我把话讲完。"宋雅叹息一声："你们三个本来那么要好，其他人羡慕都羡慕不来，现在何必搞成这样子？"

"我该赎罪也赎罪了，该认错也认错了，还能怎么做？"孙希几乎是低吼起来。

宋雅道："可我总觉得，她已经准备原谅你了。"孙希气得差点笑起来："那叫原谅？我还真是要感恩呢！"

"不是原谅，而是准备原谅。"

"这有什么区别?!"

宋雅轻轻道："一个女孩子如果真讨厌谁，可不会跟他吵的，直接不理睬就是了……哎呀！"她正说着，身子一个趔趄，差点被半根椽子绊倒。

孙希沉默着把宋雅搀起来，从她肩上取下医药箱，和自己的手术包交挎在身上。宋雅揉着肩膀，继续道："我小时候在教会里，谁要是吵了架，嬷嬷就让两边孩子都去告解室里忏悔。那告解室的两边，其实是通的，都听得见对方的言语。孩子们听完以后，出来就再也吵不起来了。"

宋雅忽然注意到，前方的孙希虽然不吭声，可步态似乎有了细微的变化。

两人很快抵达花楼街，顺利找到萧钟英藏身的小楼。可萧钟英此时的情况很是不妙，浑身发热，面色灰白，整个人时而清醒时而昏睡，汗水不断冒出来。

李妈唯一能做的，就是用棉布蘸了井水一遍遍地替他擦额头。孙希过去掀开被子，看到伤者手里还紧紧攥着一把手枪。他费了好大力气才掰开手指，取走枪支，然后把视线移到大腿内侧的枪伤位置。

他事先已经知道，弹头因为位置太深，尚未从伤者体内取出，所以医院才要特意派他来做手术。不过孙希看到创口之后，却有了新的判断。

创口没有继续渗血，但周围出现了水肿状况，有浆液渗出。就着油灯，能看到液体里有暗褐色小气泡，甚至还能闻到一股像硫化氢的淡臭味。

麻烦了，这是气性坏疽！孙希眉头倏然紧皱。

气性坏疽来源于韦氏杆菌，这东西一旦在创口附近造成感染，就会产生小气泡。五个小时之内，毒血症与肌肉坏死征兆就会陆续出现，三十至四十八个小时就会导致死亡，来势迅猛，是最为凶险的战伤感染之一。

从萧钟英中枪到现在，已经过了二十四个小时，恐怕已发展到了中期。

孙希唯恐自己判断失误，赶紧让宋雅端稳油灯，用右手食指轻轻压在伤口周围，在皮肤上搓转，他的耳朵很快捕捉到了一连串细微而均匀的破裂声，这是明白无误的捻发音，又一个典型症状！

但就算确诊，孙希也束手无策。预防气性坏疽唯一的办法，就是在早期清创，阻止细菌进入伤口，可在战场上，这才是最难做到的事。

学者们在西欧、印度和南非做过检测，一克耕作田土壤，平均含有一千个韦氏杆菌的芽孢，可见其分布之广泛。汉口华界很少有硬化路面，大部分是泥泞土路，萧钟英说他中了枪之后滚落进沟渠，躲了好久，大概是在那时接触到了富含韦氏杆菌的泥污。

孙希翻遍了药箱，也想不到解决的办法。事实上，临时医院里的伤兵，很多人都是死于伤口感染。萧钟英碰到的情况，并不算特例。这道鬼门关，不知带走了多少本能活下来的人。

"如果有什么特效药，能把这些有害细菌直接杀灭就好了。"孙希轻叹，然后抛开这些不切实际的杂念，看向宋雅，"不必取弹头了，准备截肢。"

宋雅"啊"了一声，顿时有些惊慌："如果施行截肢手术，我们在日落前便无法赶回医院了。"

"我知道，但他必须立刻截肢，否则一旦毒素进入血液循环，他就死定了。"孙希摇摇头，以现在的医疗技术，遇到气性坏疽只能截肢，峨利生医生也会做出同样的选择。

他趴到床边，大声喊萧钟英的名字。过了很久，萧钟英迷迷糊糊睁开眼睛，眼白里已密布血丝。孙希道："我们是红会医生。你的伤太重了，现在要截掉一侧大腿。"

萧钟英似乎并不关心这个，含糊地问方三响在哪里。孙希咦了一声："原来老方来过这里？"

他在出发前只被告知来救一位革命军重要军官，并不清楚前因后果。没想到，这事居然跟方三响有关系？萧钟英虽然神志不清，但警惕性还在，一见对方迟疑，便立刻杜口不提，只是淡淡回答："依你的判断行事，不必顾虑，只要留住革命有用之身就行。"

得了病人首肯，孙希勉强按下心中疑惑，对宋雅道："准备麻药和手术器械，进行大腿高位截肢术。"他看了眼窗外的落日，又补充了一句："多弄点蜡烛，我需要足够的光亮。"

宋雅赶紧和李妈在楼里翻箱倒柜，把能找到的蜡烛都弄出来。与此同时，孙希把屋子与床铺做彻底消毒，还找来几扇屏风挡住。三个人足足忙活到日落时分，总算布设好了手术场地。几十根蜡烛在屋中摇曳，李妈还搬了几面铜镜，聊胜于无。

孙希从手术包里取出线锯和手术刀，对宋雅道："你现在还害怕血腥吗？"

宋雅没想到他还记得自己的弱点，咽了咽唾沫，表示这两天有点习惯了。孙希道："我知道你会难受，但接下来，必须仔细听我的每一个指令并立即执行，能做到吗？"

他师承峨利生医生，一上手术台就把个人情绪摒弃开来，变成一台没感情的机器。宋雅"嗯"了一声，垂头默默地勾兑起麻醉剂来。

孙希见她的双手仍在微微抖动，叹了口气："好啦，好啦，别那么紧张，等回上海，我请你吃番菜。"宋雅低声道："其实我不是害怕，只是担心。我们赶不回去的话，医院无法及时接应英子，到时候怕她对你误会更深。"

"专注在眼前的病人上！"孙希努力模仿着峨利生医生的面无表情，把自己缩进冷漠的壳里。

随着夜色降临，空无一人的花楼街隐没在黑暗之中，只有一扇窗户还摇曳着烛光。而在距离花楼街数里之外的中英药房，却是灯火通明。马弁与参谋们进进出出，在做着出击前夜的准备工作。

那子夏身披厚披风，正在审视明晨的进攻计划。叛军已经被压缩在以玉带门为核心的一块不大的区域内，只要切断龙王庙附近的渡口，就可以截断最后一条渡江通道。

计划上的进攻轴线用铅笔画出，如一支灰色的箭直刺江边，正好贯穿邮政总局。那子夏看到这里，嘴角露出一丝狞笑，他忽然转头喊道："老邓，老邓！"

邓医官赶紧跑过来，问管带有何吩咐。那子夏问他："如果你是赤十字会的医生，会如何应对这个局面？"

邓医官想了想，说："那么多重伤员，夜里头我是决计不敢离开的，只能等天亮。明天的日出时间大约是六点半，我军的进攻时间是七点半。他们要撤，也只能趁这一个小时的空隙了——您是打算提前进攻？"

那子夏摸摸下巴："我是那种为了泄私愤擅自改变军事计划的人吗？不过嘛，提前一点做炮火准备，也是必要的。"

邓医官提醒道："炮轰伤兵收容处，传出去影响不太好吧？"那子夏冷笑："谁说是用本官的炮队了？他们水师十几艘炮舰在长江上磨洋工，也该出出力了——联络官！"

一位联络官迅速跑来，那子夏道："把邮政总局的坐标送到萨提督那里……"他说到一半，忽然停下来，歪了歪头，"算了，直接送海容号上的帮带吉升，让他明天早上六点半做炮火准备，但只给坐标，别的不要说。"

邓医官心如明镜。如此一来，就算真惹起滥杀无辜的争议，也是水师的责任。那管带借刀杀人，一点因果不沾，真是好手段。

参谋迅速起草了一份文书，那子夏签好字，对邓医官笑道："我倒很想知道，姚大小姐看到邮政总局提前化成炮灰时，脸蛋儿是否还会那么漂亮。"

这一份文书被一个传令兵塞入贴心的机要袋里，迅速冲出指挥所，沿着一条联络道冲到江边。早有联络艇等候在那里，传令兵登上船，说去海容号。联络艇晃晃悠悠地离开泊位，朝着江面开去。

此时长江之上，密密麻麻游弋着几十艘军舰，桅杆如林，各国旗号都有，列强对于这一场战事给予了极高的关注。船长观望良久，分辨出海容号的大清龙旗，朝那边驶去。走到一半，他忽然看到在右舷位置两百米开外出现了另外一条船。

那是一条木壳乌篷船，只比舢板大一点。船头插着一盏江灯，勉强可以看清上面站着一个洋人和一个华人。看它的走向，似乎和联络艇要去的地方一样。船长和传令兵很快把视线收回来，他们对这种无关的东西毫无兴趣。

在那条漂漂悠悠的小船上，一段简明的历史课程正在讲授中。

"……一八四五年至一八四九年的爱尔兰大饥荒，是一场农业悲剧，但同时也是一场政治屠杀。大不列颠对于爱尔兰的不幸展现出了惊人的冷漠，甚至在饥荒最严重的时候，一条条满载粮食的大船仍旧驶离爱尔兰港口，运去英格兰供地主们挥霍。爱尔兰名义上是联合王国的一部分，可待遇还不如一块殖民地。

"最讽刺的是，奥斯曼苏丹听说了爱尔兰的悲剧后，宣布捐赠一万英镑去赈济灾民。但维多利亚女王陛下要求他只能捐一千英镑，因为她本人才捐了两千英镑。最后苏丹捐出了一千英镑金币，又秘密派了装载九千英镑食物的三条大船去都柏林——你瞧，到底哪个是未开化的落后国家，哪个才是现代文明国家？"

柯师太福坐在船内，头戴宽檐礼帽，身上的黑礼服一丝不苟，正兴致勃勃地细数着英格兰加诸爱尔兰之上的种种苦难。他的嗓音洪亮，好似学堂里的先生一样，从亨利八世到安立甘派入侵，从《谷物法》到爱尔兰议会党，方三响在旁边正襟危坐，听得格外入神。

"英国既不愿意授予我们相称的政治地位，也不放弃敲骨吸髓地攫取经济利益，只肯在下议院引进几位爱尔兰议员做装饰，那么争取爱尔兰自治或独立，改变自己的命运，也便成了天赋的权利。"

柯师太福医生说到这里，冲方三响眨眨眼睛："听着是不是很耳熟？现在你该明白，为什么我对中国革命这么有兴趣了吧？"

"改变自己的命运，也便成了天赋的权利。"方三响低声重复了一句，黑暗中的眼神灼热。

两人正在交谈着，小船已缓缓接近江面上一个巨大的黑影。这是一艘排水量足有三千吨的庞然大物，远看尚不觉得，接近后感觉就像一片钢铁巨浪扑面砸来——这就是大清水师的主力舰海容号了。

海容号是甲午海战之后，朝廷重建水师的首艘防护巡洋舰，较之当年排水量七千多吨的"定远"号战列舰是远远不如，但在时下，则是当之无愧的主力战舰。

海容号刚刚收容了陆军的联络艇，发现又有船接近，立刻有探照灯射过来，水兵在灯后大声喝问。柯师太福走到船头，仰起脑袋大声用中文喊道："我是萨提督的朋友，前来拜谒。"

船上的水兵没再多问，很快扔下一截软梯。方三响这才明白柯师太福的用心良苦，一张洋人的脸，可以消除不少沟通的麻烦，他心中大为感激。

两人很快登上甲板，一个值班的水兵走过来。柯师太福摘下礼帽："请去通报萨镇冰萨提督，就说柯师太福有事商洽。"水兵一脸懵懂："啊？萨提督？他不在这条船上啊！"

这个回答，委实出乎两人意料。再一询问，才知方三响搞了个乌龙出来。

原来此时大清舰队分为"巡洋舰队"与"长江舰队"两支。萨镇冰接到朝廷赴援武昌的旨意时，正在上海巡视长江舰队，便先率领这支舰队西上，在楚有号炮舰上挂了指挥旗。而海容、海琛所属的巡洋舰队，正在山东海面训练，稍后才赶到武昌。

萧钟英以常理推断，萨提督肯定是把吨位最高的巡洋舰设为旗舰，所以默认他在海容号上。没想到人家一直没挪窝，就在楚有号上待着，连累方三响扑了个空。

方三响臊了个大红脸，自己一腔热血跑过来，居然连人在哪儿都没搞清楚。柯师太福医生拍拍他肩膀："记住了，船和女人，都是不能上错的。"

两人正要从软梯攀回船上，这时一声浓浓的京腔从头顶传来："哟嗬，当这军舰是你家后院儿啊，说来就来，说走就走？"

水兵们登时肃立，方三响抬起头，看到刚才与联络艇接洽的军官走过来，此人一张蜡黄马脸，身穿德式海军常服，背后一条乌黑油亮的大辫子，步姿跟京戏里武生登台似的。

"我是海容号帮带吉升，你们夤夜闯舰，有什么企图？"军官倨傲地问道。按大清水师体制，管带是舰长，帮带是副舰长，帮带在船上可谓一人之下，千人之上。

柯师太福医生不慌不忙道："我是萨提督的故友，红会医师，这次以个人名义来找萨提督商洽救伤事宜，可惜登错船了。"吉升一脸狐疑："救伤？那是陆战的事，与我水师何干？"柯师太福医生道："炮舰连日炮击，对救伤大为干扰。希望能和萨提督商量，不要轰击中立地区。"

吉升冷笑起来："你们多大的脸面，来教水师做事？"柯师太福医生还要再讲，吉升伸手一摊："既是红会来谈，那么官文何在？"

方三响的肩头顿时紧绷。他们俩这次来，是扯下红会袖标，一切责任自负，手里不可能有官文。幸亏柯师太福医生一脸镇定道："汉口连日大战，伤兵无算，红会同人皆忙于救护，实在无暇准备文书，所以我才亲自陪同，以示诚意。"

这一番话，吉升却压根不信，他眯起眼睛："既无文书佐证，你们夜闯炮舰，就是窥探军情，已构成了间谍罪！来人哪，把这两个人拿下！"

水兵们一拥而上，把方三响和柯师太福医生围起来。吉升又道："搜搜他们的身，看有无火器利刃。说不定这两人是来刺杀萨提督的刺客。"

一个军官粗暴地将手伸进方三响的怀里，只一探便摸到油纸包。他刚往外拈到一半，方三响情急之下，压低声音道："驱除鞑虏，恢复中华。"那军官听到这八个字，眼神一凛，动作登时放缓，把信封一角缓缓推回，面无表情地继续去搜别处。

萧钟英说水师大多数人都对清廷心存不满，方三响注意到这军官头上是一条假辫子，便冒险赌一赌，果然赌对了。

水兵们搜了一圈，方三响身上没被搜出什么，倒是从柯师太福医生的礼服里搜出一堆零碎玩意儿，鼻烟壶、扳指、听诊器，还有不知哪家小姐的绣帕……

吉升见两人身上没有可疑物品，微有失望，只得吩咐道："把他们关到底舱去，等战事结束后，再细细审问！"柯师太福医生面孔一板："《日来弗公约》规定，战场上不得故意侵害或禁锢红会成员。我出发之前，已经跟汉口租界五国领事报备过了，你们想引起国际纠纷，可以尽管来抓。"

吉升却丝毫不惧："你们没出具官文，谁知是不是真的医生。来呀，把他们拿下！"这时那个搜过方三响的军官道："事涉洋人，是不是跟管带通报一声为好？"吉升一挥手："管带有病在身，不必让他操心了。"

军官大声道:"他们既自称是战地医生,不如送去为管带诊治一下,真伪立现。"

吉升脸色微微一变。一个小军官居然敢对帮带这么讲话,简直无礼。可众目睽睽之下,他若是驳了,岂不是被人指摘对上司的健康漠不关心?末了他一甩袖,悻悻道:"陆军刚刚送来一个协助炮击的要求,我得去炮组安排,你想要表功,自去送到管带那里好了。"

于是那军官押着他们两个人,朝海容号的上层走去。在路上,军官看四下无人,回头自称金琢章,是海容号上的正电官——无线电台的负责人,也是同盟会会员。

据金琢章介绍,朝廷对萨提督不是很放心,所以海容号在赶赴武昌之前,临时更换了管带与帮带。新任管带叫喜昌,帮带叫吉升,都是昆明湖水操学堂毕业的旗人。他特意点出两人的毕业出身,语气里带着鄙夷。

其时大清水师的上下兵将,几乎大半出身于福建,且以马尾船政学堂毕业生为主——比如萨镇冰,即船政系出身的福州人。昆明湖水操学堂不过是颐和园里的一个花架子,应付给老佛爷看的,那种地方毕业出来的旗人,在闽系将官眼里根本不入流。

所以吉升虽然贵为帮带,在海容号上却很难服众。至于管带喜昌,一上船便病倒了,根本管不了什么事。船上兵将互不信任,矛盾重重。只不过萨镇冰等闽系大佬尚未表态,这些普通军官暂时隐忍未发而已。

"嗬,爱尔兰水手和英格兰的船长,多绝妙的组合。"柯师太福医生吹了个讽刺的口哨。

金琢章道:"吉升在舰上盯得紧,我先带你们去见一见喜昌。他是个糊涂蛋,又生了重病,或许会有机会。"方三响郑重道谢,金琢章满不在乎道:"同为革命大计,谈什么谢不谢。我在船上能做的事情不多,能为陆上的义军做点贡献,高兴还来不及。"

这时柯师太福医生截口道:"不过民军在陆上的形势,很是堪忧哇。汉口这一两天恐怕就会失守,汉口一丢,武昌、汉阳也将不保,你们打算怎么办?"

金琢章对此不以为然:"两位怕是不知道全国如今是个什么局势。我一直守着电台,知道得多些。自武昌起事以来,长沙、西安、九江、太原、昆明已陆续宣布独立。就在今天,南昌也刚刚起义成功,全国已成燎原之势。朝廷十个指头按跳蚤,一个它也压不住!"

方三响没来由地想到了陈其美。不知全国局势风起云涌,他又在上海做些什么事。

"这些事萨提督知道吗？"方三响问。

"知道。每次收到电报，都要抄给他的。"金琢章嘿嘿一笑，"你不是说黎元洪托你们转了这封信吗？我看这封信不是催破敌阵的先锋炮，而是压塌心防的最后一枚抛飞石。"

说话间，他们来到了管带舱室，敲了敲门。一个小厮很快从里面打开门，不耐烦地说大人正在休息。金琢章说："管带，有两位战地医生造访海容号，为您诊治。"

他故意说得似乎医生专为此事登舰，屋里的人似乎很高兴，急忙说"快请快请"。金琢章使了个眼色，然后退开等在门外。

方三响和柯师太福医生一进舱室，先闻到一股浓浓的鸦片味道，然后见到一个白花花的大胖子躺在窄床之上，盖得满满当当，还有一团白腻肥肉溢出床边，正是海容号的管带喜昌。

喜昌见到有医生来了，虚抬起上半身，呼哧呼哧喘着一拍床边："恕在下染病在身，不便起身相迎啦——两位怎么知道我得病的事儿呢？"

他虽然病重，但起码的警惕心还在。柯师太福医生知道方三响不擅撒谎，便主动开口，说他们本来要与萨提督商洽事宜，哪知吉升有些误会，将他们无礼扣押在海容号上。

"我们无意中听闻管带病重，十分焦虑。虽然自己身陷囹圄，仍本着人道精神，主动请缨来为病人诊治，此大医之无疆是也。"

柯师太福医生可谓深谙中式讲话之道，一席话半真半假说下来，听得喜昌感动莫名。他抱怨说吉升那人性子苛酷，一上船便把人得罪了个光，实在是个不好相与的酷吏。他一拍胸脯："两位不计前嫌，肯来施诊，本官若再生疑，可真真儿是不知好歹了。放心好了，吉升那边我去关说。华佗给关老爷刮过骨，难道就不能帮曹操治头风了吗？"

话说到这份上，柯师太福医生与方三响自然是千恩万谢，坐到床边开始为喜昌检查起来。

喜昌这病一到武昌便发作了，浑身发烧，烧得嘴唇干裂，呼吸急促。舰上军医恰好不在，小厮只能借来温度计测了一下，足有四十一摄氏度高烧，只好多给他喝白开水，然后靠烟土撑着。

柯师太福医生先查看了胸、腹和背部，并无什么明显症状，只是腹部微微有些发胀。他又问喜昌状态，发烧后一直没怎么吃东西，只灌了点米汤，倒是没昏迷过，但头疼得厉害。

他习惯性地侧过头，有意考较一下方三响。方三响有些作难，若是能验血透视，才好做出判断。但船上没有显微镜或爱克斯光机。他踟蹰半天，忽然耳边传来嗡嗡声。他下意识地挥手朝舱壁上一拍，"啪"的一声，手掌上多了一摊肉泥和血污。

武昌正值暖秋，又毗邻长江，蚊虫比夏天还凶猛几分。大智门的临时医院不得不到处征集蚊帐，江上的炮舰想必更受这些小虫之苦。

等等，蚊虫？

方三响连忙问喜昌，喜昌说在得病头几天，确实每天有几次打寒战，发作的时候浑身发冷，肌肉酸疼，牙齿打战，每次总得闹上半个多时辰。他还以为自己是被江风吹着凉了。

"这是疟疾呀！"方三响脱口而出。间歇寒战，高热并大量出汗，头疼，这是典型的疟疾三联征啊！他又赶忙去检查喜昌的唇鼻之间，发现起了一圈微小的疱疹，只是被胡须挡住看不真切，可见已进入发热期。

喜昌这个倒霉鬼，一定是登舰之后被带疟疾的江蚊给叮了。湖北疟疾多发，这样的情况并不少见。方三响觉得自己找到答案了，看向柯师太福，后者笑眯眯地学王培元讲话："我很欣慰，很欣慰呀！"

喜昌浑然不觉自己成了练习材料，见两位医生都面露喜色，满怀期待地追问："怎么样？还有救吗？""有救，有救。"柯师太福医生连声道，然后冲方三响使了个眼色。

疟疾虽说可怕，但并不算绝症。方三响从随身带的药箱里取出一剂奎宁液，往里头掺了一角咖啡因粉末，给喜昌做了注射。不知是心理作用还是注射见效快，喜昌很快便沉沉睡下去了。两人被带到舱室外面，在一处水兵宿舍里等候。

这些普通水兵的宿舍很逼仄，床铺也很简陋，不过方三响发现，宿舍里处处藏着革命的痕迹，几本散装小书、一角黑旗、一截假发辫，还有刻在舱壁上的一些模糊字迹。

革命党对水师的渗透，比想象中要深得多。怪不得清军与民军在汉口大战，舰队却作壁上观。更怪不得，黎元洪有自信用一封书信说服萨镇冰——不是言辞犀利，实在是形势使然。

原先在上海时，方三响只是从道理上倾向于革命，却并无切身实感。这一次在武昌，他终于真切地体验到了如长江大流一般无可逆转的澎湃大势。在他对面，柯师太福医生优哉游哉地点起烟斗，哼着可疑的爱尔兰小调儿，把自己笼罩在一片烟雾里。

两人等候了三个小时，约莫到了凌晨四点，喜昌的小厮跑过来满脸喜色："我家老爷醒了，烧退了，退了！"他们赶到管带舱室，看到喜昌从床上坐起来，正在用一块毛巾擦脸，气色看起来好多了。

　　喜昌一见他们，没口子叫神医。柯师太福医生又检查了一下，说这只是初见成效，还要巩固才行，然后拿出一瓶奎宁丸递过去："一日三次服用，每次一丸，我们不在，管带可要照顾好自己呀！"

　　喜昌闻弦歌而知雅意，笑道："自然，自然，我这就开具手令，送你们去楚有号。"

　　他吩咐小厮取来纸笔，正埋头写着，忽然吉升推门闯进来，带来一份文书："陆军那边送来一份明晨协助炮击的文书，炮组已算好了射击诸元，请管带审阅。"

　　喜昌接过文书，随手签了一笔，顺口说道："吉帮带呀，我已审问清楚了，这两位医生身份并无可疑，准拟放行。"吉升那一张马脸拉得老长："他们医术固然高明，可形迹还是很可疑。"

　　喜昌不耐烦了："你不是搜过了吗？人家身上又没有利器。至于可疑不可疑，萨提督自己会判断，还用得着咱哥儿俩越俎代庖？"吉升拧了拧眉头，示意小厮把两位医生带出去，反手关上舱门："喜二哥，你忘了咱俩为啥来海容号了？不就是朝廷要防着萨提督那些闽人吗？"

　　喜昌不以为然地拽了拽毯子角："萨提督要是忠臣，你我没必要提防；他要是存心要反，你我就算想拦，也拦不住哇。别说他，这海容号上你管得过来吗？"吉升听了这话，简直气极反笑："照二哥你这么说，咱们什么也别管了，就由着他们闹。"

　　喜昌"嘿"了一声，眼皮微抬："兄弟我劝你一句，多捞银子，少较真，这大清国完不完的，跟咱们没关系。"吉升大怒："你说的什么混账话！要是旗人都跟你这么想，大清不早完啦?!"喜昌无奈地摆了摆手："得，得，你有担当，我没有。我还生着病呢，这海容号上你说的算。"

　　吉升道："要我说的算，这两个人都不能走！"喜昌"啧"了一声，眉头紧皱："那两位好歹救了我一命，你这点面子都不卖？"

　　方三响和柯师太福医生在门口等候了好久，吉升终于走了出来，没好气地把手令递给柯师太福医生："你可以走了。"方三响要跟着，却被吉升伸手拦住："管带大人的病还没好透，请方医生你多观察一段时间，避免反复。"

　　两人都听明白了，这是吉升与喜昌彼此妥协的结果，说是留下治病，其实就是做人质。柯师太福医生说："要不我留下吧，让我学生去见萨提督。"

"不行。"吉升一口回绝。

柯师太福医生耸耸肩，说："至少让我带点药过去吧？"他走到方三响跟前，打开后者的药箱，拿起一个深棕色的阔口小瓶。这时海容号轻轻晃动了一下，柯师太福顺势失去了平衡，只听"啪"的一声，小瓶落地摔了个粉碎。

一股微甜的刺激性乙醚气味在舱室前弥漫。无论是吉升还是小厮，都感觉微微一晕，下意识地掩住口鼻。

趁着这个机会，柯师太福医生化身为最优秀的扒手，伸手探进方三响怀里，迅捷地抽出密信放回自己口袋，全程也就一两秒钟。他顺势拍了拍方三响的肩膀，用英文说："不要冲动，等我回来。"

乌篷船载着柯师太福医生，向着楚有号而去。方三响回到管带舱室，替喜昌又测了一次体温，然后走到船舷旁，趴在栏杆前望向远处浓烟滚滚的汉口城区。

这时吉升走到他身旁，一脸讥诮："不要冲动，啊？你有什么亏心事，会在一条军舰上冲动？"

他听懂了?!

一股恶寒，霎时从方三响的脚跟顺着脊椎向上爬升，他不自觉地捏紧了拳头。吉升冷笑："你们也忒看不起人了，堂堂一个水师帮带会不通洋文？以为旗人都是喜昌那种酒囊饭袋吗？"

方三响没有回答，他在观察吉升的动作，一旦吉升翻脸，随时暴起制敌。谁知吉升只是手扶栏杆，从容地盯着他："呵呵，不必紧张。有喜昌保着，我今儿动不了你。不过你揣着什么心思，我可是一眼就看得出来。"

在吉升如刺的目光前，方三响只得尽量减少开口。

"你这样的眼神，我见得多啦。京城里头扔炸弹的乱党、租界报社的记者、武昌那批新军，还有海容号上那些水手，都是一副盼着仇人家办丧事的眼神，错不了。"吉升咧开嘴，想要笑笑，可嘴角牵上去，反而更像是愤怒。

方三响嘴角撇了撇，吉升陡然抬高了声调："我告诉你，别以为人人都盼着大清国完。别看朝廷如今这操行，可骆驼死了架子不倒，只要还有几个忠臣撑着，它就完不了！"

说完这一席话，他居然一手带鼓点拍着栏杆，扯开嗓子唱起戏来："耳旁内又听得金鼓喧天，想必是我的父皇将邓艾贼见，可叹他堂堂天子也跌跪在贼的马前。我恨不得将乱臣贼子刀刀俱斩……"

这唱腔高亢清亮，如一把华丽的大刀劈开海容号上空的夜幕。这是《哭祖庙》

里的唱段。这折戏是说邓艾偷袭成都，刘禅仓皇出降，刘禅之子刘谌愤而去祖庙，在刘备的牌位前哭诉亡国。

方三响不是票友，但也听出声音里带着一种挥之不去的嘶哑与惶恐。

吉升正仰头唱至高潮，却突然面色一变，似乎看到什么古怪的事情，唱腔戛然而止。他一撩袍角，噔噔噔朝着甲板上头跑去。

方三响站在原地，背心几乎湿透。这个吉升实在可怕，几乎看穿了一切。可他又转念一想，这人明知自己嫌疑深重，但上有喜昌护着，下有金琢章等军官掣肘，其实什么也不能做。怪不得刚才那唱腔里满满的愤懑，一副恨铁不成钢的口气。

方三响心中正在计算柯师太福医生到底什么时候能回来，忽然听到头顶上脚步声纷乱，似乎出了什么纷争。过不多时，金琢章满脸血污地被两个水兵搀下来，他吓了一跳，赶紧上前询问。

这两个水兵说这是吉帮带的命令，然后推开方三响，把金琢章拖去位于甲板下方的禁闭室。方三响尾随而至，坚持说自己是医生，需要给他检查一下伤势。

两个水兵面面相觑，一个说："吉帮带只下令关禁闭，没说不许请医生诊治吧？"一个说："金长官这满脸血的，万一抢救不及时闹出人命，咱哥儿俩是不是也要吃挂落？"——好嘛，方三响还没张嘴，两个人就自己给自己说服了，卖了个顺水人情放他进去，只是不许金琢章离开。

在禁闭室里，方三响先查看一下，金琢章额头被利物划出一道深口，血流虽多，却只是皮肉之伤。他正准备用蘸了酒精的棉球去清洗，金琢章却一把抓住方三响的胳膊，沉声道："我的伤不要紧，但方医生你得帮我去做一件事。"

原来，其时海容号紧随欧美海军潮流，装载有一台最新型的马可尼无线电台，用来与各舰联络。这种无线电台的发射线圈高悬在桅杆顶部，工作时线圈会有火花放电，产生高频电磁振荡。

适才吉升正在唱《哭祖庙》时，忽然望见海容号的桅杆顶部闪过一道火花，立刻起了警惕之心。喜昌还在卧床，是谁在擅自发送消息？他立刻赶到机电室，把正电官金琢章叫过来问话。金琢章承认电台开过机，但说只是例行测试。

吉升查阅发送内容，却只看到一堆乱码。他向金琢章索要密码本，后者却辩称这只是拍键测试。吉升闻言勃然大怒，抄起一个扳手砸过去，正中金琢章的额头，说他暗通叛匪，要当场枪毙。

这一下子，整个机电室的人都不干了。吉升在海容号上缺少权威，见众怒难犯，只好退了一步，说金琢章未经批准擅动机器，关禁闭三日以儆效尤，机电室也暂时封闭。

"吉升那个人，心思缜密，表面上假意让步，肯定会继续追查。我需要方医生你尽快去我宿舍，把密码本毁掉。"金琢章说。

原来金琢章和海琛号正电官张怿伯、海筹号正电官何渭生三个人，早就利用职务之便，偷偷把三条主力舰上的同情革命者串联起来，为此还编订了英文密电码，专为筹谋起义之用。适才吉升观察到的火花，正是金琢章在偷偷用密电码联络其他两人，转述武昌密信的事。

倘若这个密码本也落在吉升手里，那么非只海容号的参与者要全盘暴露，就连海琛号、海筹号上的人亦会被一网打尽。

"门口那两个水兵没参加串联，我信不过。只有方医生你可以托付啦。"金琢章盯着他。

这要是被吉升抓到的话，可是不折不扣的煽动叛乱之罪，就算有红会身份也保不住性命，可方三响毫不犹豫地答应下来。金琢章如释重负，大为感激："他日革命成功之日，必来报答大恩。"

"倘使革命成功，就是最好的报答。"

方三响说完，起身离开禁闭室，按照指引穿过错综复杂的舰内甬道，很快便来到了位于舰尾下部的军官宿舍区。这里比水兵宿舍要宽敞一些，但也穿插着各种藤蔓似的管道。

他刚走到军官舱室门口，忽然看到那扇防水门居然半开，心头不由得一跳，当即放缓了脚步。等到方三响快要接近时，一个熟悉的声音从舱室内传出来："给我好好地搜！这个王八蛋肯定有猫腻！"——不是吉升是谁？

没想到他的动作这么快，已经带着亲信来宿舍搜查了。好在金琢章向来谨慎，密码本藏得颇为隐秘，一时半会儿还搜不到。

方三响把身体贴紧墙壁，小心地探出头去。舱室里面至少有三个人，吉升和两个亲信把不大的空间挤得满满当当。他们粗暴地打开行李箱，抽落抽屉，抖开被褥，看这个架势，恨不得掘地三尺。

密码本此时正夹在床铺下方的一条管道与墙壁之间。这是一条铁皮歧气管，盘结如人肠。要想拿到，必须先整个人趴在铺位下方，伸手探进歧气管的分岔处内侧，才能抠出来。

金琢章特意叮嘱过，床底下那根歧气管平时充满蒸汽，管皮很烫，需要先把门前的一个阀门拧紧，让热度降下来，才好把手伸进去，这也算是一个小小的防盗手段。

眼看吉升在屋子里越搜越细，方三响小心地挪到舱室门口，没去碰阀门，而是蜷起右脚蓄力，猛然朝那条管道的连接处一踹！

他体格庞大，这一脚的冲击力非同小可。管道是用细钉铆接在一块，居然被这一下踹歪了几分。方三响二话没说，以同样的力度又咣咣踹了两脚。右腿固然生疼，管道也彻底断裂，上半截如死蛇一样耷拉下来。

方三响把双手往袖子里一缩，伸臂抱住滚烫的管道，把它掰向舱室。只见一股高温蒸汽从破裂的管道口涌出，一霎时，舱室里白气弥漫，惨叫声此起彼伏。

见蒸汽的压力泄得差不多了，方三响放下管道，不顾双臂烫得生疼，弯腰冲进舱室里去，故意在那三个人身边胡乱掏摸一下，转身就跑。急得吉升大喊："快！他把密码本拿走了！"其他两个亲信听到，只得强忍皮肤灼疼，跟着头儿追出来。

这一招，还是方三响在关东时候学的。他跟老爹去深山里打猎，找到一个狐狸窝，正要生火熏洞，母狐狸猛然蹿出来，嘴里叼着一只小狐狸就狂跑。那时候小狐狸皮最值钱，于是父子俩追了一路，好不容易打死母狐狸，一看，它嘴里叼的原来是一蓬挂满狐狸毛的草团。他们再回到狐狸洞前头，小狐狸早跑光了。

这个故事，在海容号上又一次上演，只不过这次方三响扮演的是狐狸。

方三响撒开双腿，在海容号的甲板上尽情地飞跑起来。可没过多久，他便不得不放缓速度，因为跑到头了……军舰不比陆地，供他驰骋的空间实在有限。更麻烦的是，随着警报声响起，越来越多的水兵闻讯赶来，形成合围之势。

人在绝望之时，就会不由自主地往高处去。方三响眼看追兵将至，连忙手脚并用，顺着眼前的粗重桅杆向上攀去。

海容号一共有两根十字形桅杆，分别位于舰首和舰尾，高约十米。桅杆中段是一个环状的瞭望筐，顶端则是无线电发射线圈。方三响一口气爬上舰首桅杆，一直到爬无可爬方才停手。他低头俯瞰，甲板上的吉升只是个渺小的黑点。

吉升此时正站在舰前的炮塔上头，气急败坏地仰起头，指挥水兵们爬上去抓人。这时一位枪炮副官小心地凑过来，提醒道："您别忘了，昨晚陆军发来协助令，让咱们今天早上炮击，快要到时辰了。"

吉升用手帕揉着被蒸汽烫红的面孔，气呼呼道："早几分钟晚几分钟有什么关系？"枪炮副官只得讪讪钻回炮塔下方，命令炮组暂时待命。

方三响喘息着，环顾四周。他看到远处从楚有号的方向驶来一条乌篷小船，那小船上还挂着红十字旗，看来柯师太福医生顺利把信送出去了。方三响连忙脱下自己身上的黑袍，尽力向远处挥舞，警告他们不要靠近。那小船很快便发现了这边的变化，立刻转向，径直朝汉口租界驶去。

发完警告之后，方三响低头看看，追兵们已爬过瞭望筐。这个关东青年淡然一笑，在桅杆上挺直了身子，展开双臂，向远方望去。

恰在这时，东方的地平线抛洒出第一缕新光。晨曦映衬之下，整个宏阔江面与紧锁南北的龟山、蛇山尽收眼底。山势峥嵘，江水奔涌，哪里有半点破败帝国的疲态？方三响胸中一畅，豪气顿生。这等壮丽的景象，合该有更新的气象相配才对。

回过神来的吉升面色一变，顾不得什么抓活口，举起手枪就要射击。

可他终究晚了一步，就见方三响从桅杆上高高跃起，迎着新日，迎着新光，在半空中划过一条标准的抛物线，"扑通"一声落入奔流的江水之中……

走在车队前方的姚英子，突然莫名心悸了一下。她捂住胸口停下脚步，严之榭关切地问她怎么了，姚英子揉了揉忙了一宿生的黑眼圈，说没事，可能是昨晚忙着收拾东西太累了，继续赶路吧。

他们两个人的身后，是三辆大马车，每辆马车后头都平放着七八位伤员，这都是无法自行移动的重伤号，他们只能被绳子捆住固定，随着马车移动颠簸而不断呻吟着。车后头跟着一些相对轻伤的人，吊着胳膊、头缠绷带、挂着拐杖，在赤十字会成员的搀扶下沉默前进。

这支满是伤兵的队伍，是在今晨六点三十七分准时离开邮政总局的，这会儿刚刚走出一里地。走在队伍最前头的姚英子并不知道，在远处的炮兵观察所里，有一具望远镜正盯着邮政总局那个欧式的曲浪屋顶。

"吉升在干什么！为什么还没发炮！"

那子夏放下望远镜，愤怒地一捶桌子。旁边的参谋小声道："也许还没准备好吧？""扯他妈淡！昨晚我就把坐标送过去了！七八个小时都备不好一炮，他吉升干脆投江殉国算了！"

他骂得痛快，但对眼前的事实并无帮助。海军虽然有无线电，陆军却没对应装备，没法即时呼叫炮击。那子夏麾下倒是有炮队，但他们提前预设好了阵地，总攻在即，炮口不好再动。

他甚至没法直接派军队冲过去，谁也不知道海军什么时候发炮，万一刚过去，一发炮弹便砸下来，可就死得太冤了。

盘算了一圈，那子夏发现竟无可奈何，不由得额头绽起青筋，他一扯领口："老邓！老邓！"邓医官赶紧凑过来，一见他气息不对，顿时紧张起来。那子夏道："海军靠不住，目下我又动不得，你带上一个棚去前头看看。"

邓医官吓得膝盖一软："卑职只是个医生，打仗可不会呀！"那子夏不耐烦道："我没让你去打仗。赤十字会的队伍，这会儿肯定已经跑了，你去找找他们的下落。"

邓医官愁眉苦脸："找到之后呢？"那子夏道："设法抓回来，就说……"他思考了一阵，狠狠道："我一时想不到什么理由，总之人和枪都给你，你看着办，别让那女人如愿就行。"

邓医官顿时感到人生无常。没想到兜兜转转，这口黑锅居然扣到了自己身上。他还要推托一下，不防那子夏抓起手边的马鞭，在他屁股上抽了一记，疼得邓医官原地一蹦高，连声说立刻出发，立刻出发！

不提邓医官狼狈离开军营，单说姚英子的队伍正在路上走着，忽然听到头顶一阵呼啸。走在队伍最后头的盐谷突然急喊："快趴下！"

这是炮弹砸过来的声音，众人不约而同匍匐在地。只见那枚姗姗来迟的炮弹划过头顶，直直坠到远处。轰的一声，地动山摇。姚英子回头一看，面色大变，只见邮政总局上空腾起一团狰狞的黑烟，在半空翻滚变化。

海容号总算想起来自己的工作了。

严之榭直起身子，盯着那团烟雾，一阵后怕："我的天，这炮弹再早来几分钟，我们可就全完了。"姚英子遍体生寒，毫无疑问是那子夏干的。那个浑蛋为了一己私欲，居然狠毒到了这地步。她一推严之榭，催促道："快走！快走！"语气惶恐，如同感觉到一头恶狼近身。

可是，这支伤兵满营的队伍实在是太慢了，纵然有项松茂的大车支持，整支队伍的速度依旧如龟爬一般。走了足足一个多小时，也不过走出去数里。

到了八点多钟，天色已大亮，这支队伍勉强走到了花楼街与沿江路的交叉口，在一处牌楼下面停下来。这一路颠簸，让轻重伤员们多少都出了点状况，绷带软弛、伤口开裂、夹板松动什么的，赤十字会队员必须重新处置这些伤势。

幸亏盐谷铁钢战场经验丰富，他一刻不停地在伤员之间游走，解决了不少麻烦。姚英子擦了擦汗水，焦虑地瞥向对面。按照盐谷的规划，这会儿应该有红会的支援队伍赶到这里了。

过不多时，远处的巷子里出现了一个人影，朝这边飞奔而来。姚英子定睛一看，居然是孙希，一时大喜，他既然来了，支援队伍必然也来了。

等孙希跑到跟前，姚英子劈头就问："红会总医院的人呢？"

"宋雅刚刚去医院叫了。"

"什么？你们不是昨晚就该回去通报的吗？"姚英子当时就火了。

孙希面色黯淡，头发蓬乱，他苦笑着解释说，萧钟英出现了气性坏疽，他不得不实施紧急截肢手术，一耽搁就是整个晚上。等到天一亮，孙希找到一队正在撤离的革命党，把萧钟英移交给他们，这才赶紧打发宋雅回去报信，自己先按接头路线来迎姚英子。

姚英子又气又急："你明知道一百多条人命危在旦夕，怎么好随便改变计划呢？"孙希辩解说如果不做截肢手术，病人一定会死。姚英子却不依不饶："那我们呢？我们死了就没关系对吧？"孙希有些绝望地抓了抓头发："我这不是一早就赶来了吗？"

"你一个人来又有什么用！"姚英子昨晚忙了一宿，刚刚又被那次炮击吓得够呛，情绪很不稳定。孙希同样一宿没睡，脾气暴躁："你……你不要无理取闹了！"姚英子依旧咄咄逼人："你有理，骗朋友、窃账册倒是好有理！"

两个人吵得有些上头。盐谷铁钢眉头一蹙，忍不住从喉咙里滚出一声惊雷："你们两个浑蛋！连医者的责任都不顾了吗？"

面对突如其来的怒骂，两人吓得闭上了嘴。盐谷铁钢瞪着他们，神情简直像狰狞的雷神："按说我们日本赤十字社是外人，不该插嘴。但作为医者，你们连这一点自觉都没有吗？"

"是他不按照计划……"姚英子略带委屈地说。

盐谷毫不留情地打断："没有任何一次战争，是完全按照计划去打的！你们作为战士，互相争吵只会让牺牲者变得更多。你们来这里，难道不是救人，而是杀人的吗？"

两人被骂得无地自容，盐谷仿佛找回了当年在军中做军曹的状态，训斥的声音越来越大，态度越来越恶劣。这时严之榭突然眉头一挑，指着牌楼的另一侧大叫："有人来了！"

众人循声音看去，他们看到街巷里钻出一支队伍。十来个清兵，个个手里端着曼利夏步枪，分作两路，朝这边包抄过来。

盐谷二话不说，高举着手里的红十字旗，冲那边喝道："这里是红十字会救援队！请贵军予以通行方便。"

那些清兵不吭声，也不知听懂没有，脚下却一刻不停，一会儿工夫就围拢到了牌楼四周，举起枪摆出包围威慑的架势。盐谷铁钢皱起眉头，这绝不是偶尔路过的散兵，明显是冲着这支队伍来的。

他知道跟这些士兵讲没用，视线来回搜寻了两圈，果然在巷子口看到一个身材矮小的眼镜男走出来。一直跟在姚英子身边的陶管家先发出一声颤音："邓医官？"顺手连忙挡在了她的身前。

邓医官用手帕擦着脸上的汗，满脸堆笑："姚小姐，咱们又见面了。"陶管家冷哼一声："小姐正在做事，恕不闲谈。"

邓医官道："昨日拜别姚小姐以后，那管带深受震动，说上天有好生之德，让我也组建一支队伍，效仿红会来战场救治伤兵——碰到你们可太巧了。"他睁着眼睛说瞎话，见对方不理睬，上前几步："既然这么有缘，不妨把伤员移交给我们好啦。"

躲在陶管家身后的姚英子实在忍不住了，站出来斥道："那子夏那点龌龊心思，当我们瞎吗？"邓医官道："赤十字会是民间团体，没有救伤资格，理当由我们代劳。"说完一挥手，清军士兵们又朝前挪了挪，惊得伤员们一阵蠕动。

严之榭哆哆嗦嗦地展开红十字旗帜："这批伤兵，已经正式移交给了红十字会，按照《日来弗公约》，贵方不得破坏中立救援。"邓医官笑道："没破坏中立呀，我们是提供帮助。我们清军这边医药皆不缺，伤兵送去我们那里，能得到更好的治疗，都是体恤人命嘛。"

姚英子半点也不信他的鬼话："红会临时医院就在大智门，不劳费心。"

"这里到大智门还远得很，又深入战区。你们队伍拖家带口的，万一被卷入交战，枪炮无眼，岂不遗憾？"邓医官眯起眼睛，语带威胁。

这时盐谷挺身挡在众人面前："你严重违反中立条约，将来是要上军事法庭的。"邓医官见他是日本人，先是一戾，随后想到那子夏的严令，又把心一横："只要传不出去，不就成了？"

这句没遮掩的话说出来，基本上算是断绝了任何转圜的余地。陶管家面色一沉，多年收敛下来的悍匪气息，从双眸勃发而出。他右腿微弯，身躯略拱，打算突然扑击去拿邓医官。

邓医官在中英药房见识过这老人的厉害，哪里会不提防？一见陶管家的姿势，他立刻后退数步，喝令那十几个士兵抬枪准备。陶管家见先机已失，长叹一声，收回了架势。盐谷没料到他们真敢动手，气得怒目圆睁："你这是打算与日本国开战吗？"

邓医官没言语，却也没出言停止。队伍里的伤兵们听到红会也护不住他们，一时纷乱起来。姚英子试图安抚，却有心无力。就在这时，一个声音从她耳畔响起来，直传入邓医官耳朵里：

"老邓？邓四眼？"

邓医官一怔，这是他读书时的外号，怎么会在这里听到？他再一定睛，看到孙希满脸欢喜地张开双臂，朝这边走来。

"孙二鬼子？"邓医官眨巴眼睛，也是一阵惊喜。

原来两个人同是北洋医学堂的学生，同级同班。毕业之后，邓医官随大流被分配到军中，孙希则被一纸电报送去了红会总医院，没想到两人会在这种场合重逢。

"你小子可是没怎么变，还是油头粉面的。"邓医官轻松了不少。孙希也哈哈笑起来："你倒是变得像个小老头，让我看看发际线后移了多少。"他走到跟前，抬手要去掀邓医官的军帽。邓医官手一挡："别闹，做医生的最伤肝，头发怎么可能不……"

他话没说完，忽然感觉到脖颈一阵凉飕飕的，一柄锋利的手术刀压在咽喉上。邓医官霎时脸色苍白："孙二鬼子，你……你干吗……"孙希脸上的笑容还在："邓四眼，我考考你，颈动脉和气管同时被割断的话，人会死于失血过多还是肺部窒息？"

牌楼之下霎时一片安静，所有人都没想到，会突然出现一场解剖课的现场教学。

"别闹，别闹！"邓医官的嘴唇哆嗦起来。孙希把刀略抬起一些，冷着脸道："同学一场，我也不想为难你，你知道该怎么做。"

邓医官自然明白他什么用意，挥动手臂嘶声道："退开，退开！"清军士兵们犹豫地朝后退了几步，可手里的步枪依然举着。邓医官又叫道："放下枪！快放下！"他们这才枪口对准地面，撤开一条路。

姚英子整个人完全傻掉了，她看着孙希手里的刀，不知说什么才好。孙希捏紧手术刀，冲她微微苦笑道："我一个人来，还是有点用的吧？"

一句话，彻底击溃了姚英子的心神。她的胸口霎时被强烈的愧疚感灌满，呛得泪水夺眶而出，整个人不由自主要扑过去。幸亏陶管家及时拦住："小姐，不要浪费孙医生的好意……""那他怎么办？！"姚英子拼命挣扎。

谁都明白，只有孙希一直挟持着邓医官，伤兵队伍才能安然离去。但他们离开之后，孙希的下场不问可知。他对此也很清楚，目光故意避开姚英子："盐谷医生，赶紧带他们离开！"

盐谷的目光停留在孙希的手腕上。那只握着刀的手就像平时做手术时一样，稳稳的，不见丝毫颤动。他不再多做犹豫，向孙希敬了一个礼，然后转身走到车队前，喝令出发。

车夫们慌忙套起车，牵着辕马隆隆地走起来。姚英子仍不肯离开，她有些歇斯底里地喊着："孙希！要走我们一起走！"却见孙希腼腆地摇了摇头，嘴唇翕动，似乎讲了一句英文。

这句话很轻，只有邓医官和姚英子能听到。前者一脸迷惑，后者却浑身一震。

那是两个单词：Forgive me（原谅我）。

这家伙总是在无可回避的尴尬场合，用英文来表达最真实的心声。

姚英子的哭声戛然而止，整个人似是被某种沉重的情绪压制。陶管家趁机从后面抱住她的腰，将她强行推上车去。盐谷铁钢主动要求断后，整个队伍在清兵虎视眈眈之下仓皇离开了牌楼。

孙希一直挟持着邓医官，同时监控着周围的士兵，防止他们离开追击。足足过了半个小时，孙希估摸那支队伍差不多跟红会救援队接上了头，这才缓缓放下手术刀。

邓医官一感觉到放松，立刻连滚带爬地跳开，同时歇斯底里地嘶吼起来："快！快把他抓起来！"

士兵们一拥而上，孙希毫不抵抗，任由他们把自己按在满是瓦砾的地面上。邓医官喘着粗气，怒骂道："孙二鬼子！你可真讲情谊！"孙希抬起头："邓四眼，你若真了解我，其实根本不用怕。我是个医生，手术刀是用来救人的，怎么会用来伤人呢？"

"你……那你图什么？"邓医官被气得噎住，手指点着他直抖。孙希耸耸肩，轻声吟出了两句签语："扫却当途荆棘刺，三人约议再和同。"他念完之后，心中前所未有地轻松，仿佛把一生的巨债都还完了似的。

邓医官冷笑："这时候还要转文！"正要再嘲讽两句，谁知震耳欲聋的枪炮声陡然从四面八方响起，声浪如江潮激涌，绵绵不绝，响彻整个硝烟弥漫的汉口城区。

清军对汉口最后的总攻势，正式展开。倾天大潮之下，几个小小人类的意愿根本微不足道。

第十三章
一九一一年十一月（二）

在牢房里判断日子很简单，气窗一次光暗交错，就是一天，如果仔细观察光线推移的角度，大致还能判断出是上午还是下午。可惜更精确的时间便没办法判断了，当然，囚犯也不需要。

孙希眼前的气窗，已经光暗交错了十五次，该是十一月十六日。

他被关押的牢房，原本是汉口商埠巡警局的地盘，被清军当成了战时羁押处。牢房里简陋而肮脏，无论墙壁还是地板上，到处都散布着可疑的暗褐色污渍，显然是血干涸后的痕迹。

清军倒是没有虐待他，只是扔在监牢里不闻不问。半个月来，外界一点动静也没有，就好像他被全世界遗忘了一样。孙希对之前的行为，一点都不后悔，但对于未来，终究心存忐忑。

这么久了都没动静，难道说，他们都把我忘了吗？

忽然牢房门"哗啦"一声被人推开，孙希没有抬头，无非是狱卒过来送饭罢了。可下一秒钟，他听到一个熟悉的声音："孙医生？"

孙希抬头一看，见到一个身着白棉衬衫与藏蓝色背带裤的男子，鼻梁上架着玳瑁圆镜，额头宽得惊人——正是农跃鳞。不过他从不离手的牛眼相机不见了，而且鼻青脸肿，样子十分狼狈。

自从襄阳丸抵达汉口之后，农跃鳞便顾自离开，说是要去记录最真实的汉口战事。孙希后来再没听到他的消息，没想到会在这种地方偶遇。

"你怎么会被关到这里来？"农跃鳞毫无身陷囹圄的自觉，张嘴就是提问。

十几天的牢房独居，让孙希变得有些迟钝，他眼珠转转，没吭声，直到农跃鳞又追问了一次，他才徐徐道出自己的遭遇。

农跃鳞咋舌："好家伙，连红会队伍都敢袭击，这些军头实在太大胆了。"说完他又敬佩地看了孙希一眼："没想到孙医生你还挺有血气之勇，此节很值得写一篇报道出来。"

孙希苦笑着摇摇头："算了，算了。"农跃鳞奇道："你被关在这里十多天了，难道红会没来救你吗？"

"我有什么值得救的……"孙希唇角微微一坠。按说姚英子当日肯定上报红会了，他们不可能置之不理。但他在牢里停留了这么久，确实没接收到任何消息，连一个探监的都无。尽管他早认命了，可心中难免有些失落。

他不想继续这个话题，转而问道："对了，你又是怎么进来的？"农跃鳞一扶眼镜，居然面带得色，仿佛这是一件了不得的功勋。

那天他下了船之后，直奔战斗最激烈的汉口城区，十几天穿梭于枪林弹雨之间，居然油皮儿都没磕破一下。就在十一月十一日，他忽然捕捉到一个古怪的变化——横亘在江面的大清水师中，楚有号突然把提督旗撤下，然后海筹号升起了队长旗。

这意味着旗舰从楚有号转为了海筹号，而且舰队指挥权也一并交给了海筹号管带——那萨镇冰提督去哪儿了？

要知道，自从十一月一日清军彻底占领汉口后，整个战场陷入了一种默契的安静。筋疲力尽的清军需要休整，损失惨重的民军则退回汉阳，双方暂无大规模战事。这时候舰队冒出这个变化，农跃鳞敏锐地觉察到，其中必有文章。

他着意打听，才知道萨镇冰提督突然宣布身染重病，前往上海治病。可还没等农跃鳞做进一步调查，更离奇的事情发生了。

萨提督乘坐小火轮刚刚离开，江面上的大清军舰便全数降下黄龙旗，升起铁血旗！

这可是震惊全局的大变故。农跃鳞赶紧奔至岸边，希望能用相机捕捉到这决定性的一瞬，却见到一条小艇仓皇驶来。小艇到了岸边，跑下一个形色狼狈的海军军官。

农跃鳞上前一问，原来此人是海容号管带喜昌。据喜昌说，海容号的水手发生哗变，帮带吉升气愤之余，投江殉国。而他大义凛然，据理力争，叱得叛军们皆有惭色，最后不得不把他礼送下舰，不敢伤及分毫云云。

这个喜昌油滑轻浮，农跃鳞根本不信他会有叱责叛军的勇气，遂追问了几个问题。喜昌被问得面红耳赤，等陆军接应一到，他立刻指着农跃鳞说是叛军间谍，还把相机夺去，将里面的胶卷全数扯出。总算农跃鳞亮出《申报》撰稿人身份，清军不敢处决，在别处关押几日之后，转到这座监狱里来。

所以严格来说，他与孙希不算偶遇，这个羁押处就是用来关押非叛军身份的囚犯。诸如红十字会会员、战地记者之类的中立身份者，早晚都会被送到这里相会。

农跃鳞讲完之后，突然神秘兮兮地凑近道："喜昌讲了一件怪事。他声称，萨提督之所以态度剧变，乃是因为之前接到黎元洪的一封密信。而这封密信，很可能是红会的医生传过去的。"

"这不可能吧？红会立场中立，怎么会替武昌军政府传信呢？"孙希不太确定地说。

"喜昌很确定。因为十一月初，恰好有两个红会医生夜访海容号，说要见萨提督。就是从那一天开始，萨提督的态度发生了根本性的变化。"

孙希眉头一皱，他想到了萧钟英，隐隐觉得其中必有关联。他问道："他有说那两个医生都是谁吗？"

农跃鳞摇摇头："我没来得及问，只知道一个是洋人，一个是华人。洋人被转送去楚有号，那个华人医生留在海容号上，当夜因为窃取船上机密，跳江自尽了。"孙希一听居然还闹出了人命，颇有些不安，像头困兽一样在牢房里转来转去，突然自嘲地笑了笑。

自己身陷囹圄，哪里有余力担心别人？农跃鳞拍拍他肩膀："你也别着急，红会刚刚发过声明，说当日确有两名医师休假外出，但此系个人行为，红会并不知情，中立立场亦无从改变，不会有麻烦。"

孙希无谓地轻叹一声，重新蹲下身子，继续去研究地板上那摊血迹。在他的头顶，有金黄色的阳光射入气窗，被格栅均匀地切成数条，光暗相移，仿佛时间被凿出了刻度一样。

农跃鳞见孙希一身丧气，一时竟不知说什么才好。

此时在大智门附近的红会临时医院，一位尊贵的客人正迈进小楼前院。

这是个身材笔挺的精瘦男子，八字胡，高鼻梁，一身藏青色戎装。如果观察仔细的话，会看到袖口绣有一道龙形粗杠，旁边缀着两条金龙——这是北洋副都统军衔！

他一进院子，王培元与柯师太福两人并肩迎了出来。旁边的清军伤兵们对军衔最为敏感，只要能动弹的，都赶紧爬起身来。一个马弁扯着嗓子吼道："三军参谋长易乃谦大人驾临！敬礼！"

"唰"的一声，清军伤兵们齐齐敬礼，心里却惊疑无比。乖乖，三军参谋长，这么大人物，今天怎么跑来这里了？

易乃谦面沉如水，可礼数一点不缺。王培元与柯师太福两人带着他在临时医院里转了一圈，他边听讲解边频频点头，巡视病房、慰问伤员、表彰医护人员等，都按部就班，并无激情，但也没有失礼之处。

视察结束之后，易乃谦当场表示捐赠三百大洋和二十担精米，然后在临时医院门口发表了一通亲切演说。

这演说是事先准备的稿子，夸赞医护人员热心办事，身怀悲悯，为四万万人楷模云云。旁边早有许多记者拍照，镁光灯闪烁不停，来日登在报纸上，又是北洋将官礼贤下士的善德一桩。

"如今叛军已被逐出汉口，三镇克日重光。倘若贵处有医药短缺、设备无着、人员不敷之情状，还望不吝开口。乃谦一向最重仁德，必当尽力办妥，以彰慈善之功。诸君可还有什么要求，尽管提便是。"

"易都统，我有一个请求！"

一个女子清脆的声音从人群里传出来，易乃谦一怔。这本是句客套话，怎么还有人当真了？他看向王培元与柯师太福，两人仍是一脸笑眯眯的，没什么阻拦之意。易乃谦只好转动眼光，只见一个美貌少女闪身站出来。

这少女大大方方走上前来，双手呈着一份条陈："易都统，我叫姚英子，要向您检举一件事。我们红会有一名队员被清军抓走，至今音信全无，希望您能查明此事。"

"哦？还有这样的事？"易乃谦眉头一皱，接过那一份条陈。条陈上密密麻麻写满蝇头小楷，下面还有若干见证者签名，包括严之榭、宋雅、陶管家等，甚至还有盐谷铁钢的签字。

易乃谦草草看了一遍，抬头问道："这么说来，是那子夏强娶你未得，挟私报复，袭击伤员车队，才有了后面的挟持医官事件？"

"孙希见义勇为，有功无过，希望大人明察秋毫，保全他的性命，也让广大慈善医护人员安心。"姚英子泫然欲泣。十几个缠着绷带的伤兵也走出队列，纷纷表示确系亲眼所见。

易乃谦的笑容僵住了。他哪里还看不出，这个女医生恐怕早有预谋，从条陈到记者，从签名到伤兵，都是事先精心安排的，就是要在众目睽睽之下，让他连个推托的机会都没有。

姚英子拿的那份条陈，易乃谦相信是真的。军中那些少壮旗官平时就很跋扈，走到哪儿都是一副大爷做派，总以为自己还在京城。但是，事关军中声誉，他也不得不遮掩一二。

"这是十一月一日发生的事，为何你们今天才向我提出交涉？"易乃谦提出疑问。

姚英子苦笑："我当天就去找贵军联络处了。但那天正赶上战事爆发，根本没人理我们。在那之后，我日日去交涉，可都石沉大海。若不是易参谋长今日莅临，都不知如何是好。"

"兹事体大，你这是指控一位陆军管带，须得详细调查之后……"易乃谦习惯性地拖起官腔，这时盐谷铁钢却硬邦邦地挤到他跟前："易参谋长，当日我也在场，在表明身份后仍被贵军举枪威胁。这不仅是对日本赤十字社的蔑视，也是对日本帝国的侮辱。"

易乃谦登时感觉脑袋大了一圈。别看两军在汉口打生打死，其实真正决定胜负的，是观战的列强。这时候平白得罪日本，可不是好事。

他正琢磨着如何回答，蓦地想起一件事来。

按说易乃谦军务繁忙，本来是没兴趣来参观慈善医院的，结果前日忽然接到京城的一封私人电报。发电报的人来头不小，是军机大臣、体仁阁大学士徐世昌。电报称朝廷正欲南北交涉，请他在舆论上争取些形象，建议去慈善医院转转，以示体恤。

徐世昌是北洋系的第二号人物，与袁世凯互为臂助。他的请托，易乃谦不敢忽视，这才有了视察红会临时医院的安排。再回想红会这一副精心算计过的喊冤架势，莫非……徐世昌的电报竟是因这件事而起？也不对，红会若有这么大面子，直接叫清军放人就得了，何必绕这么个圈子？

易乃谦站在原地，脑子里已闪过好几道思绪，很快便有了定见："请诸位放心。我返回之后，立刻派员彻查。官军向来军纪严明，若有违反军法之处，绝不会纵容姑息。"

"我跟您一起回去。毕竟我是当事人，对质起来也方便。"姚英子咄咄逼人。她已经跟这些官僚磨了十几天，深知他们太极功夫精深，不近身逼抢，便被闪掉了。

易乃谦怔了怔，没想到这小姑娘得寸进尺。可大话已经放出去了，他也只得点头应允。柯师太福医生正要抬手说什么，峨利生医生却从他身后闪身上前："我是孙医生的指导教授，也要求随行。"

这个举动让姚英子吓了一跳，这可不在原有计划里。峨利生医生向来只关心业务，从不参与其他事情，怎么今天却主动站出来了？

峨利生还是那一副严肃表情："他是我的学生，在他学成之前，我有责任照顾他得到公正待遇。"

姚英子本想劝阻，可一见他疲惫的面孔，便说不出来了。自从知道孙希被抓走的消息后，峨利生没有发表过评论，却默默接过了孙希的所有工作。这十几天来，他整个人肉眼可见地消瘦下来。

易乃谦皱了皱眉头，好家伙，东洋人掺和进来，西洋人也掺和进来了。这红十字会是猴子窝吗？惹出这么多麻烦来。他只好挥手说都来吧。

两人跟随易乃谦回到司令部，后者立刻让副官去叫那子夏和邓医官来。过不多时，只有邓医官一个人匆匆赶到。他一见姚英子居然在场，吓得虚汗直冒。

易乃谦脸色一沉："你们那管带呢？"邓医官撇去额头上的汗水，唉声叹气说病倒在床。易乃谦一怔，追问怎么回事。邓医官瞥了一眼姚英子，怯怯道："跟这位小姐还有着莫大的关系。"

易乃谦更糊涂了，难道那子夏得的是相思病不成？邓医官赶紧摇头，说都是intravenous infusion 闹的。

当时那子夏负伤被送去赤十字会，姚英子亲自为他输液，令他印象深刻。那子夏不明白输液原理，只当是个延年益寿的好法子，遂催促邓医官也搞一套。邓医官拿着姚英子口授的笔记，四处搜罗器具，最近刚刚攒齐，那子夏立刻迫不及待地试输了一下。

不料一瓶没输完，那子夏突然呼吸急促，口唇发绀，浑身大汗淋漓，到后来干脆昏迷过去。邓医官吓得魂飞魄散，立刻停止输液，一检查发现居然得了肺水肿，至今还下不来床。

邓医官讲到这里，恨恨地看了眼姚英子："这法子是她教我的，现在看来，分明是故意陷害管带。"

姚英子没料到会有这种变故，忍不住问道："你给他输液，接了橡胶球没有？"邓医官一怔："那是什么？"姚英子登时哭笑不得："我明明跟你讲过的。静脉输液一定得接个橡胶球，控制速度。你输液太快，血液被过度稀释，渗透压变低，肯定要积聚在肺部的呀，不得肺水肿才怪。"

"你可没说过这个！"邓医官试图辩解。

"我提醒过！可你当时根本没认真听，一门心思要给我做媒呢。"

姚英子冷笑。邓医官面如死灰，浑身瑟瑟发抖。若那管带真有个三长两短，那他这个疏忽可是无从推卸。易乃谦站在旁边，忍不住开口道："这个肺水肿，可还有法子治吗？"

他跟那子夏没交情，可若因为庸医平白折损了一个管带，军中士气也要受影响。姚英子没好气地答道："没有！这是他自家作死，可怪不到旁人。"

这时峨利生医生拍了拍她肩膀："英子，我们是发过誓的。"姚英子"哼"了一声，把脸转到一旁去。峨利生医生看向邓医官，像惯常上课一样淡淡道："治疗肺水肿，一是要把四肢静脉结扎，减少回心血量；二是要服用烟酸丸，扩张血管。另外尽量让患者双腿垂下，保持坐姿，切不要躺着。有条件的话，尽量让他吸氧。"

邓医官听得懂英文，赶紧拿出本子记录下来，连连称谢。峨利生医生话锋一转："我们都是医生，都应该恪守希波克拉底誓言。现在轮到你来告诉我，我的学生Thomas到底在哪儿？为什么要把他关起来？"

峨利生这个做法，似拙实巧，先主动提供了救治那子夏的方法，再开口索要孙希，对方便陷入道德上的被动。邓医官看看易乃谦，后者面无表情，一言不发，他情知这一劫躲不过去，便咬着牙抗辩："孙希身为红会医生，居然挟持一位现役军官，违背了中立，把他羁押是合乎军法的。"

姚英子气不过，说分明是他们先袭击了邮政总局，破坏中立的是他们！邓医官说那是水师发的炮，与陆军无关。

易乃谦额头青筋绽起，暗骂这个邓医官哪壶不开提哪壶。水师昨天叛变投敌，这笔糊涂账根本扯不清楚。他猛地一拍桌子，喝止住两人的争吵："细节是吵不完的，此事到此为止，孙希现在人在哪里？"

言下之意，我们会放人，但别的事情你们就不要追究了。姚英子与峨利生一心只要孙希平安，别的倒也没奢求过，便不再言语。

邓医官见长官发话，只好乖乖交代。那日正赶上清军总攻，到处兵荒马乱，他顾不上押解，便把孙希直接投到了汉口商埠巡警局的监狱里。邓医官还辩解说，看在老同学的分上，他还特意叮嘱狱卒不要为难。

易乃谦没理他，直接派副官去监狱提人。过不多时，副官回来，附在他耳边嘀咕了几句。易乃谦无奈道："还有个《申报》记者？净给我添乱！一并带来吧！"

没等多久，几个卫兵押着孙希和农跃鳞来到司令部。姚英子一见孙希那张枯槁肮脏的面孔，嘴唇便抑制不住地颤抖起来，一时间愧疚、心疼、愤懑、喜悦诸般滋味齐齐涌上心头。

卫兵给孙希解开镣铐的一瞬间，她冲过去一把抱住孙希。孙希开始还有些木然，直到英子哇地大哭起来，他的眼神才终于有了些许流动，右手抬起缓缓摩挲她的长发: "好啦, 好啦, 我这不是没事嘛。"

待姚英子哭过一通, 孙希这才注意到, 峨利生医生一直站在旁边, 神态冷静。他一看到老师颧骨都凹陷下去, 就知道一定也是关心过甚, 只是没流于形表罢了。孙希给了峨利生一个笑容: "老师, 我在监牢里研究了一下血迹的形状, 有很多有趣的发现。"峨利生抓起礼帽戴在头上: "哦, 那很好。苏格兰场做过类似的实验, 回去可以对比一下。"

相比起这边的泪目重逢和学术探讨, 那边易乃谦与农跃鳞之间的谈话可就没那么友好了。

易乃谦先是恭维了几句: "你就是农先生吧? 你的大稿我可看了不少呢, 可谓一针见血, 鞭辟入里。"结果农跃鳞毫不客气地打断他的话: "你先把相机还给我! "易乃谦吩咐副官去找相机, 然后温言道: "误会而已。先生的物品原样奉还, 另外再送五十大洋与先生压惊。希望在报纸上, 能多为我军美言几句。"

农跃鳞道: "我既不会美言, 也不会丑化, 我只会如实写出我的所见所闻。至于美丑与否, 得看你们自己。"易乃谦怔了怔: "我军自平叛以来, 军纪严明, 所到之处, 秋毫无犯, 这是人所共知。"

农跃鳞突然厉声道: "汉口大火, 总不是居民自己点着的吧? 满街瓦砾, 总不是居民自己拆的吧? 街头横七竖八的尸体, 总不是居民自己残杀的吧? "

"战事波及, 在所难免。"易乃谦铁青着脸回答。农跃鳞却一点情面不讲: "我记得易都统也是本地人, 眼见乡梓被焚, 难道还要睁着眼说瞎话吗? "易乃谦索性道: "我是汉阳人, 跟他们汉口人不算同乡。"

这个回答过于无赖, 反倒把农跃鳞的一腔义愤噎了回去。两人话不投机, 谈话只好中止。待得副官把相机送还, 易乃谦赶紧把这些麻烦鬼礼送出门。

众人顺利离开清军大营之后, 赶紧返回临时医院。王培元和柯师太福两个人早早守在门口, 一见孙希顺利归来, 无不大喜过望。宋雅、严之榭等同学也纷纷来道贺。

孙希正忙着回应众人, 忽然看到院内走出一个不该出现在这里的身影。

"张校长? "

只见张竹君身系灰布短袍, 头戴宽檐草帽, 一副老农扮相。她冲他伸出一只手: "恭喜回来。沈敦和实在无用, 我只好亲自替英子来还你的人情。"

孙希握着她的手, 从话里听出一丝古怪。旁边姚英子挽起张竹君的胳膊, 向他解释道: "我们当初把伤员护送到大智门以后, 立刻就想要去救你, 可清军始终不予理睬。王培元教授只好拍电报回上海, 请沈会董出面联系冯大人, 他是京会的嘛,总不会不管……"

孙希苦笑道："冯大人想管，也是有心无力吧？"

在京城的官僚体系里，京会只是一个可有可无的边缘衙门。而且会长盛宣怀刚刚被革职，流亡日本。这个节骨眼上，冯煦就算想帮忙，也没人待见。

张竹君接口道："跟他们没关系，而是我跟徐世昌有点交情，求到他那里去，这才驱动易乃谦来视察。"

她说得轻描淡写，但要说动一国之相，要付出的心血与人情非同小可。

孙希这才明白，为何医院救援迟迟不来。武昌、上海、北京彼此电报往来，所耗费的时间与费用都很惊人，但无论红十字会还是赤十字会，都从未放弃过救他的努力。一念及此，他心里那点疙瘩霎时烟消云散，整个人又活泛起来。

"我是为了报答红会收留伤员的情分，如今人情已还完，两不相欠，英子，我们走吧。"张竹君拍了拍姚英子的手，她可不想在红十字会的地盘上待太久。

"张校长，您要去哪儿？回上海吗？"孙希问。如今战事停滞，按说他们不需要继续留在这里了。

张竹君把视线投向大江对面，眼神坚毅："不，我们会移驻汉阳。"王培元在旁边道："咱们红会总医院，也马上要把伤员移交给租界医院，然后转移到汉阳区。"

孙希先是一怔，旋即反应过来。看来各方面都有共识，短暂的和平即将结束，清军下一步一定是进攻汉阳，届时南北必有一场更惨烈的血战。

不过他此时的心情，喜悦多过忧虑。因为姚英子与他冰释前嫌之后，态度比从前还要亲切些。孙希一想到可以回归三个人原来的关系，欢喜得比什么都开心。他环顾四周："哎，对了，老方呢？刚才怎么没见着他？"

姚英子闻言脸色一黯，垂下头去。一股不祥的预感笼罩在孙希头上。不待他追问，张竹君轻叹一声，代自己学生开口道：

"三响陪同柯师太福医生去水师送信，不知为何突然跳舰投江，至今下落不明。"

几乎是同时，远在数十里之外的汉江之上，一阵激烈的嗒嗒嗒嗒声骤然响起。

汉江是分隔汉口与汉阳的一条大河，这个射击声来自北岸，发声者是一架黑漆漆的马克沁机枪。它在一分钟内能够喷射出六百枚铜质尖子弹，宛如一阵可怕的金属风暴向南岸急速泼去。

在风暴的对面，一支打着铁血十八星旗的军队正排成三列纵队，试图通过几座竹浮桥跨越汉江，登陆汉口。这三列纵队分别属于援鄂湘军第一协、第二协和鄂军第五协第九标。他们人数众多，先锋已经快冲过浮桥，队尾还在南岸的汉阳东亚制粉厂待发。

河面宽十余米。对人类来说，这是需要架起浮桥才能跨越的障碍；可对火药推动的子弹来说，穿越它只需要短短一秒。

金属风暴就这样猛烈地吹过血肉之林，打头的士兵们甚至来不及发出惨叫，身体便被巨大的动能撕裂，一霎时，无数血花在浮桥上同时蓬开，仿佛升腾起一片殷红色的雾气。千疮百孔的躯体纷纷跌入江中，溅起一片又一片水波，整条汉江好似被煮沸了一般。

而打击显然并不只有这一下。

随着马克沁机枪开火，更多的枪声从远近不一的阵地陆续响起。它们汇聚成一阵阵索命弹雨，劈头盖脸地泼洒到浮桥上。这已经不能算是交战，而是屠杀，因为浮桥上几乎没有腾挪的空间，站在上面的士兵只能成为活靶子，一排排地被无形的镰刀收割，残肢与内脏碎片不时高高抛起，血雾的浓度越发醇厚。

少数幸存者慌成一团，一部分想要强行过桥建立滩头阵地，一部分却要退却，重整旗鼓。可南岸的士兵仍旧惯性地朝前拥去。一时间三座浮桥上一片混乱，呐喊声、哭救声与叱骂声交错。

偏偏汉江南岸的民军掩护部队反应迟钝，直到此时，仍旧没有形成对北岸清军的火力压制，零星几声枪响，被完全淹没在江面上的喧嚣里。

只是短短十分钟时间，渡江部队的伤亡已达到了一个惊人的数字，浮桥下游水面几乎被密密麻麻的尸首覆盖。

位于右翼的湘军第一协终于熬不住，最先崩溃，从浮桥向后仓皇撤退。紧跟着中路的湘军第二协也队形崩解，不少人索性扔掉枪跳进水里，推开附近漂浮的尸身朝南岸游去。这一下子，左翼的鄂军第五协第九标顿时成为对岸集火的目标，清军几轮猛烈射击，这路浮桥上的民军士兵基本上被一扫而空，几乎每一截竹隙之间都被鲜血浸透。

随着浮桥被清空，清军的射击开始向南岸延伸，这让民军的出击阵地也陷入了混乱。有些倒霉鬼没有被枪弹击中，反而在即将跳下浮桥时，被同伴挤下水去。汉江岸陡水深，他们的装备又太重，一落水便无法自行游回，眼看江岸近在咫尺，却只能越挣扎越沉，最后淹没在混着血浆的江水中。

类似这样的落水者还有很多，他们绝望地伸手呼救，可此刻岸边每个人都像没头苍蝇一样，哪里顾得上旁人？

就在这时，一个身穿民夫短褂的人从后方冲到岸边，不顾头顶子弹纵横，强行从浮桥上撅下几根竹竿，扔给那些溺水者抓住。然后他又像抓壮丁一样从附近拽人过来帮忙，众人七手八脚，勉强把那几个士兵拖上岸来。

可惜这终究只是局部一个小小的幸运，整个战场的惨败态势仍在持续，汉江几乎都要被战殒者的尸首堵塞。幸亏清军采取的是防御态势，并没展开反击，否则损失还要更大。

眼看太阳西下，伤亡惨重的民军被迫拆毁浮桥，退回到东亚制粉厂的厂房里休整。

这座厂房原本是用来加工面粉的，被这一大群败兵拥入之后，一下子变成了弥漫血腥味的屠宰场。地板上几乎被鲜红色的血脚印覆满，士兵们横七竖八地躺倒在机器之间，几乎人人都带着伤，哀号声四起。偏偏厂房巨大的穹顶起了放大作用，让呻吟声变得更加立体而凄惨。

这么多伤兵簇拥在这里，偏偏随军医官却极少，只有三四个医师在忙活。而他们缺乏资源，别说紧急手术，就连止痛都无法实现，唯一能做的只是为伤员们做简单包扎。

在这些医官里，最卖力气的就是下午去岸边救人的短褂汉子，他一刻不停地东奔西走，忙得满头大汗。有伤兵好奇地问另外一个同伴："这人是谁？"同伴摇摇头："据说姓方，是汉口逃难来的医师，志愿来做咱们革命军的医官。"伤兵"哦"了一声："方医生倒是心善，下午俺从浮桥上被人挤下河去，就是他拿竹竿捞上来的，要不然俺早喂王八了。"

这个短褂医生，自然就是方三响。

他那一天从海容号上跳江之后，本想游回汉口。偏偏夜里潮流急切，他水性又一般，结果被冲到了汉阳的龟山附近，险些溺水，所幸被革命军的巡哨发现。

方三响没敢报出自己的真实身份，也没有试图联系红会。自己在海容号上的举动太敏感了，一旦曝光会给红会带来大麻烦。巡哨把他当成了从汉口逃亡来的医师，他便含糊其词地顺水推舟。

革命军急缺医官，立刻把他编入驻扎汉阳的鄂军第五协。方三响果断把辫子一剪，留出一个板寸头，以民间医师身份加入。

本来方三响在十一月十五日听到消息，包括海容号在内的水师集体反正。他大喜之余，打算返回红会，可总司令官黄兴突然发布命令，调集部队反攻汉口。于是方三响决定暂时留一阵，待反攻成功后再归队不迟。

只是他没想到，渡河一战居然败得如此凄惨。

"又是达姆弹！"

方三响愤怒地发出一声。他正要处理的这位伤员，右侧臀部到后腰之间有一处枪伤，伤口看似狭小，内里却一塌糊涂，弹头所及，翻出粉嫩色的肉糜。

他中的这一枪，是印度的达姆达姆兵工厂生产的露铅弹，也叫开花弹。这种子弹一旦击中人体组织，会在里面不停翻滚，造成喇叭口一样的伤口。这种子弹因为太过残忍，早在十二年前就被海牙国际会议命令禁止使用了，想不到清军还敢偷偷用。

这个不幸的伤兵瘫倒在地，不住发出哀号，脸疼得几乎变了形。对此方三响束手无策，达姆弹造成的伤口，无法缝合，无从治愈，伤者只能在无尽的痛苦中死去。他唯一能做的，就是减少伤者临终前的痛苦。

可方三响摸摸腰间口袋，里面空空如也，鸦片酊早用光了。他把目光移向厂房门口，那边堆积着许多木箱，可惜全是军火。负责粮台的人大概觉得革命军都是刀枪不入，只需要考虑弹药消耗就够了。

伤兵绝望地号叫着，剧痛像一位傀儡师，操控着他的身躯不住抽动。忽然，从他的军装内侧掉出一张脏兮兮的黄符纸，上头用丹砂潦草地画了一张符。这大概是他自己或亲人请来护佑好运的，此情此景，真是说不出地讽刺。

方三响再也无法忍耐，起身揪住一名路过的后勤军官吼道："药品呢？药品到底什么时候能送来？"那后勤军官结结巴巴道："粮……粮台那边还没消息。"方三响道："这要死人的！怎么还如此慢吞吞的？"

这时一个不阴不阳的声音飘来："湖北佬都是九头鸟，这厂房里一大半都是湘军子弟，他们死道友不死贫道，急个么子（急什么）？"

发声的是一个援鄂湘军的军官，他头缠绷带，几乎看不见双眼。援鄂湘军是湖南独立之后，军政府派来支援武昌的新军，结果迎头遭遇惨败不说，竟然还被冷遇，他们自然心中都憋着一股闷气。

这句风言风语，立刻就引起了鄂军的不满。一个第五协的军官忍不住破口大骂："板马日的，今天要不是你们湖南人尿卵先跑路，我们鄂军哪会伤亡这么惨重？！还怪别人！我看你才是个臭傻货！"

湘军军官更怒了："我们千里迢迢提着脑袋过来支援，不是去替你们挡子弹的。有的那本事，就莫撑那板鸭（不要逞能）呀！"

两边军官一开骂，还能动弹的伤员们也不能示弱，纷纷起身助威，一时间骂声四起。方三响见势不妙，双手一伸，挡在中间："都什么时候了，不要内讧！"

湘军军官冷笑："方医生，我湘中子弟，若战死沙场没话说，但若因为医药供应不上枉死在这儿，那无论如何也得有个交代。"鄂军军官还没回答，第三个声音在人群里响起："还不是共进会的错，他们排挤人是一把好手，别的就一塌糊涂。"鄂军军官怒目回头，喝问谁说的。只见一个学生模样的年轻人站出来："我是文学社的，怎么着？"鄂军军官一怔，旋即大怒："同为革命同志，怎么说话呢？"那年轻人道："我就是这么说话。现在军政府里管事的不都是共进会的？詹大悲何在，何海鸣何在？"

共进会和文学社都是湖北的反清组织，算是同盟会的分支，武昌新军起义就是两家联手做成的。不过军政府成立之后，两边矛盾重重，詹大悲、何海鸣等文学会骨干原本在汉口主持军政分府。汉口陷落之后，两人没回武昌，而是东下安徽，军中盛传是被共进会的孙武排挤走的。

鄂军军官显然对这些恩怨也有了解，却不服气地辩解道："负责粮台的是王安澜，那是黎元洪的心腹！与共进会无干！"突然第四个人跳出来："你们平时贪天之功，这时候倒推卸起责任来了。这次策动渡江的人，可是你们同盟会的黄兴黄大司令官！要追究，不妨去问问他指挥的什么狗屁仗！人家清军早早埋伏好了，他还搞不清白地让弟兄们过河送死！"

鄂军成分复杂，除了文学社和共进会，还有黎元洪亲手带出来的第二十一混成协。这些大头兵脾气火暴，一旦骂到老上司头上，他们便开始狂喷黄兴。

黄兴这一次指挥确实失当，各方都不满意。可这些老兵骂完黄兴，又骂同盟会，骂完同盟会又骂上了共进会。这批援鄂湘军，大多是长沙共进会的骨干，一听骂到自己头上，更不堪忍。

就这样，随着发言的人越来越多，矛盾纠葛越扯越多，一时间厂房里充斥着各种方言土语的怒骂。

站在旋涡中央的方三响简直头痛欲裂，后悔当初问出那一句话来。这一场惨败，把平时潜藏的各种矛盾全激发出来了。湘军与鄂军、共进会与文学社、黎元洪与同盟会……他不得不站出来劝阻，却被恨恨地推搡到了一旁，没人理睬这个小医官。

在这一片争吵声中，方三响忽然想起，很久没听到那个伤兵的呻吟声了。他赶忙把视线移到那边，却发现伤兵的身躯不再抽搐，那张满是血污的狰狞面孔，终于彻底放松下来。方三响横抱起尸体，缓缓走到吵架的众人面前，原地站定，盯着每一个人。

这个无声的举动，却比任何言辞都有震慑力。先是湘军军官，然后是鄂军军官、文学社成员、混成协老兵……一个个陆续闭上嘴，默默摘下军帽。达姆弹造成的伤口，仍旧淌着鲜血，方三响的两条裤腿都被染上酡红色，仿佛刚刚从血海中爬出。

这时厂房大门忽然被推开，十几名卫兵匆匆进来，为首的马弁高声道："总司令官黄兴，前来视察！"

适才吵架的众人立刻一哄而散。可方三响看得出来，谁也没真正服气，眼神里依旧透着异样心思。他有些疲惫，又十分失望。原本以为革命军同为反清义士，自然该精诚团结，可没想到内部倾轧到了这地步，甚至还不如清军铁板一块。

他突然有些意兴阑珊，便说要去掩埋死者，抱着尸体走向另外一侧的小门。就在方三响离开厂房的同时，黄兴已经阔步走进来，他站在一台制粉机上，即兴发表起演说。黄兴的声音洪亮，口才一流，在空旷的厂房里回响阵阵。

可方三响毫无兴趣，径直走到外头的沉沉黑夜。一出门，迎面一阵清凉的江风吹过，把血腥味与喧嚣荡涤一空。

尸坑的位置，就在厂房与江边之间的一处洼地。今天的战事伤亡太大，如果不及时掩埋，极易暴发大疫。此时尸坑里已经摆了上百具尸体，就这么悄无声息地并排躺着，覆土里渗着一股看不见的沉郁死气。不远处的柏树林里闪过几道绿光，大概是附近的野狗循着血腥味聚过来，在尸坑边缘虎视眈眈。

方三响把尸体放进坑里，不忘把那张符纸重新塞回死者的胸袋，然后挥动铁锹，尽量埋得深一些，以免被野狗拖出来。

忙活完这些，方三响仍不想返回。他绕到厂房另外一侧，看到墙角横七竖八地堆满了撬开的箱子，里面绝大多数都是弹药箱，居然还扔了一包老刀牌香烟。方三响感觉胸口实在烦闷，鬼使神差地从里面抽出一根。

他的双手因为处理了太多伤者，被鲜血与组织液弄得滑腻不堪，划了几次火柴才把烟点着。漆黑的厂房外面，霎时亮起了一团极小的火光。

这是方三响生平第一次吸烟，不太熟练地猛然一嘬，登时呛得连连咳嗽，差点连泪水都咳出来。几口之后，他才慢慢摸到门道，连点了三根，插在正对尸坑的泥土里，权作送死者上路的香烛。

黑夜之中，三点火星亮起，烟气缥缈朦胧。方三响就这么呆坐在尸坑边缘，直到次日晨曦泛起。

到了次日，也就是十一月十七日。总司令官黄兴亲自指挥，各路人马再次跨越汉江，对宗关方向发起强渡。

三镇共有四关：武昌关、汉阳朝关、汉口宗关、汉关。其中宗关位于汉江中段，地理位置四通八达，也称上关。没想到的是，革命军对宗关的攻势又一次被清军料中，清军早早埋伏了轻重武器，等革命军渡过大半之后，猝然发起了围攻。

湘军、鄂军昨晚本来就心存隔阂，此时遭遇埋伏，更不能彼此掩护，几乎一瞬间便崩盘溃走。黄兴亲临一线，反复高呼不许撤退，可诸军置若罔闻，仍旧一窝蜂地朝汉江退去。这一战的伤亡，比前日更甚。

方三响作为医官，留守在东亚制粉厂里。他本以为这次会忙得不可开交，没想到居然清闲下来。因为大部分战死者与伤者，都被扔在了汉口那一侧，溃军根本顾不上把战友带回来，可见有多么狼狈。

连续两次反攻汉口失利，重重地挫伤了汉阳守军的士气，也点醒了清军的斗志。在接下来的十天里，清军渡过汉江，沿着琴断口、十里铺、五里墩、南岸嘴多路出击，针对汉阳全境发起了猛烈攻势。方三响一个小人物，只得跟随败军一退再退。

十一月二十七日拂晓，日头虽然照常升起，光芒却无法刺破覆在汉阳上空的彤云，更无法看到彤云下方的人间情景。只见古琴台、晴川阁、归元寺等诸多汉阳胜迹皆是硝烟滚滚，火光冲天，显然昨夜爆发了一场剧战，处处断垣残壁，望之触目惊心。

汉阳有一弯狭长的湖泊，名唤月湖。月湖东侧是大名鼎鼎的龟山，西侧是梅子山，以山中多梅得名，林壑尤美，极得鄂省文人青睐。可此时的梅子山下，没有半点清幽可言。山麓与湖畔之间的碎石小路上，填塞着大量尸体，几乎盖满了整个路面。这些尸体大多着蓝色或黑色的军装，一半是革命军，另一半是清军，死者混杂一处，肢体彼此纠缠，可见是爆发过最为残酷的白刃战。

之所以惨状如斯，是因为梅子山通道的西侧就是汉阳铁厂，那里是民军在汉阳的最后一个据点。清军急于锁定胜局，昨晚在这里投入了大量兵力。而民军也深知此地的重要性，抵死不退。双方就在梅子山下展开了一场殊死血战，俱是伤亡惨重。最后还是海容号赶来支援，远远地放了几炮，这才吓得清军暂时收兵。

在这片狼藉的阵地后方是一处茶舍，原本是游客们从梅子山上下来歇脚解渴的地方，如今被充作临时指挥部与医院。方三响喘着粗气，正在为一位伤兵处置。后者在昨晚的战斗中被刺刀划开了右侧脸颊，半边舌头被削掉，露出了森森的牙龈与颌边肌腱。

这个伤兵，就是那一日参与吵架的文学社成员。方三响缺医少药，只得草草消毒了一圈，然后用绷带沿着下巴缠了一圈。伤兵无法讲话，赤红色的双眼直勾勾地看着他，似乎有些恐惧，又似乎有很多话要讲。

方三响不愿过多对视，默默地拎起医药箱，走向下一个伤者。他虽只是个医生，却也明白，昨晚不过是一次战术上的小小胜利，无法改变整个战局的大坏。汉阳的陷落，已近在咫尺。

过去十天，他眼睁睁看着这边各种小心思与大矛盾，贻误了大量战机，以致到今日的窘境。

方三响除了痛惜，还有浓浓的愤懑。诸军倘若能团结一心，何至于溃败得如此之快？如今援鄂湘军的主力已撤到长江南岸，鄂军主力也转移回了武昌，等到清军占领了汉阳，武昌孤立无援，迟早也会沦陷。方三响不知道，自己留在这里还有什么意义。

"新的管带到了。"一个同伴忽然说。这支部队的指挥官死于昨晚的夜战，汉阳铁厂那边赶紧派人来接任。方三响木然抬起头，一瞬间陷入愕然。

眼前来人一身戎装，右手拎着一根拐杖，右腿根部以下空荡荡的。

"萧钟英？"

萧钟英也面露惊讶："方大夫？"

两人都没料到，会在这种场合重逢。方三响赶紧要挽他进茶舍坐下，萧钟英却一挥手："不要浪费时间，你陪我去阵地上走一走。"

他是现场最高指挥官，方三响没奈何，只得陪着他沿梅子山麓一路巡视下去。萧钟英对拐杖的使用颇为熟练，一脚一拐交替，走路速度竟不逊于正常人。

两人边走边聊，方三响简单讲了讲自己送信的经历，萧钟英叹道："我听到水师集体反正的消息，就知道方大夫你信守了承诺。只是我没想到，中间有这么多波折，连累你至今连红会都回不去。"

"这是我自己选的，我不后悔。"方三响淡淡道，"你这条腿又是怎么回事？"

"我本来是得了气性坏疽，你那位叫孙希的同事手段了得。我当时自忖必死，没想到愣被他救回来了。"

听萧钟英讲完，方三响微微吃惊，红会居然派了孙希去救治。他不太想提这个名字，尽量只谈医学："遇到气性坏疽，截肢确实是唯一能保命的办法。"

"我后来被转移到武昌，连洋人医生都说，难得见刀口处理得这么干净的。你瞧，这不到一个月，我都能拎拐自己走了。"萧钟英炫耀似的挥动一下拐杖，他的气色很差，但双眸的光亮丝毫不减。

方三响盯着那个被布包圆的大腿根部，半晌不语。萧钟英真是命硬，居然扛过了术后各种感染，不到一个月就能拎拐走路。如果接上一条假肢，应该跟正常人生活无异。可是……他欲言又止。

萧钟英吃力地攀上一处小高地，举起胸前的望远镜俯瞰整条防线。他看得十分认真，还不时掏出个小本子勾画一下，兴致盎然地说道："昨晚幸亏海容号赶来，不然清军肯定直接把防线打穿了。正是当初你送信过去，才让梅子山多守了一夜。古人有云，一饮一啄，莫非前定，诚不我欺呀！"

方三响见他如此投入，终于忍不住问道："为什么你会来这里？"

萧钟英举起大拇指，闭上一边眼睛测距，嘴里回答道："因为黄总司令官还在汉阳铁厂坐镇，那些机器都要拆卸运去武昌。我们必须在梅子山多争取点时间。"

"不，我是问，为什么是你？"方三响问。

萧钟英缺了一条腿，一旦民军败退，他几乎不可能逃脱。总司令派他来防御，摆明了就是送死的。难道说，他也是被排挤来的？

"我是同盟会会员，这样的任务责无旁贷。至于生死，呵呵，我其实在花楼街就该死了，活到现在算是赚到了，能死得其所，也是人生一大幸事。"

方三响犹豫片刻，缓缓吐出五个字来："可是，值得吗？"

萧钟英放下望远镜，狐疑地转过头来："方大夫，你好像……有心事？"方三响索性把这十天的所见所闻统统说了出来："我不怕失败，可这样的失败，实在是不甘心。大家不都是革命同志吗？怎么人人还是各怀私利，这又跟那个腐朽朝廷有什么区别？这样的革命，又怎么能够成功？这十天以来战死者数千，到头来，却连汉阳都守不住了，他们的牺牲，又有什么意义？！"

说到激愤处，方三响重重捶在一块山石上，掌边流出血来。

萧钟英保持着沉默。他又观望了一阵，收起望远镜，冲方三响做了个手势，继续朝山上吃力地爬去。他们一口气走到半山腰的一处飞角望亭，这才停下来休息。

这个望亭地理位置很好，凭高远眺，月湖、龟山一览无余，还能看清北侧汉江一路滚滚东下，到南岸嘴汇入长江干流。虽说是阴天，整个三镇水系形貌反而更清晰了。

萧钟英斜靠在望亭旁边，眯起眼睛看了一会儿风景，忽然道："方大夫，你从十一月一日跳江之后，就没接触过红会的人，也没关注过外面的事吧？"

"嗯，我落水被人救起之后，就一直在第五协当医官救治伤员。"

萧钟英嘿了一声："那你可是错过很多大戏。十一月三日，也就是汉口沦陷两日之后，你的好朋友陈无为，在上海发动起义，驱逐了道台衙门，六日宣告成立沪军都督府。"

"啊?"方三响又惊又喜。

"我看新闻说,陈无为带人围攻江南制造局,久攻不下,他只身闯入敌阵,劝说守军投降,可真是一条有胆识的好汉。上海能在四日之内鼎革一变,全靠他手段了得。"

方三响不期然想到那个偏执的史蒂文森探长。不知这个可怜鬼听到沪军都督府成立的消息,会是什么表情。

"上海乃是江南枢纽,长江重镇。它一变色,紧接着贵阳、苏浙、广东、广西、福建、安徽等地陆续独立。如今整个南方除了南京,已全数脱离清廷,我听说陈无为已经在着手组建苏浙联军,要进攻南京以策应武昌。"

听到萧钟英报出一连串地名,方三响精神稍有振奋。

"汉口沦陷,汉阳将失,武昌危如累卵,这是事实。可大清的半壁江山已然坍塌,这也是事实。即使清军堵住这两处缺口,又有什么用呢?"

萧钟英抬起手,对着亭外的景色虚点几下,仿佛落子一样:"围棋讲究取地为下,取势为上。黄总司令官打仗嘛,确实不行,但也正是因为有他,才把清军主力牢牢吸引在这里,东南诸省才能从容独立。如今外势已成,清廷在武昌优势再强,也没有翻盘之机——所以你看,湖北人虽然总被嘲笑成九头鸟,可九个头就有九根骨头,硬起来谁也奈何不了。"

萧钟英见他不言语了,笑了笑:"方大夫,你那一天从海容号上跳下来,是如何得救的?"

方三响一怔,不知他怎么想起问这个,老老实实答道:"我本想游回汉口,可是江底暗流太多,来回抽摆。我很快就耗光了体力,幸亏抓到一根浮木,大概是之前交战时拆毁的浮桥,就这么漂到了汉阳岸边。"

"你不是湖北人,不知道江底的凶险。长江这一段的水文极其复杂,水下暗礁沉船、滩岸曲折极多,以致潮涌不定,难以捉摸。"萧钟英说到这里,向着外面的江道一指,陡然提升了声量,"倘若我们把眼光放高、放广,那么会看到什么?是滚滚长江东逝水,是自西向东一往无前的汹涌流向,任凭河道如何变化,任凭暗流如何汹涌,这个浩浩汤汤的大方向,却从未改变,也无法改变。"

方三响似乎捕捉到了萧钟英想表达的意思,也把目光转向远方。

"大江如此,大事业亦如此。你若是无限凑近细看,自然会看到诸多混乱、诸多逆流、诸多无法理解的荒唐事,但不能因为这些瑕疵,而否定大势之所趋。且看法国的大革命、美国的独立战争,还有日本的倒幕维新,考究细处,哪一家不是浊流滚滚；但考究大势，哪一家不是蒸蒸日上？革命从来不是几个圣人搞起来的，它总是泥沙俱下，却也鱼龙混杂。譬若大江东去，须观其大势可也。若只因为这些小事就灰心丧气，岂不成了盲人摸象，不见全体了？"

方三响被他这么一通教育，只觉得脸皮有些发烫。萧钟英依旧慷慨激昂：

"共进会与文学社争权夺利又如何？同盟会与立宪派互相嫌弃又如何？湘鄂龃龉频生又如何？无论哪个派别都要反清，都要改变这个老大帝国的腐朽体制，人人皆有这样的共识，即所谓时代之潮。潮流不可逆，人心亦不可违。"

发完这一大通议论，萧钟英这才收回眼光："我今天与方医生说这么多，是希望你对这个国家不要轻易失望。一时的返流暗涌、些许的腌臜龌龊，都终究阻不住大江东去——所以你问我这么做值得吗，我的回答是，值得。"

方三响向前一步，热血翻涌："好！我就陪你看看，这大江到底会流向何方！"

萧钟英哈哈大笑，重重拍了方三响肩膀一下，却不防差点失去平衡，方三响赶紧把他搀住。萧钟英道："有客人来访了，我们下山吧。"

方三响循他手指望去，心头却猛然一跳，竟有种做贼心虚的感觉。因为山下赫然出现一面旗帜，白底红字，正朝着茶舍而来。

这一个月来，他一直没和红会联系，一来是怕清军追究；二来是民军军医奇缺，他留下来可以帮到更多人；还有第三个不方便说出口的理由……方三响觉得在这支队伍里不必严守中立原则，更加自在。

尤其在此刻，他已经下定决心要陪萧钟英坚守到最后，更不愿节外生枝，便一路不言语。到了茶舍之后，方三响有意回避，走到里间去照顾伤兵，只留萧钟英一人接待。

红会这一次派来的人方三响并不认识，大概是第二批或第三批支援武昌的。他自称是掩埋队的联络员，要跟这边的指挥官洽谈停战事宜。

要知道，清军与民军在汉阳的战斗，比汉口更为惨烈。光是昨天在梅子山之下，就横七竖八躺着数百具士兵尸体。交战双方均无暇收殓，这么多尸体堆聚在一起，是极大的卫生隐患。所以红十字会和赤十字会除了救伤之外，联手组建了一支掩埋队，专门负责把战场尸体迅速填埋，为此需要先与交战双方约定一个停战窗口，才好进入战场。

萧钟英问起他们的工作状况。对方苦笑着说，自从汉阳之役打响之后，红会连救治伤兵都没精力了，绝大部分人力都投入到掩埋事务中来，却仍不敷用。他们如今只能勉强挖出浅坑，盖上一层薄薄的土，连消毒用的石炭酸都已经短缺。

送走联络员之后，萧钟英走到方三响跟前开玩笑："你怎么不跟他们相认？是怕埋尸体太辛苦？"方三响沉声道："我爹死得早，只来得及教诲我一件事，做人须尽本分。临阵脱逃，我可干不出来。"萧钟英"嗯"了一声，什么也没说，转身继续忙活去了。

过了二十分钟，红会的掩埋队如约而至。一大群人身穿长袖黑装，口缠毛巾，轻车熟路地冲到梅子山下的狭道，一面红十字旗高高举起。对面清军那里显然也打好了招呼，一片寂静。

掩埋队两人一队，把尸体抬上一副简易担架迅速撤离。有的担架上甚至没有完整人体，都是各处捡来的残肢断臂，乱七八糟堆在一处，如同一团血肉模糊的怪物。但掩埋队的人没有丝毫停滞，也不见情绪波动，仿佛一群冷漠的黑无常在尸海巡行。

见到一个人的死亡，令人震惊；见到十个人的死亡，让人害怕；当死亡人数上升到数百上千时，活人便对这些熟视无睹，只当作土石破瓦一般。战争可真是一种会让人心肠变硬的妖魔。萧钟英放下望远镜，啧啧地感叹起来。

"你们医生每日见惯生死，是不是特别容易硬起心肠来？"

方三响手里的包扎动作停了停："不是的。我们也会害怕，会感动，会愤怒，但发过希波克拉底誓言的人，会把救死扶伤置于个人情感之上。"

"即使对方是觉然，你还是会去救吗？"

方三响听到这名字，肩膀遽然一颤，惊讶得说不出话来："你怎么知道这名字？"萧钟英笑道："因为你有个好朋友，或者说，曾经有个好朋友。"方三响粗眉蹙成一团，疑惑不减。

萧钟英道："你我只匆匆见过两面，我都没来得及告诉你。我本是日本陆军士官学校的留学生，在东京加入的同盟会。武昌起事之后，我才和几个同学从日本赶回国来参战。"

他顿了顿，又道："你那个好朋友在花楼街为我截肢时，为了让我保持清醒，不停地问各种问题。当他得知我是赴日的留学士官生时，立刻问我认不认识一个左嘴角有两颗黑痣的日本人。我很好奇，何以问得如此具体。他说那个人是你的杀父仇人，你一直在找他，逢人就问，好多年了。"

方三响嘴角微微一抽。萧钟英道："他对我说，他对不住你，也不指望能获得原谅，但仍旧希望能帮到你。可惜你离开海容号之后，与红会断了联系，你这位好朋友自然也没办法亲口告诉你，所以还是我跟你说吧。"

"告诉我什么？"

萧钟英道:"这事巧了。我在陆军士官学校里,还真认识一个左嘴角有两颗痣的日本人,据他说也曾参加过日俄战争。"

咔嚓一声,一道电流打进方三响的大脑,整个人僵在原地。

这么多年来,方三响从未放弃过打听,但心里明白此事极其渺茫,逢人便问不过是习惯使然。他万万没想到,答案会在这个场合毫无征兆地出现。

萧钟英道:"若没有你这位朋友留心,就算你我面对面,只怕也想不起来讲这个——你说是不是呀?"

方三响听出他的最后一句不是冲着自己的,急忙转回头去,却看到孙希和姚英子两人站在门口,皆是掩埋队的装束,只是把口边的毛巾取下来了。前者露着尴尬笑容,后者嘴角欢喜,眼神里却冒着怒意。

"你们……怎么来了?"方三响有些呆滞。姚英子几步冲过来,气势汹汹:"你在这里活得老好嘛!"方三响呆呆望着她,忽然想到,这还是两人离开上海之后第一次相见。她黑瘦憔悴,神采却精敛了许多。

姚英子却不肯放过他,一拳捶到他胸口:"你明明没死,为什么不跟红会联络?我们担心得不得了,你倒在这里躲着,早知道不理你了!"她一迭声地说着,说到后来,眼泪开始打转。

方三响任凭她捶打,目光却投向了站在门口的孙希。孙希咳了一声:"我当时也是随口一问,不费什么事,没想到萧将军还真认识。本来我想一回去便告诉你,可偏偏那么巧……"

萧钟英一抬手:"你不用怀疑孙医生,是我刚才主动跟红会的联络员讲你在这里,请他们派人来把你接走。"方三响一怔,当即连宽慰姚英子都顾不得了:"你要赶我走?大战当前,我走了你们怎么办?"

萧钟英眯起眼睛:"方医生,你刚才跟我说过,做人须尽本分。'本分'这个词我听北方的同学解释过,我的理解呀,它和责任还不太一样。责任是你该做的事,本分则是你发自内心想要做的事——我已成废人,坚守在梅子山下是本分。而你的本分,不在这里。"

"为什么你可以,我不可以?"方三响几乎要吼出来。

萧钟英把身体靠在椅背上,先冲孙希点了点头:"若不是孙医生,我早已死在花楼街,根本没机会活到今日。可见一个好医生,可以提升更多人的力量。吾国吾民积弱太久,方医生、孙医生你们这样的良医殊为难得,不必虚掷在这里,还有更重要的事情等着你们去做。"

方三响捏紧拳头："医生多了，不差我一个，我要留下来！我想留下来！"

"你难道打算死在这里，放弃报仇？"萧钟英一句话便打到了方三响的死穴。方三响脸色憋得通红，捏紧的拳头放下又抬起，不知如何是好。

萧钟英抬腕看了看时间："好了，约定的掩埋窗口要结束了，重新开战在即。你们尽快离开——孙医生。"孙希连忙挺直了腰杆："啊，在。"萧钟英道："方医生仇人的名字，我已经告诉你了。但等他跟你们到了安全地带，你再告诉他，要不然他就不愿意走了。"

孙希先是愣怔，随后苦笑着一拽方三响："老方，你听到了没？咱们赶紧走吧！"方三响还想要挣开，不料姚英子挽住了他另外一边的胳膊，两个人坚定地将其往茶舍外拖。

方三响还想要挣扎，却见到萧钟英用拐杖支撑起身子，抬手向他郑重敬了一个军礼。紧接着，那个不能讲话的文学社伤兵也起身肃立，带动着整个茶舍里的伤兵们一齐敬礼。

方三响紧绷的肌肉在一瞬间放松下来，孙希和姚英子两人对视一眼，心有灵犀地放松了手。方三响这次没再挣扎，他喘着粗气，缓缓抬起右手，向着茶舍里的所有人回敬一礼。

他知道，这将是在场绝大部分人最后一次敬礼。

"他日革命胜利，你若登上龟、蛇二山，见到江中有浪头涌起，那便是我来见你了。"萧钟英壮声道，露出了一个微笑。

三人离开茶舍，很快返回了掩埋队工作点。这里本是一大片茶田，如今却被挖开数十道长沟，沟里密密麻麻排着无数残缺不全的尸体。宋雅和严之榭听说方三响回来了，都很欢喜。方三响却一言不发，一到工作点，便抢过一把铁锹，发疯似的刨起地来，尘土飞扬。

孙希把其他人拦在旁边，低声说让老方刨吧，刨吧……

过不多时，枪炮声在远方骤然响起，而且前所未有地激烈。方三响听到声音，挖沟的动作更加激烈，仿佛要把生命都榨出来似的。

枪炮声足足持续了三个小时，然后渐渐低沉下去，在傍晚时分彻底消失。这时候，方三响凭一己之力，硬是挖出了一条十几米长的深沟，两手虎口被磨出了血口也不肯停。

前方的战况，很快便回报给了掩埋队。梅子山下的防线，在清军发起攻击后一个小时即告崩溃。守将萧钟英且战且退，最后在汉阳铁厂码头向清军发起逆冲锋，身中数十弹而亡。

不过他的奋战争取到了足够的时间，黄兴与民军残部在海容号等军舰的掩护下撤回武昌，清军随即占领汉阳全境。

一俟战事结束，红会掩埋队立刻赶往最后的战场，那里有大量的尸体要收殓掩埋。方三响没有跟去，他留在自己刨的深沟底部，仍旧不断抛出土来，仿佛要挖到地府似的。

姚英子很担心他的精神状态，悄悄让孙希去劝解一下。孙希说："还是你去吧，你俩又没矛盾。"姚英子白了他一眼，说："萧钟英不是让你记下仇人的名字吗？你现在跟三响说说，也许能转移他的注意力。"

孙希叹道："说不定老方会更恨我。"他话是这么说，可还是硬着头皮走到坑边，低头对坑底喊道："老方，我跟你说一件事。"

方三响挥动着铁锹，没有吭声。孙希定了定神："其实吧，当时我在花楼街问他时，萧将军并不知道你的仇人是谁。他后来是怕你不走，所以才假装告诉我……"他双肩缩了缩，似乎做好了承受怒火的准备。隔了好半天，一个嘶哑的嗓音才随着一锹泥土抛上来。

"我知道。"

"啊？"这个回答让孙希大感意外。

方三响没有解释，继续埋头挖土。孙希怕他失望过甚，赶紧又补充道："不过他也说过，留日士官生在武昌军政府里任职的很多，稍微打听一下，也许还有机会。"

"谢谢。"

听到这话，孙希一瞬间如释重负："客气什么，咱们是好兄弟……吧？"坑内响起一声微弱的"嗯"，然后有泥土继续抛出坑来。姚英子在远处等得不耐烦，走过来想看看怎么回事，孙希赶紧摆了一下手，指了指坑底，姚英子探头过去，居然听见隐隐有啜泣的声音，很快又被铲土声盖过去。

两人不约而同地想起来，这应该是他们第一次见到方三响哭泣。

这时一声尖锐的哨声从远处传来，姚英子和孙希连忙转头望去，那是掩埋队即将归来的信号，坑下的方三响，一瞬间也停止了动作。

只见一支长长的运尸队伍从汉阳铁厂方向逶迤而来，步履沉重。远处汉江滚滚东去，呜咽的波涛卷起江风，将晚霞撕扯成一缕缕酡红长条，有若送葬的旗幡。

此刻的汉阳上空，残阳如血。

第十四章
一九一一年十一月（三）

张竹君伸出右手，从布鞘里取出一把薄如柳叶的手术刀。

五根修长的手指轻轻一握，便和刀柄上的波浪纹完全贴合。这个动作她已做过不知多少次了，几乎已成为一种本能。

这把刀是她从夏葛女医学堂毕业时，院长富玛利亲自所赠，用来表彰其优异的成绩与勇气。

在接下来的十几年里，这把手术刀伴随着她从广东到上海，又从上海来了武昌，早已成为她身体的一部分。每次握紧它，富玛利校长在毕业典礼上的叮嘱，总会浮现在张竹君的脑海里："Dedication is our specialty."——奉献乃吾侪之任也。

张竹君握紧了刀，看向眼前的伤员。

这是个民军的伤兵，左肩中了一枪，子弹卡在了肩胛骨与锁骨之间，很简单的小手术。唯一的问题是，她太累了。

此时已经是十一月的最后一天，汉阳失守的第三天。大量败兵拥入武昌城中，伤员数量激增，这让红十字会与赤十字会的医护人员疲于奔命。张竹君今天已经做了九台手术，这是第十台。她握着刀，明显感觉到有些眼花。

张竹君从口袋里掏出一小瓶嗅盐，放在鼻下深吸一口。一股强烈的氨气味道像长矛一样刺入鼻腔，刺激得整个人一激灵。趁着这股劲，张竹君迅速拿起手术刀，忙活起来。

从手术一开始，病人便不住地颤抖，没办法，止痛药物在数天之前便已用罄，医师们只能靠一点点烧酒来做麻醉。为了让手术顺利进行，张竹君不得不找来方三响，让他用一双大手死死按住对方，以确保不会干扰手术。

手术刀巧妙地避开肩胛背动脉，游走于肌肉与神经之间，不一时便剥出了弹头位置。张竹君暗自松了一口气，正准备放下刀换镊子将弹头夹出来，却不防一声惊雷般的爆炸从外面响起。

这是来自清军的炮击，他们自从占领汉阳之后，拉了数门大炮到龟山上，每天居高临下朝武昌城里不断轰击。那个伤员正疼得死去活来，骤闻爆炸声，吓得迸出一股绝力，竟挣脱了方三响的压制，身体向前顶去。偏偏张竹君因为过于疲惫，注意力有些涣散，一下子被伤员撞歪了身体，手术刀"当啷"一声落在了地上。

方三响急忙松开病人，要过去搀扶张校长，却发现她的右手血流如注，从虎口到手腕内侧被刀割出一条血口子。

方三响见状大惊，这刀身上的血污尚没清洗，极容易造成感染。张竹君却先抬起左手，强忍剧痛道："我的手不成了，先叫孙希来给病人做完手术。"

自从武昌变成前线之后，红十字会和赤十字会不得不联起手来，在蛇山脚下的一处英商别墅内设立了临时医院。此时孙希、峨利生和其他几位红会医师就在不远处忙碌着，与这边只隔一道布帘。

听到方三响的召唤，孙希急忙赶过来，也被眼前的情景吓了一跳。他连忙接过手术，继续帮伤员拔弹头。

方三响则把张竹君搀到旁边的藤椅上，抓起旁边的烧酒壶直接淋上去。红会储备的酒精一早便用尽了，只能靠当地酒坊捐的十几坛樊口春烧酒支撑。对酒徒来说，这是不可多得的佳酿，至于消毒效果只能说是聊胜于无。

这个刀口狭长而深，边缘平直，可见刀刃之锋锐。不幸中的万幸是，总算没伤到神经与肌腱，但短时间内绝不可能再执刀了。

张竹君全程神色淡然，任凭方三响拿开水烫过的棉布条做包扎，半点仪态不失。直到姚英子也闻讯跑过来，从地上捡起手术刀，她才有些心疼地问道："刀口有冇损伤？"

姚英子举起刀刃端详片刻，摇摇头。张竹君这才松了一口气，抬起手掌，自嘲道："我小时候听阿妈讲古，干将、镆铘铸剑十年不成，他们的女儿舍身跳下炉子，才铸出神器，可见名剑须用血祭。这刀跟随我这么多年，到今天我才想起血祭，真是屈就它啦。"

姚英子心疼道："您快别讲话了——蒲公英，你包扎之前，敷抗毒粉了没有？"方三响两手一摊："没有，硼酸早用光了，只有烧酒。"姚英子大急，伤口不敷硼酸，极容易导致化脓，怎么可以不敷？

张竹君抬手劝道："巧妇难为无米之炊，你别责怪三响，要骂也是骂沈敦和。讲那么多大话，怎么物资却送不上来？"

对于这种日常嘲讽，姚英子和方三响装作没听见，好说歹说把她哄去后屋休息。从后屋出来以后，姚英子小声抱怨道："唉，张校长真是的，这个事情怎么好怪到沈会董头上，还不是因为军政府那些人乱来？"

从汉阳撤退之后，战时总司令官黄兴主动请辞，宣布返回上海，再图北伐云云。结果没过两天，大都督黎元洪也离开武昌，跑到下游九十里外的葛店，如今城里只剩一个蒋翊武主持大局。这一系列变动，导致武昌城内人心惶惶。

方三响归队之后一直郁郁寡欢，此时听到抱怨，眉宇间的郁结更深了。姚英子懊悔地拍了一下脑袋，萧钟英刚刚牺牲不久，自己怎么哪壶不开提哪壶？她正想着怎么转移话题，方三响却主动开口道："今天军政府的公告说，江浙沪联军已占领了南京，整个江南尽归义军所有。英子，你不必气恼，各省援军正纷纷赶来，武昌只要自己多撑一撑，便不会垮掉。"

姚英子笑道："我可是听说，联军能成事，全靠那个青帮大佬陈其美一手串联。还是你眼光独到，烧得一手好冷灶。"方三响神情略有振奋："他们在上海筹谋了一年多，可算是皇天不负有心人。"

"你们两个聊什么呢？这么高兴。"孙希从割症室里走出来。姚英子道："蒲公英的好兄弟陈其美占了上海，又打下了南京，我正要抱这位新权贵的大腿呢。"

"啊哟，那让我也抱一抱，要最粗的那条。"孙希作势要伸手，吓得方三响后退了三步，板起脸纠正道："我又没加入青帮，只是帮助过他逃命而已。"孙希哈哈一笑："就是要烧冷灶才见交情，以后记得引荐一下，让我也借借势。"姚英子不乐意地挣脱他的手："你倒是老会轧苗头、看风势嘛！"孙希赶紧告饶道："姚大小姐，全上海滩自然还是你的腿最粗，其次才是老方。"又惹来姚英子一阵笑骂。

孙希笑嘻嘻走到两人中间，伸出两根指头："其实我现在呀，最想看两个人的面孔。"

"谁？"

"一个呀，是史蒂文森探长。当初整个巡捕房没人相信他的判断，现在发现他是对的，可也没什么用了。"

"还有一个呢？"

"当然是屎窟曹嘛。整个医院数他对朝廷最忠心，天天骂老方结交乱党匪类。现在匪类成了上海的新主人，还是老方的好兄弟，不知他还有什么话好讲。"

孙希嘴里调笑不止，其实眼睛却一直在观察。眼见姚英子、方三响神态自然，并无半点勉强之意，他心中一块大石头方才彻底放下，脑子里又想起那两句签语："扫却当途荆棘刺，三人约议再和同。"

这签还真是灵验，回上海得去补几炷香还愿，孙希心想。他抬眼看看天色，提议说暂时没什么病人了，不如休息一下，找个地方透透气。

姚英子道："不如去江边走走？"方三响一怔，说会不会有被炮击的危险。孙希有意顺着英子，说炮击都是瞄准城内，不会对着空荡荡的江边浪费炮弹啦。

方三响没有异议。于是三人跟克立天生女士打了个招呼，并肩走出了别墅。

他们所在的这个临时救治点，恰好位于蛇山的东北山麓与长江之间，到江边不过五六分钟路程，转眼就到。

这里的岸边修起一条长长的江堤，皆用青灰色的条石垒成，之间还浇铸了铁钉相钩连，穿成一条蜿蜒粗壮的石链。石隙之间缀有星星点点的苔藓与杂草，如果仔细观察的话，还能看到斑斑的暗红色血迹，让它看起来好似一条匍匐在江边的赤练蛇。

这些血迹来自几天之前的大撤退。当时大批军民从汉阳撤回武昌，占据龟山的清军居高临下地进行扫射，无数人死伤在江中，然后被潮水推至武昌岸边。红十字会和赤十字会全员出动，拼了命地捞了一整天，来不及掩埋的尸体堆满了整条江堤，密密麻麻，望之触目惊心。农跃鳞拍了很多照片，气愤地要在报纸上声讨这桩惨案。

如今死难者遗体已全数被掩埋，可三人大概是心理作用，仍旧能闻到土壤里渗透着血腥味与腐臭味。好在不时会有一阵清新的江风吹来，将空气中的阴郁稍做荡涤。

姚英子一个人走在前头，似乎在寻找什么。孙希和方三响则跟在后面，信步而行。

"唉，也不知这一场战事，什么时候才是个尽头。"孙希用手帕掩住鼻子，他早习惯了这些味道，可从来没喜欢过。方三响沉声道："我听军政府的人说，汉口的英国领事正在调停，也许很快南北就要和谈了，你看今天连炮击都没那么频繁了。"

革命军从汉阳撤退后那几天，清军对武昌的轰击几乎是不分昼夜，摆出一副全面进攻的架势。今天他们却按兵不动，连炮都放得少了。若非如此，方三响他们也绝不敢来江边溜达。

"和谈？难道朝廷还打算招安不成？"

方三响摇头："一边要共和，一边要帝制，根本是生死大敌，怎么招安？两边不知能谈出个什么结果……"

孙希见方三响眉头紧皱，似乎又要钻入牛角尖，宽慰道："算了，算了，何必替政客操心？反正无论怎么变，咱们做医生的做的事总是一样的。"方三响看了他一眼："这可未必。还是农先生那句话，你不去关心时局，时局也会来关心你。别人不说，想想咱们仨。"

孙希看了眼前方姚英子的背影，不得不承认方三响说得有理。他们三个人这段时间各有遭遇，无不是被剧烈变动的时局牵扯进去的，没人能真正地保持中立。

想到这里，孙希揉了揉酸疼的肩膀："我现在呀，只关心什么时候能回上海。我要先在宿舍睡个三天三夜，再去吃一顿牛排补补肠胃——你回去上海，第一件事最想要做什么？"

方三响认真地想了想，还没回答，忽然前方姚英子"哎呀"一声，似乎发现了什么。

两人上前几步，看到她蹲下身子，伸出手去抚摸一块青条石，那上面有一片干涸的血迹。孙希在牢里对血痕颇有心得，端详片刻道："从血迹的形状来看，死者应该是俯卧在石上，躯干有一到两个动脉出血点，慢慢流溢成这样子……"

他还没说完，却看到姚英子轻轻啜泣了一声，顿时不安，以为自己说错话了。姚英子擦擦眼角，深吸一口气道：

"你们知道吗？那天我在江边救人，看到一对母子就趴在这块石头上。母亲应该是在江中中枪，怀抱孩子拼命朝岸上游来，到这里已是强弩之末，趴在石头上气绝身亡。可她的手仍旧紧紧抱着那孩子。小娃娃才两岁不到，还趴在母亲怀里蠕动，哀哀哭着朝胸口凑去，想要吃奶。如果我早来一步的话……"

方三响把手放在她的肩膀上："后来那小娃娃呢？"姚英子道："我把他送到城里的善堂了，可眼下这个环境，能不能活下来，实在难说。"她说到这里，蓦地抬起头来看向江对面的龟山，似在隔空质问："他们只是普通百姓而已呀，为什么要遭受这样的苦难？"

方三响心头微震，这个问题，很久之前他躺在老青山下的担架上，就曾经问过，至今还不知道答案。

姚英子收回视线，摩挲着青石上的血迹："你们发现没有？淮北水灾、上海鼠疫，还有武昌这一场大战。灾难一起，比士兵更惨的是平民，比平民更惨的，是平民中的妇孺、翠香、邢大丫头、汉口的孕妇，还有这一对母子……最弱小的，却永远首当其冲，承受最多的苦难，这是不公平的。"

两人这才明白，她为什么提议来江边走走，原来是有感而发。

姚英子缓缓站起来，情绪有些激动："且不说南北两军，就说咱们自己。这次我们带来武昌的物资，几乎都是针对战地救伤的。专用于孕妇、产妇与小孩子的药品，却基本没怎么带——我知道，红会和赤十字会的主要宗旨是救治伤兵，但战乱之下的妇孺，也需要独有的关注，不能仅仅只是救兵的附带。"

说到这里，姚英子仰起脖子，双眸星闪。孙希和方三响不约而同地感应到，这场残酷的战事，似乎洗褪了她身上的稚气，一种与张校长仿佛的气质愈加凝练。

姚英子转过头来，看向两人："孙希，你刚才问，回上海最想做的事情是什么。我回上海以后哇，打算建一个团体，专门为妇孺提供帮助。先说好了，到时候你们两个可不许袖手旁观，得帮我一道弄。"

"钱嘛，我们没有；人嘛，你随便使唤——对不对，老方？"孙希挤挤眼睛。方三响愣了一下，老老实实道："我要养活沟窝村的幸存者，确实捐不出银钱……"姚英子瞪了孙希一眼，恨不得踹上一脚："谁问你们要钱啦？说得我好似敲竹杠！要你们是出主意，出力气！"

孙希哈哈一笑，拍着方三响肩膀道："老方听到没？你可以放心了。"方三响这才反应过来，气恼道："什么叫我可以放心了？我从来没担心过呀，全是你一张嘴说出来的。"他正色对姚英子道："英子，你放心，这是一个医生的本分。就算孙希不帮，我也一定会帮。"

孙希立刻抗议道："谁说我不帮了？你这也是凭空诬蔑。"

两人吵吵嚷嚷，姚英子大为开心："这件事，不是咱们三个一起，可办不起来。"她伸开双臂，左手揽住方三响的肩膀，右臂绕过孙希的脖子，脑袋理所当然地探到两人之间，给他们同时来了一个宽宽的拥抱，笑意灿烂如江中晚霞。

方三响和孙希一时僵立在原地，又是尴尬，又是欢喜。她每次露出这样的笑容，两个人的心旌都会动摇好久，方才归位。

眼看天色即将暗下来，三人从江边走回医院。走到一半，一阵悠扬的小提琴声忽然从半空飘扬而下，几个人都愣住了，怎么会平白冒出这种动静，连忙循声抬头望去。

首先映入眼帘的，是在蛇山之巅矗立的一栋挑檐三层大木楼。这里是大名鼎鼎的黄鹤楼原址，不过真正的黄鹤楼早已烧毁，眼前这座木楼，乃是光绪三十三年（一九〇七年）至三十四年（一九〇八年）湖北各界为感念张之洞治鄂功绩而捐资修成。张之洞亲自命名为"奥略楼"。

此时太阳行将落山，酡红色的光芒挂在高翘的楼檐上，檐瓦泛起一层金黄色的光辉。在奥略楼的三层，一个人影正忘情地拉着小提琴。虽说拉的是西洋曲子，却与此情此景毫无违和之处。旋律百转千回，舒展悠扬，音域如蛇山下的扬子江一般宽广深沉。

孙希很快听出来了，这是贝多芬的《G大调浪漫曲》。与此同时，方三响也辨认出了演奏者的身份，居然是柯师太福医生。蛇山海拔不算高，那琴声自高而下，如清泉潺潺流下，即使在山麓也能听得一清二楚。

南北两军依旧在隔江对峙，炮火纷飞，蛇山之巅的黄鹤楼旧址上居然响起了爱尔兰人演奏的贝多芬的曲子。兵戈之象与丝竹之声、东方意境与西方音韵，彼此矛盾的元素竟构成了一幅难以言喻的奇妙景象。

他们快步回到别墅，只见红会与赤十字会的大部分医护人员，还有许多伤兵，全都聚拢在院子里，三五成群，一起仰起头，倾听着头顶的柔美旋律。就连张竹君也靠在窗边，把没受伤的手臂搭在边框，轻轻打着节拍。

音乐是一种奇妙的东西，它可以超越语言与文化，无须翻译，直抵人心至柔处。在医院里的每一个人，都仿佛被催眠了似的，沉醉其中，暂时忘却了战争的痛苦。不，应该说，正因为承受着太多的愁苦，他们才会不期然地遁入这旋律的桃花源中，求得片刻的解脱。

三人不忍打破这美好的一刻，站在门槛不动。直到一曲终了，奥略楼上的人影优雅地鞠了个躬，掌声四起，他们才迈进门来，正遇到严之榭。

严之榭悄声道："王教授在别墅里找到一堆乐器，大概是主人从英国带来的。柯师太福医生说最近大家精神绷得太紧，不利于健康，自告奋勇要给大家演奏一曲——只是没想到他会爬得那么高……"

"不出风头不成活，真是典型的柯师风格。"孙希啧啧称赞，柯师太福的私人生活可谓多姿多彩，什么都玩得华丽。相比之下，自己的老师，生活枯燥得像是个苦行僧。

可下一秒钟，孙希便被现实无情地打了脸。他尴尬地发现，峨利生教授怀抱着一把吉他，略带羞涩地走到人群中央。

峨利生教授不像柯师太福那么爱出风头，低调地站在别墅院子正中演奏。他弹奏的这首不知名的曲子舒缓悠扬，温润如玉，正好可以衔接《G大调浪漫曲》的余韵，听得众人也是如痴如醉。

孙希可没想到，老师居然还是一位深藏不露的吉他高手，张大了嘴傻在原地。姚英子捅捅他："你老师教过你这个吗？"孙希一脸被打败了的表情："没有，原来洋人教徒弟也藏私呀。"姚英子笑道："亏你平时总抱怨峨利生教授古板，如今面皮疼也不疼？人家可比你浪漫得多呢。"

峨利生弹完之后，中方的医生们也纷纷上阵。王培元欣然拉起一段二胡，杨智生亮了一嗓子粤剧功底。最后连克立天生女士也放下架子，唱了一段格里高利圣咏，高音嘹亮，震惊四野。医院里原本压抑凝重的空气，被这些医生硬生生撕出一道口子来，透出几许鲜活。

孙希正在看热闹，隔着窗棂，忽然瞥见盐谷铁钢跪在隔壁柴房里面，认真地用小刀切削着一根竹头，丝毫没受外头喧闹的影响。他推门进去道："盐谷先生，你这是在干吗？怎么不出去看一下才艺？"

盐谷头也不抬："这里的竹子质地很好，只要切削得当，可以做担架，做护板，竹篾条可以临时固定伤口，竹管可以引流。我原来在陆军时，曾经就地取材，效果很好。"

"唉，不谈工作，不谈工作。来，来，我给你倒点酒。"孙希端着一碗黄酒过去。自从那次被抓之后，他同这位不苟言笑的日本医生亲近不少。

盐谷脸色变得严肃，他听说中国人的规矩是要喝光眼前的酒，才不算失礼，接过瓷碗，咕咚一饮而尽。他其实不擅饮酒，一张方脸腾地就红了。孙希一见，捉弄心大起，又连着倒了两碗。可怜这位日本医生谨守礼节，又连续干了两碗。

等到酒劲上来，盐谷忽然变得健谈起来，拽着孙希的胳膊不撒手，一半中文一半日文，说得乱七八糟："孙桑，这一场战争，我真心地、诚挚地希望南边胜利。"

"哦？你喜欢这边多一点吗？"

盐谷忽然指了指自己胸口："你知道吗？我的，是黑龙会的成员，北一辉先生的信徒。北先生常说，欲要日本革命，必先有中国革命的成功，然后推动整个亚洲天翻地覆，日本才有推展革命的土壤。所以我才以赤十字社成员的身份前来武昌，还有好多像我这样的日本人，以不同的身份参与到里面来。"

孙希其实喝得也有点多，舌头变硬："那是好事呀，越多的人支持，革命才越有希望。"

"唉，本来山县大佬是打算说服日本政府，直接出兵帮袁世凯平叛的，但最后政府还是选择了中立立场。"

"嗯？为什么？"

"嘿嘿，非得中日联手，东亚才能与西洋对抗，这是黄种人的千年大计。只是现在这个朝廷太老朽了，总要换个富有朝气的执政团体，复兴才有希望。"

"你几个菜呀？喝成这样。怎么就笃定革命党一定赢呢？你看他们已经被围在武昌城里头……来，来，再喝一碗。"

盐谷忽然拔高了声调："北先生的眼光不会错的。新的力量，总会战胜旧的力量，这是大势，我们日本必须提前下注，才能……"

话没说完，他"扑通"一声倒在地上，醉得不省人事。

方三响没注意到隔壁这一场闹剧，就算知道，他也不想跟日本人拼酒，就一个人斜靠在门边，正观望着这场热闹，不防肩膀被一只手搭住。他心中一凛，自己被人欺身靠近，怎么毫无觉察？转头一看，却发现是陶管家。

"方医生，你托我去打听的事，有结果了。"陶管家一拽他袖子，两人来到一处偏僻的院墙转角。

"军政府内尚有十三个留日的陆军学校学生，我一一请教过了，都没见过你描述的觉然和尚。"

"这样啊……您辛苦了。"

方三响轻叹一声，倒也没多沮丧。这些人既然跟萧钟英是同学，萧不知道，他们大概率也不认识。他只是死马当活马医，才拜托陶管家去打探一下。方三响道谢后正要离开，陶管家忽然问了个怪问题："方医生是哪年生人？"

"我属龙，光绪十八年。"

"哦，那跟大小姐是同岁了。"陶管家点点头，笑容变得慈祥起来，"你这个岁数，有考虑过成家的事吗？"方三响呆了呆："没想过。"他离开关东之后，一直在总医院做约定生，一边忙着学习，一边又忙着养活沟窝村村民，光这些都忙不过来，哪里有余暇考虑个人问题？

陶管家不自觉地带上长辈的口吻："男大当婚，女大当嫁，再怎么忙，婚姻大事还是要考虑的。不过我听说你家里老人都没了，在上海要寻门亲事，只怕是要入赘，你心里能过得去吗？"方三响斩钉截铁道："杀父大仇未报，先不考虑这些。"

"呃……"

陶管家没想到他的态度如此坚决，一肚子话没法继续，只好惋惜地摇了摇头，回到院子里。

临时音乐会方兴未艾，一些轻伤员也兴致勃勃地登台献艺，南腔北调，观众们也不管听得懂听不懂，什么都鼓掌叫好，气氛热络得很。陶管家转悠了几圈，看到孙希醉醺醺地从盐谷的屋子里走出来，上前笑眯眯道："孙医生是哪年生人？"

"一八九二年。"孙希有点晕乎，随口答道。

陶管家不得不反应了一下，才算出是光绪十八年，跟姚英子、方三响都是同年。他咳了一声："孙医生这个岁数，可有成家的考虑？"

孙希歪了歪脑袋，哈哈大笑："成家呀？等我到了伦敦再说吧。""嗯？"陶管家一时大为诧异，"你们之间的误会不是说清楚了吗？为什么还要出去？"孙希拍了拍陶管家，语气飘逸："那不算什么误会，就是我做错事了。他们两人大度原谅了我，但我没法厚着脸皮继续在总医院待着。做人要有担当，做错了就要承担后果。"

"英子知道吗？"

"哎，您先别告诉她，不然我又要挨骂了。我这次来武昌，就是想先把罪过与人情都赎清，好毫无遗憾地离开，呃呃……啰。"孙希扶着门边，忽然"哇"地弯腰吐出来。

陶管家一见他喝成这样了，只得沮丧地搓了搓手，默然离去。

这位昔日威震山东的响马发现，媒婆不比土匪好当。他本来打的算盘是，这两个人跟小姐关系都很密切，无论哪个都算良配，早点商量好，回去就可以推进。谁承想，一个要报仇，一个要出国，难道大小姐回去只能走相亲一途？

以她那个脾性，逼她相亲，只怕会闹得阖府不宁。可小姐迟迟不结婚，姚家偌大的家业怎么办？陶管家连连唉声叹气，不由得抱怨起老爷来，当初非要顺着小姐的意思让她去学医，要不然父母之命、媒妁之言，哪里还有这么麻烦的事？

想到这里，陶管家对那两个笨小子也满是怨念：我作为姚府管家，问你们婚姻大事，难道这暗示还不够明显吗？你们也太迟钝了吧？

想着想着，陶管家忽然冒出一个念头：要不……别试探了，直截了当问他们要不要入赘。凭我家英子的才貌，凭姚家的势力，不信他们会拒绝。——哎，还是这样好！陶管家心意既定，决心明天找个时机，当面明白地问问他们两个。

可这里还有个碍难，万一两边都答应了，岂不尴尬？总得有个先后次序……整整一宿，陶管家辗转反侧，反复推敲。到了次日，他黑着双眼圈从地铺上爬起来，却没听到小姐吵吵嚷嚷的声音。

陶管家有些惊慌，起身在别墅里找，然后发现方医生和孙医生也没了踪影，只看到抱着洗衣盆回来的宋雅。

宋雅告诉他，今天凌晨，张竹君的整个手掌肿得像个馒头。几位领队医生会诊后得出结论，怕不是脓毒性感染，恐怕得立刻做脓液引流才行。可惜武昌这里药品与器材奇缺，不具备引流条件，唯一的办法是过江去汉口，送到租界医院去。

眼下这个时局，贸然过江非常危险。于是峨利生教授亲执红十字旗带队，由姚英子、方三响和孙希三人护送张竹君过江。陶管家起床时，这一队人早已踏上去汉口的渡轮了。

陶管家懊恼不已，可也无计可施，只得暗暗跑去医院旁边的山神庙里烧了炷香，保佑小姐平安无事，保佑这场战争尽快结束，也顺便保佑姚老爷早日寻得乘龙快婿。

这边陶管家正忙着给神仙开列需求，那边姚英子他们刚刚抵达位于日租界的同仁会医院。

同仁会是日本的一个民间团体，致力于向东亚诸国提供医疗援助。早在光绪三十年（一九〇四年），便有日本人河野丰藏在汉口建起一座同仁会医院，主要服务于日本侨民。红十字会救援队来到汉口，第一个落脚点便是这里。

听说张竹君要来看病，同仁会医院院长亲自出来迎接，并且愿意免去一切费用，以示对她进行人道救援的敬意。

脓液引流术不算复杂，所需药品与器材医院都有，何况这一次还有峨利生教授与孙希陪同，算得上汉口最强大的阵容。不到两个小时，这项手术便顺顺当当完成了。

不过峨利生教授和同仁会医院院长一致认为，张竹君的伤势只是暂保无虞，若不想留下后遗症，最好还是立刻返回上海静养。

张竹君自己也是医生，知道这个建议是正确的。可目下赤十字会在武昌还有一大摊子事，她怎么好丢下离开？

"峨利生教授，你会因为个人理由抛下红会事务，返回上海吗？"她毫不客气地问。峨利生教授面无表情："不会。""你们红会能做到的事，我们赤十字会也一样。我不回上海，我要去武昌。"张竹君说完，转头吩咐姚英子去多开点药。

方三响和孙希站在旁边，大气都不敢出。只有姚英子眼珠一转，开口道："张校长，武昌城里的形势那么紧张，你这个伤回去做不了什么事，还要占用药品和人手来照顾，何苦来哉？"

张竹君冷哼一声："你这个细蚊仔（小孩子），怎么敢这么讲话？"姚英子道："您留下来，对我们来说完全是负担，还不如返回上海，设法多筹集一些药物和冬装来，才是对伤兵真正的帮助——如果您筹集的物资比沈伯伯的先到，那该是多风光的事。"

姚英子捏准了张竹君的脾性。你说是为她好，她未必领情，但你说是为大局着想，她就会更在意。

张竹君权衡半天，最终叹了口气："这次只好中了你个衰女（调皮鬼）的激将计了。"房间里的众人都松了一口气。可张竹君忽又道："我走以后，你可要带着赤十字会站好最后一班岗，不要被人挑出毛病，说我们不尽心。"

姚英子一愣："怎么？您打算把它解散？"张竹君笑道："这本就是为了救援武昌而临时搞的，当然……"她顿了顿："这也是为了督促沈敦和尽心做事，呵呵，这人不骂上一骂，便不肯拿出真本事来。"

姚英子听在耳朵里，有种说不出的古怪。张校长的这句话，表面上是惯常嘲讽沈伯伯，但似乎又有别的意思隐在里头。旁边方三响与孙希对视一眼，这句意指他们俩都听明白了，基本上坐实了农跃鳞的猜测。

真应了他那句评论："人家是相忍为国，他们俩却是相斗为国。"

张竹君是个急性子，定下来的事立刻就要执行。恰好怡和码头在中午有一趟去上海的轮船，张竹君临时加了一张船票，行李也不带，径直登船。

"英子，看好我的赤十字会。诸位，也许我们再见面的时候，就是在新时代了。"

张竹君用力一挥完好的左手，踏上甲板，没让任何人陪同，就这么只身消失在船舱深处。姚英子知道，她是不愿意让别人见到自己软弱的一面，只得伤感地挥动手臂，一遍一遍地向老师告别。

送走张竹君之后，姚英子感觉心里空落落的，仿佛少了什么靠山。孙希见她情绪不高，便提议说去租界药房转转，买点紧缺的药物回武昌，顺便放松一下。

汉口英租界与华界近在咫尺，有花楼街、前花楼街与居巷三个街口相连，但中间用铁闸门拦住，旁设巡捕、路灯。一门之隔，景象却天差地远。华界那厢如今几成废墟，租界这厢却是一片和平景象，沿街店铺照常营业，随处可见高帽绅士与洋伞淑女成群结队走在路上。除了多了几队巡逻士兵，街头与日常并无太大区别。

"只隔着一条街，简直像是两个世界。"

孙希边逛边感叹。方三响愤愤道："明明是中国的土地，却让一群洋人说了算，也不见得怎么光彩。"孙希道："但老方你也得承认，若没有租界限制，战火波及的范围更大。别的不说，如果租界不提供码头，整个长江航运就中断了，什么物资也别想运过来。"

方三响冷笑："这并不能代表它就是正义的。"

"凡存在的一定是合乎理性的。"

"那是谁说的混账话？"

"黑格尔……"

"哪个医院的医生？"

他们两个在后面斗着嘴，峨利生和姚英子则在前头寻找药房招牌。可惜因为战争影响，这里的药房只有少量存货，而且品类有限。他们逛了七八家店，也只搜罗到几瓶酒精、黄碘粉和充作收敛剂的麦角。

四人转了一个中午，最后来到了英租界工部局的对面。这里恰好有一间巴西利亚咖啡馆，专供南美货。孙希提议说去喝杯咖啡。姚英子撇撇嘴，说汉口有什么好咖啡。方三响则嫌浪费时间，孙希把他们俩拽到一旁，指了指峨利生，他们这才恍然。

红会这次救援武昌的行动，最辛苦的就是峨利生教授。从十月底到十二月初一个多月时间里，他几乎没离开过医院，每天至少有十个小时在割症台上度过，而且每一个病人的病历与治疗方案——无论是不是他经手——他都坚持要亲自过一遍，以确保没有疏漏。

这种工作量，让峨利生的脸颊肉眼可见地消瘦下去，眼睑下的眼袋越发明显，全靠意志力在支撑。孙希心疼自己老师，便想趁他们来汉口租界的机会，稍微放松一下。另外两人明白了用意后，反过来也劝峨利生教授停留片刻。

"只此一次。"峨利生教授淡淡地批评了一句，但没有拂袖离去。

得了教授首肯，四人走进咖啡馆，选了一张临街的桌子。峨利生教授要了一杯纯黑咖啡，不加奶和糖，端上来时，杯口有浓浓的苦味散发出来。峨利生面不改色地喝下一大口，喉咙里滚了几滚，眉头轻轻舒展开来，疲态微收。

孙希还没来得及得意，峨利生教授放下杯子，开始拿武昌救伤的一些案例来考较他的应对。孙希没料到自己一片好心，却换来一场临时考试，狼狈得连手里的咖啡都顾不上喝。姚英子笑道："这大概就叫作茧自缚吧？"

方三响喝不惯咖啡，也插不上那对师徒的话题，便隔着咖啡馆的临街落地窗朝外面望去。窗户对面是英租界工部局，门口熙熙攘攘，颇为热闹。

他忽然注意到，一个穿着宝蓝色袄裙的中国女子从工部局大楼里走出来。她的脖颈颀长，仿佛是从两侧硬领之间挤出来似的，在人群里颇显鹤立鸡群。只是整个人形容憔悴，走起路来晃晃悠悠，跟丢了魂儿一样。

方三响正要收回视线，只见那女子双腿一软，"扑通"一声竟昏倒在大路中间。方三响一惊，职业习惯促使他起身赶过去，一边喊着"我是医生"，一边分开围观路人，把她从地上搀起来。

她的脉搏与呼吸并无大碍，大概是受了什么刺激一时支撑不住。方三响扯开她的领子使她保持呼吸畅通，然后从口袋里拿出一瓶嗅盐放到她鼻孔下面。女子猛然被氨气呛到，"啊"的一声恢复了清醒。

女子环顾左右，视线突然停在了方三响的胳膊上，那里是一个红十字的袖标。她猛然挣动身体，一把抓住他的胳膊："你……你是红十字会的吗？"方三响点头说是，女子情绪更加激动，连声说："救我们，救我们！"

方三响一阵迷惑，难道汉口还有急需救援的伤员？

这时峨利生、孙希和姚英子也放下咖啡赶出来，一起将她抱到咖啡馆外头，用两把椅子拼成个临时床位。峨利生教授端来自己的黑咖啡，女子喝下半口，浓烈的苦味让她情绪慢慢稳定下来，这才喃喃讲出自己的来历。

原来她叫作林天晴，是汉口本地人，在日租界的一间武田诊所做看护妇。她有个哥哥叫作林天白，在日本陆军士官学校读书，也是同盟会会员。武昌起义爆发后，这一批留日士官生集体回国，林天白加入汉口军政分府，担任一线军官。

方三响觉得"林天白"这个名字有些耳熟，思索了一阵，不由得"啊"了一声。他想起来了，萧钟英从武昌赶来汉口时，与他在花楼街街头的正是林天白。可惜他们突遭清军伏击，除了萧钟英侥幸逃过，其他人全数牺牲，林天白恐怕也在其中。

"如果林小姐想打听你兄长的下落，我很遗憾地……"

林天晴虚弱地摇摇头："我哥哥战死的事情，我已经知道了。我还知道，是你们红会的掩埋队收殓了他的尸体。"

方三响一直在外头运送伤员，偶尔也客串掩埋队，对这些事比较熟悉。他想了想道："我记得十月末十一月初汉口巷战的战死者，红会掩埋队统一埋在了球场路的一处空地上，令兄大概也在其中。不过林小姐想见到遗骨，不太容易。那里埋了有近千人，足足分为六座大坟。"

林天晴依旧摇摇头："我知道他埋在那里。我不是要见他，是希望别人不要见到他。"

这话听起来颇为惊悚，众人都有些迷惑。林天晴啜了口黑咖啡，方才继续道："前几日，一位清军军官去我所在的武田诊所看病。我听到他跟医生得意扬扬地说，叛乱即将平定，他要把球场路那六座大坟挖开，将里面的叛军尸体全数拖出来一一剖戮，挫骨扬灰，以儆效尤……"

说到最后，她的声音再度颤抖起来。其他人听了，脸色齐齐一变。挖坟辱尸？怎么能有如此野蛮的做法？简直是骇人听闻。

林天晴泣声道："我听说以后吓坏了，赶紧去找红会医院，可你们已经转移到武昌去了；我也去找过汉口兵备道，可那边早不管事了；我实在没办法，只好挨个去找各个租界的工部局声诉。可他们告诉我，诸国要严守中立，不便介入。今天是最后一家，可还是被拒绝了……"

她呜咽着抓住方三响的袖子："求求你们管一管，管一管，我哥他们已经死了，不要让他们死后都不得安宁，还要受到侮辱。"

方三响听完气得浑身发热，一拍胸膛："你放心。我与你兄长有几分渊源，这件事，我一定帮到底！"林天晴顿时如释重负，瘫软在椅子上。她这几天四处奔走，心力交瘁，直到此刻才听到一句踏实的关切。

方三响抬头看向峨利生教授，教授手里转了转拐杖，面色严峻："即使不考虑道德因素，如此大规模地开坟戮尸，也会造成疫病的大流行。无论如何，我们有责任去阻止这桩暴行。"

这时孙希敏锐地提醒道："最好先搞清楚，这是官方行为，还是那个军官的自作主张。"姚英子"嗯"了一声，问林天晴是否知道那军官是什么人。林天晴摇摇头，说只知道他是来治疗肺水肿的。武田诊所里配有一台林德牌制氧机，可以提供吸氧，是汉口独一份。

肺水肿？吸氧？姚英子立刻想到一个人："那子夏！一定是他！"

那个蠢货之前因为输液过快，得了肺水肿，当时还是峨利生教授建议吸氧治疗。看来这人不只是恩将仇报，而且睚眦必报，居然连挖坟掘墓都干得出来。

不过这也证明，挖坟辱尸多半是那子夏自作主张，至少清军高层没有明确支持——这多少留了一线希望。

他们商议后决定兵分两路：姚英子之前与总参谋长易乃谦打过交道，所以她和方三响、林天晴一起去清军指挥部抗议，请出高层去压制那子夏；而孙希与峨利生教授则赶去球场路，峨利生这样的洋面孔，对于挖坟的清兵多少有点威慑力，可以争取时间。

事不宜迟，众人当即也不喝咖啡了，迅速离开英租界，从花楼街的铁闸口重新进入华界。

且说孙希与峨利生教授把红十字标戴在最醒目的位置，匆匆穿过城区。出乎他们的意料，汉口战事结束之后，华界并没陷入萧条凋敝，反而显现出了坚韧的生命力。许多商铺与摊贩就在断垣残壁之间重新开张，居民们三五成群地冒出头来，喧嚷闹腾，嘈杂不堪，就像雨后的小草迫不及待地纷纷钻出瓦隙。

"这就是我来到中国后一直无法理解的事。"峨利生教授快步走在路上，挥动拐杖感慨道，"这个国度经常陷入令人绝望的混乱，这在欧洲是无法想象的灾难，可你们总能在混乱中形成某种粗粝的秩序，这种秩序的逻辑我无法理解，但它行之有效。就像生物学家们在混浊的泥沙里，往往能发现最丰富的生命形式。"

"那是因为教授你不理解中国人最高的追求，那就是……"孙希顿了顿，强调道，"活着。"

峨利生摇摇头："这不能解释过去一个月来发生的事情。比如说，我们马上要去保护的那些战死者，他们显然是为了追寻某种更高的秩序，而放弃自己的生存权。"

"呃……"孙希这下可答不上来了。

峨利生灰蓝色的眼睛望向前方："在我出发来中国之前，丹麦所有的书和报纸都强调说，那是一片蛮荒落后的土地，乃是上帝给予信徒最严苛的考验。但我相信人类社会和人体一样，必须要经过缜密、全面的研究，才能得出正确的结论。"

"说起来，您当初是为什么要来中国的？"

峨利生教授还没来得及回答，突然前面一声枪栓响动，几个卫兵握紧步枪拦住他们。孙希赶忙亮出红十字会袖标，上前交涉。卫兵将信将疑，坚持搜过身之后，才让他们继续往前走。

原来这里就是球场路的入口。它毗邻华商跑马场，是外侨聚居区边缘的一片低洼空地。因为附近有一个意大利人建的九洞高尔夫球场，因此得名"球场路"。

华商跑马场之前是汉口巷战最激烈的战场之一，这个球场也未能置身事外，草坪上满是炮弹坑和脚印，泥土被抛洒得一片斑驳，至今还是一片狼藉。

峨利生教授和孙希一脚深一脚浅地穿过球场，看到在球场边缘一片开阔的空地上，六座土黄色的锥形坟包高高拱起。这些坟包不算太高，但圆围足有十几米，可见土下尸坑之大。在坟包之前，还有一块木牌，上面潦草地写了五个红漆字："红十字义冢。"

不过这木牌此时被人刻意推倒，躺倒在污泥里。在六座坟冢的外围，密密麻麻站着一两百号士兵，个个手执铁锹，正围成一圈埋头刨地。

两人一见，又是震惊又是庆幸。震惊的是，清军居然这么快就动手开始挖坟；庆幸的是，他们总算在坟冢被彻底挖开之前赶到了。

"这里是红十字会的义冢，请你们立刻停手！"孙希上前大声喊道。士兵们只是抬头看了一眼，手里根本不停。孙希知道跟这些大头兵说没用，脖颈转动，忽然看到土坡上站着一个老熟人。

"老邓!"他喊道。

邓医官一见是孙希,眼角不由得狠狠抽搐了一下。他最近一共见过这位老同学两次,一次被挟持,一次被训斥,简直就是个霉星。他擦擦额头上的汗,百般不情愿地走过来:"红会医院不是移到武昌去了吗?你来这里做什么?"

孙希严肃道:"这六座坟冢是我们红十字会掩埋的,属于中立设施,你们这么做,是严重违反《日来弗公约》的暴行。"邓医官嗤笑一声:"活人你们要救,死人难道也要管?"孙希眉头微皱:"人死为大,入土为安,何必要做到这地步?你们就不怕损了阴德吗?"

邓医官还没答话,另外一个冷冰冰的声音从头顶传来:"不要跟他废话,继续干活!"

孙希一抬头,看到一个相貌英武的年轻军官站在坟头顶端,挎着一把指挥刀向下睥睨,那双马靴来回踱动,踩得坟土咯吱咯吱响——不是那子夏是谁?

他的肺水肿尚未痊愈,脸色略显苍白,整张面孔透着一种古怪的兴奋:嘴角得意扬扬,眼神里又透着浓浓的未开解的恨意,浓郁到孙希都感觉莫名其妙。

孙希抬头大声道:"那管带,你别忘了。别说国际法,挖坟掘墓在《大清律》里也是一等死罪!"那子夏一步步从坟头踱步下来,冷冷道:"你哪只眼睛看到我们挖坟掘墓了?"

"当我是盲公?他们不挖坟拿个铁锹做什么呀?"孙希一指周围,气极反笑。那子夏露出嘲弄神情:"我们是在寻回同袍遗骸,这也碍着你们事儿了?"

孙希一怔,那子夏把指挥刀一横:"我军在汉口平叛月余,多少忠勇之士为国捐躯,他们的遗骸,也许就在这六座坟冢里面。所以本官力主开坟,是为了方便把弟兄们迁回本乡安葬,请问这何错之有?"

这一席话说得冠冕堂皇,孙希明知他是胡扯,一时却不好反驳,半天才答道:"这里掩埋的都是革……呃,南军士兵居多。"那子夏眯起眼睛又道:"不问立场,一体救护,这是你们红会自己说的。你能保证,掩埋时一具官军的尸体都没混进去?"

孙希张口结舌,一时不知如何回答。

红会掩埋队在十月底到十一月初之间,在汉口收殓了大批战死者遗骸。其中北军遗骸直接移交给了清军,南军遗骸无从交接,便集中掩埋,那六座坟冢就是这么来的。不过当时无法逐一甄别死者身份,谁也没法打包票说,这六座坟里一个清军士兵都没有。

那子夏见他哑口无言,一字一句恶狠狠道:"这些大清义士生前为国尽忠,死后岂能与叛贼沆瀣一穴？我明着告诉你，哪怕这坟堆下只混进一具官军遗骸，我也要挖干净，刨明白！找出来！"说完飞起一脚，"咔嚓"一声，直接把那块"红十字义冢"的木牌给踹断了。

孙希总觉得那子夏的行为透着几丝古怪戾气，可又说不上来哪儿不对。他眼见木牌被踢断，只得鼓起勇气威胁道："那管带这样胡来，就不怕我去检举吗？"

那子夏一撩袍袖，大义凛然道："好哇，让易乃谦来查我吧！我是为了找回袍泽的尸骸，违背了哪条军令？再说了，这些叛贼乱我大清，杀我忠臣，生时没能凌迟处死，死后还不能挖坟暴尸吗？"

"吼！"

周围的士兵们齐声吼了一声，个个目露凶光。孙希心里暗叫糟糕，他没料到那子夏这么狡猾，明摆着要开坟戮尸，却举起这么一面大义旗子。

那子夏见孙希半天不讲话，冷冷笑了一声："没话可说了？那就滚开！不要耽误我的时间。"

他弹弹右手的手指，一时间几百号人同时下铲，泥土飞扬，转瞬间，那六座坟丘周围便多了六圈沟壑。那子夏眼神兴奋，下颌磨动，似乎从中汲取到了什么快感。

孙希急得满头大汗，搜肠刮肚，却无计可施。这时他忽然感到肩膀一沉，原来是峨利生教授拍了他一下，示意翻译，然后缓步走到坟前，腰杆挺得笔直。

那子夏一脸警惕地瞥了他一眼："找洋人？找天王老子来也没用。"峨利生教授还是那副漠然腔调："那管带，我不是来阻止你的，而是来协助你。"

这个回答，让那子夏、邓医官和负责翻译的孙希同时愣住了。峨利生教授道："开坟验尸，分清身份，移交各方，这是红会应尽的责任。只是按照章程，甄别遗骸必须由红会医师全程在场。"

孙希一听，不禁拍案叫绝。你说开坟是为了寻找遗骸，那我就陪你一起找。你若是当面戮尸焚尸，就等于自毁大义——那子夏苦心孤诣打出的大义旗号，被这么一搅，反而束住了他的手脚。没想到老师一个丹麦人，居然也玩得一手"顺水推舟"的好手段。

那子夏正要发怒，转念一想，反而笑道："好，就按这章程来。不过汉人我信不过，说不定他们都是乱党，只有洋人我才放心。"

在场只有峨利生教授一个外国人，那子夏那么说，明摆着只许他一人下坑，不得更换。

要知道，六座坟冢里有近千具尸骸，全靠峨利生教授一个人甄别，不知要忙到什么时候。很显然，那子夏这是顺水推舟又推舟，让他知难而退。孙希翻译完之后，忧心忡忡提醒道："这是个圈套！您可千万不要应承下来！"

不料峨利生教授扶了扶眼镜，淡淡道："给死者以最后的尊严，这原本就是我们医生的职责——那管带，我们何时开始？"

闻听此言，孙希与那子夏齐齐脸色一变。

同时变了脸色的，还有远在北洋行辕的姚英子和林天晴。

在她们眼前，两个如狼似虎的士兵抓住方三响的双臂，狠狠地把他往外拖。一个矮胖的海军军官，正尖着嗓子在旁边跺脚："就是他！就是这个乱党在海容号上挑唆造反！"

他们三个本来是要来见易乃谦，哪知一进行辕，却迎头碰到了海容号的管带——准确地说，是前管带——喜昌。自从水师起义之后，那家伙便逃到汉口军中躲着，这时看到方三响，正是仇人相见，分外眼红，当即扯着嗓子叫人把他抓住。

姚英子要冲上去阻拦，方三响却向她做了一个手势：不要在这时跟军方起冲突，不要管他，先去阻止挖坟。姚英子不得不停下来，看着方三响神态平静地被喜昌带走。

林天晴又是惊慌，又是莫名，不明白方三响怎么就被抓了。姚英子强抑住慌乱，把海容号上的事约略一讲，林天晴吃惊不小："原来方医生也是革命党吗？"姚英子苦笑："不算是，可也差不多了。"

她紧咬嘴唇，心乱如麻，真是屋漏偏逢连夜雨，挖坟的事情还没解决，方三响又陷进去了。这个大笨蛋可没少干出格的事，又是给萨提督送劝降信，又是在汉阳给革命军做医生。如果军方认真去查，只怕红会也保不住他。

"姚英子，你要冷静，要冷静！会有办法的。"姚英子拼命对自己说。目下张竹君和孙希都不在，若换作从前，她早已乱了方寸。可经历过战火淬炼之后，这位大小姐知道终究还是要靠自己。

她思索片刻，硬下心肠对林天晴说："我们先去找易总长。"

"啊？方医生你不管了？"

"去找喜昌较劲没有意义，真正做主的是易乃谦。这事不从根子上下手，是解决不了的。"这是姚英子冷静下来之后得出的结论。

她爹姚永庚总喜欢讲，做事不要拖沓，必须掼得出、托得牢、拎得清。原先她还似懂非懂，现在却如醍醐灌顶：做事不能拖泥带水，瞻前顾后，要直攻要害。

林天晴歉疚道："都怪我……让你们受牵累了。"姚英子一拽她胳膊："这已经不

414

是你一个人的事了！我们快走！"

她们放弃去追赶喜昌，直奔易乃谦的办公室。之前姚英子来过一次，这次旧地重游，正赶上易乃谦在批阅文书。他看到姚英子，放下毛笔，面上微微浮起不耐烦："这次姚小姐又有何贵干？"

这个"又"字，被他刻意地加重了音调。姚英子装作没听见，急切道："我这次来，是向您检举一桩有损贵军名誉的丑闻暴行。"

易乃谦眉头一挑，这话说的，怎么听着像是替我着急呢？姚英子道："贵军中有一部队，悍然要挖开球场路的六座红十字义冢，侮辱遗骸。这既不符合人道主义，亦会有防疫大患。恳请易总长能尽快查实阻止。"

"哦？"易乃谦眉头一皱，起身去看身后的布防图，"那里是……那子夏的防区。"

"正是他的部队要挖坟泄愤！"姚英子把林天晴推上前去，"这位林女士可以做证。"林天晴面对大人物结结巴巴，把自己在诊所听到的事情和盘托出。当然，她事先得了姚英子的告诫，不提林天白，只说出于义愤云云。

易乃谦捏着笔杆，半晌不语。姚英子道："易总长，那子夏肆意妄为不是一次两次。这事若是被新闻界知道，全国舆论骂的可不是那子夏，而是您如何如何，平白替他背了黑锅。"

易乃谦对这个稚嫩的挑拨手法只觉好笑，但对方透露出的信息，不能不引起重视。此时正值南北和谈的关键时期，背后又暗藏了北洋系与朝廷的角力，这种可能会引爆舆情的意外，必须要慎重对待。于是他叫来一个副官，手签一封文书令其前往球场路查看，然后让姚英子出去等候。

他低下头又批了一页文书，一抬头，发现姚英子还在，大为不悦。姚英子抢在他开口前道："易总长，还有一桩事。适才我们来的时候，一位红会成员被贵方强行劫走，还请详查。"

易乃谦情绪差点没绷住。你们红会到底是什么香饽饽？每次来，都说我们抢了你们的人！他强压不耐，问她怎么回事。姚英子把喜昌的事讲了一遍，易乃谦一听是因为这个，眼神微微变了："喜昌之前说过，海容号叛变是因为有外贼勾结内奸，想不到竟是你们的人。"

"不，不，这完全是误会！方三响是被强行留在海容号上，不是自己的意愿。他原本是陪同……"

易乃谦一抬手掌，阻止她继续说下去："事涉叛乱，本官会详询当事各方，再做定论，绝不会冤枉一个清白百姓，也绝不会放过一个奸党。"

他说完最后一个字，双手交叉垫住下巴，死死盯着姚英子。姚英子暗暗叫苦，海容号除了喜昌之外，帮带吉升跳江而死，其他船员全投奔了革命军那边。他说"详询当事各方"，不就是只听喜昌一个人的意见吗？

姚英子还想要争取一下，可易乃谦挥了挥手，把她们两人赶出了办公室。

出门之后，姚英子勉强笑道："至少咱们办成了一半。易乃谦既知道那子夏挖坟的暴行，肯定不会让他乱来，你兄长的遗骸应该不会受侮辱了。"

林天晴面上浮起浓浓的歉疚："可方医生被抓走了……若我哥哥在世，肯定会骂我为了一个死人害了一个革命同志。"姚英子拽住她的手，正色道："我说过了，这已不是你一家的事。这无关政治立场，任何一个稍有良知的人，都不会容忍那种有悖人伦的暴行。"

林天晴嗫嚅道："可易乃谦也是官军的人，他会关心义军坟冢吗？"

"他不是帮我们，是担心舆论。官军挖坟这种骇人听闻的事若在报纸上曝光，他一定会倒霉。"姚英子说得很笃定，"易乃谦是个政治人士，一切只会从利益得失方面考虑。所以这件事他肯定要管到底，否则我就去找农跃鳞，把事情捅到《申报》上去。"

"农跃鳞？是那个报道淮北水灾的大记者？"林天晴也听过这名字。

"对，他笔头子厉害，连朝廷也吃不消。这次他也来汉口了，还和孙希一起吃了牢饭呢。"

"那他能把方医生救出来吗？"

姚英子摇摇头："三响参与的是水师叛乱，就算是农先生，在这件事上也出不了力。"林天晴"啊"了一声，失望地垂下头："那岂不是没人能帮我们了？"

这句平平无奇的话，像一粒石子卡进齿轮，让姚英子突然微微一滞。林天晴推了她一下，她的思绪才重新运转起来："林小姐，我要离开一下。"

"你要去哪里？"

"我想到一个救三响的办法！但需要你配合。"

林天晴坚定道："只要能把方医生救出来，要我做什么都成。"姚英子说："我不知道用什么办法，但你必须找到三响，问他关于海容号叛乱的事情，能多详细就多详细，然后等我回来！"说完姚英子不待林天晴回答，转身跑了出去。

汉口城区此时恢复了秩序，比之前要安全许多。姚英子离开行辕之后，凭着记忆一路小跑，一口气冲到了中英药房的楼前。这里此前是那子夏的驻地，但现在已人去楼空。姚英子方向一转，来到旁边不远的经理宿舍。

项松茂正在房间里打包行李，他已站完了最后一班岗，准备动身回上海去了。姚英子突然出现在门口，把他吓了一跳。

"姚小姐，你不是去武昌了吗？怎么又跑这里来了？"

姚英子顾不得喘息，抓住项松茂胳膊："项先生……我记得你说过，中英药房有一部短途电报机，可以跟武昌联系？"

"啊，不错。汉口、武昌与汉阳三地分隔于大江南北，分号联络不便，所以我们私架了一部电报机，用于货物调配。"

"现在我需要跟海容号上的正电官金琢章联系，想借你的线路一用。"

项松茂犹豫了一下："那是单线电报，只能拍送到武昌分号，让分号伙计转送给武昌军府，军政府再派联络艇到在江面巡弋的海容号，这一来一去，可是要费不少辰光。来得及吗？"

姚英子道："无论要花多少时间，必须一试才行！"

项松茂见她目光坚定，遂放下手里捆行李的绳索，从旁边提起一匣电报机用干电池："跟我走吧！"

时间推移到傍晚时分，球场路上的六座红十字义冢，比起数小时之前已模样大变。

其中有两座坟冢的封土被彻底刨开，下面的泥土里露出大量遗骸。这些尸体已经入土一个多月，筋骨皮肉已几乎完全液化，白花花的蛆虫在灰绿色的腐肉与白骨之间蠕动。无论死者生前是什么形貌，如今都已化为一摊徒具人形的肉泥，唯有残破衣衫提醒着曾经的立场与坚持。

那子夏站在旁边的小坡上，双手挂着指挥刀，俯瞰着下方的这一番地狱骇景，脸上两种矛盾神情不断对抗着。一种是狰狞的快意，双眸透着厉光，恨不得把这些尸骸拖出来挫骨扬灰；另外一种则是郁闷，胸中那一腔虐杀仇敌的快意，似乎被什么障碍堵住了，憋得苍白面颊上浮起一层不均匀的躁红。

尤其让他郁闷的是，这个障碍，仅仅只是一个人。

峨利生教授行走在尸坑之中，不避腐臭与蛆蝇，就像一位圣徒。每一具挖出来的尸体，他都会忠实地履行一个红会医生的职责，躬起身子，严格按照规程来检验、辨识，然后指示士兵小心地移在旁边。

周围挖坟的士兵有几十个人，却没人敢逾越这个弱不禁风的医生划出的界限。他周身笼罩着一种难以言喻的凛然气场，没人敢去催促或呵斥，也没人敢对遗骸做出格的举动。

整个挖坟的进度，因为峨利生教授一丝不苟的工作，被严重拖慢。只要他在，这就是一次人道开坟验尸，没人能挫骨扬灰。

那子夏现在还有耐心。那个洋人再如何能干，终究不是铁打的。他已经连续工作了数小时，很快就会达到体力极限。届时要么知难而退，要么被活活耗死在这里。

一念及此，那子夏握紧指挥刀，挪动了一下马靴的位置。他无意中瞥到天边一抹酡红色，那是被拖下山去的残阳最后的痕迹，内心蓦然生出一阵极为复杂的懊恼情绪。

在距离那子夏不远处的树林边，邓医官和孙希并肩而立，前者负责监视后者，防止去替换峨利生教授。这实在太枯燥了，邓医官百无聊赖，终究忍不住问了一句：

"哎，孙二鬼子，我真不明白，你们是图什么？"

孙希忧心忡忡地盯着峨利生教授，随口答道："我们是红会总医院的人，这是我们的职责所在。"

"我不明白的，就是这个。"邓医官弹了弹帽檐，"这坟头下的死人，跟你们非亲非故，至于这么豁出命去维护吗？一个月给多少工食银？"

"这不是银钱的事。"

"不是为钱，那就是为名喽？反正人生在世，总逃不过这两个字儿。"邓医官自以为抓住了重点，立刻来了精神，"我可是听说，之前淮北水灾差点把红会困在蚌埠；上海闹鼠疫，你们医院又得往病毒堆里扎；这回汉口大战，整天只看见你们冒着枪林弹雨来回跑——是，社会上都夸你们急公好义，但一不留神就要丢掉性命，这么明显的赔本买卖，你会算不明白？你那个洋人老师也不明白？一个两个犯傻也还罢了，怎么你们一个医院上下都犯傻？全中国的傻瓜，都跑你们那儿去啦？"

孙希听到他这么贬损自家医院，涌起一股怒气："四眼仔，照你这么说，那些开粥厂、建善堂、出义诊的都是傻子喽？就你这种铁公鸡最聪明！"

"你这是诡辩。我可没说不做善事，但不能把自己命搭进去呀！你多咱见过开粥厂把自己肉割进锅里的？"邓医官一边说，眼睛一边朝峨利生那儿瞟。

"这根本不是一回事。有钱人开粥厂，那是偶然发个善心。但我们是医生，这就是我们的责任。"

邓医官点起烟卷，独自喋喋不休："咱们同一届的同学，一毕业各家军队抢着聘用，谁都知道，抢到一个医生，就是多条性命，大把银钱伺候着。你要是不乐意从军，自己在大城市开个诊所，每个月响当当十几个大洋进账。要名有名，要利有利，积的阴德也不少。你在班里成绩最好，可惜明珠暗投，在那种破医院又累又穷，还担着偌大风险，何苦呢？"

"你懂什么？！"

"我不懂，你懂啊。我这不是在问你吗？你们做这种吃力不讨好的事，到底图什么？"

孙希眉毛动了动，没有回答，因为他也不知道答案。

他本质上是一个被动的人，张德彝让他去总医院报到，就去了；冯煦让他偷账册，就偷了；总医院派他去救灾治伤，就去了；姚英子和方三响说去哪儿，他就毫不犹豫跟去了。孙希并不计较危险与回报，但也确实没有深思过邓医官的问题：做慈善的原动力是什么？是什么理由，驱使着这么多人去做一件接一件吃力不讨好的事情？沈敦和如是，张竹君如是，还有眼前的老师……

那个执拗的身影，仍旧在晦暗不明的尸坑中忙碌着，凭借一己之力维护着数百名死者的尊严。这同样是一件常理无法解释的事情。孙希想起他和峨利生教授在路上那场未完成的谈话，当时他问教授为什么来中国，可惜对方还没回答。他有直觉，也许两个问题的答案是同一个。

"人各有志，不求互相理解。"他只能淡淡地回答。

幸亏一个传令兵跑过来打断了这场小小的辩论。传令兵说，行辕那边来了一个副官，手里还拿着一封易总长的手令。邓医官赶紧迎过去，往那子夏那里带。

"看来英子那边搞掂（搞定）了！"孙希神情一松。

他伸出手揉揉有点麻木的脸，准备喊教授快停下来休息。可孙希刚一抬头，惊愕地看到，那子夏从副官手里接过手令，只是扫了一眼，便随手撕成碎片。

孙希霎时手脚冰凉，不只是因为那子夏罔顾了易乃谦的命令，更是因为一个可怕的猜想浮现出来。

"那子夏有问题！他绝不只是为了泄愤！"

———

咚咚咚。

这是短棍敲击栅栏的声音。

方三响睁开眼睛，抬眼看去，黑暗中似乎有两个人影。随着一个纸糊灯笼缓缓抬近，他才勉强看到，一个狱卒，还有一个身材高挑的女子，面带忧色地走向这边，正是林天晴。

"姓方的，你未婚妻来探监了！"

那个狱卒喝道，方三响一怔，他跟她白天才刚认识，怎么就成了未婚妻了？林天晴唯恐他露出破绽，抢先一步扑到栅栏上："姚小姐去找人了，她让我先来看看你。"

方三响立刻反应过来，林天晴只有冒认这层关系，才骗得狱卒准许探监。两人素昧平生，她这么做实在是牺牲不小。方三响不擅撒谎，只好尴尬地"嗯"了一声。林天晴还想说什么，可碍着狱卒在旁边，难以开口。

这时那狱卒一抖灯笼，居然凑了过来，低声道："方医生，你还记得俺不？"烛火昏暗，方三响摇摇头，那狱卒咧开嘴笑了："俺还记得你咧。俺们棚的丁棚长，是你抬回红会医院的，对不？"

方三响这才认出来，眼前这个狱卒，居然是那个在临时医院唱歌的小伤兵。小伤兵说："俺不敢放你走，不过留点时间还是中的，多陪嫂子聊会儿。"说完他提着灯笼，顾自出去了。

林天晴见他出去了，这才松了一口气，把姚英子的嘱咐说了一遍。方三响有些迷惑不解，事到如今，英子还追究他在海容号上的事做什么？可既然她坚持，他便把整件事毫无隐瞒地讲了一遍。

林天晴一直用心听着，记着。当她听到方三响最后爬到桅杆上跳船时，忍不住紧张地"啊"了一声。方三响道："就是这些了。喜昌指控我唆使海容号叛乱，我不敢冒领这份功劳，但若说我参与起义，这是我的荣幸。这些事情，明日我会在受审时堂堂正正说出来。"

林天晴又是钦佩，又是感伤。她努力把这些都记下来，宽慰他道："放心好了。姚小姐那么聪明，一定有办法不让你受审。"一提这个名字，方三响难得笑了笑："那个胆大妄为的丫头，不知如今又在折腾谁呢。"

林天晴忽然又想起什么："方医生，你之前说跟我兄长有渊源，请问，是什么渊源？"方三响遂又讲了萧钟英送信的事情，讲得慷慨激昂，眼神发亮。

林天晴听着听着，不由自主把手伸进栅栏，喃喃道："怪不得，怪不得我看到你会那么熟悉，你眼睛和我兄长眼睛里的光芒，几乎是一样的。你们参加革命的人，是不是都有这样的光芒？"

她定定地看了一阵，才意识到有些失礼，赶紧把手缩回去。方三响好奇道："你哥哥林天白，是个怎样的人？"

他对林天白的了解，只限于是萧钟英的接头人，一听说他跟自己眼神相似，便产生了兴趣。林天晴看了眼门外，狱卒并没有催促的意思，便缓缓蹲下，隔着栅栏讲起兄长的故事。

他们林家在汉口原本是做生漆买卖的，家底颇为殷实。可惜因为一次沉船事故，父亲溺亡，母亲也很快因病亡故，家产被债主与亲戚分了个精光，只剩下他们两兄妹被亲戚收养。林天白生性要强，不忿亲戚的虐待，拽着林天晴跑出来，把她寄养在一处尼姑庵里，自己则去汉阳铁厂做小工。

林天白从运炉渣做起，极为辛苦。赚得的一点点工钱，大部分都充作妹妹的生活费。他是个有心计的人，一边咬牙干活，一边偷看炼铁师傅们操作。后来铁厂发生了一次意外，全靠他及时操作冶炉，才避免了一次生产事故。林天白因此获得一位经理的赏识，在铁厂混得颇为不错。

这位经理见林天白很聪明，说可以推荐他去读湖北武备学堂，将来出路很好。但他提出一个条件，想纳林天晴为妾。不料林天白大怒，直接跟那位经理断绝了关系。经理威胁说要撤回推荐，他便自己苦学了一阵，去参加选拔考试，结果居然硬是被他考中了武备学堂。

林天白去学堂读书之前，给妹妹安排进了慕贞女校，因为这间女校不需缠足。至于两个人的学费与生活费，则全靠林天白从武备学堂获取的奖学金来支撑。

林天白凭着一口气，在学堂拿下了头等成绩，很快便公派去了日本留学，就读陆军士官学校学习炮科。林天晴留在国内，随着年纪渐长，追求者颇多。长兄如父，她写信到日本问哥哥意见，林天白很快回信，说女子欲不受欺凌，须有独立之人格；欲有独立之人格，必有独立之经济；欲有独立之经济，必有独立之技能。他建议妹妹不急着婚嫁，先去学一门手艺，如此才能与夫家敌体。

那时候林天晴便隐隐感觉到，哥哥在日本应该接触到了什么新思潮，才会有此观念。随信而至的，还有一笔公派留学补贴。林天晴便用这笔钱去了北洋女医学堂，进修看护专业，因为她觉得哥哥日后要从军，难免会受伤，总得有人照顾才行。

兄妹俩隔海一直保持着联系，林天白时常大谈革命道理，声言要回来重振中华。林天晴则跟兄长回报学习近况。她毕业之后直接返回了汉口，在日租界找了份看护妇的工作，安心等候着林天白学成回国——接下来的事情方三响都知道了，武昌战事一起，林天白与萧钟英等人中断学业，匆匆归国，最后血洒长江。

林天晴讲到这里，双眼早已模糊。她怕外面听见，只能拼命咬住嘴唇，只有方三响能听见那发自内心的、压抑已久的恸鸣。林天晴哭了一阵，从怀襟里取出一枚玬瑁夹，打开以后，里面是一张方方正正的照片。

"你看，这是我兄长生前仅存的一张照片。"

方三响接过玳瑁夹，照片上面的林天白面似冠玉，鼻若悬胆，身着白色柔道服半蹲在地上，双目炯炯有神，嘴角带着一丝傲然。若有懂看相的，必然说这是将军之相，只可惜天不假年，令人叹息。

林天晴等了一阵，渐渐觉得不太对劲。方三响看照片的时间委实有点长，而且呼吸也变得粗重起来。她正要开口，方三响把照片递了出来，却用手紧紧捏住边角。

"这是你哥哥在哪里照的？"他的声音在颤抖。

林天晴道："兄长在日本把大部分补贴都寄回来给我，自己连照相的钱都没有。这张照片，还是他参加学校柔道社的合影。我单独把他剪出来，随身带着。"

"照片的其他部分呢？"

林天晴愣了一下："这是几年前寄回来的，其他部分早扔掉了。"

方三响没有作声，两片厚嘴唇紧紧地抿在一起。眼前的照片上，林天白头像正上方残留着另一人的下颌部分，两颗黑痣一大一小，在唇边十分醒目。嘴唇略有上斜，牵动着颌肌与咬肌微微凸起，仿佛在用力笑。

一瞬间，方三响又回到了老青山的那个下午。

"觉然师父，咱们还要走多远哪？"

"方村长，快啦，快啦，再有个七八里地，就到啦。"觉然和尚笑眯眯地回头说。

这时狱卒过来催促，林天晴收好照片，匆匆离去了。方三响一个人躺在牢房里，双手枕着后脑勺，心脏凶猛地向全身泵着血，导致睡意全无。这么多年来，方三响到处打听仇人下落，始终一无所获，没想到在最意想不到的场合，突然看到苦苦追寻的身影。

虽说这个线索只有半张脸，但方三响可以确认，那一定就是觉然和尚。那两颗痣，无数次在噩梦里重现，他绝不会认错。

方三响忽然觉得有些讽刺。萧钟英为了逼他离开梅子山，假称知道觉然和尚的下落，让他欲与之共患难而不可得；如今他意外得到了真相，却身陷清军囚笼。这个执念，总是在最不合适的时候发挥存在感。

浑浑噩噩过了一宿，时间推移到十二月二日。方三响听到耳边有"咚咚"声传来，那是短棍敲击栅栏的声音。他一睁眼，发现天色大亮，狱卒已打开了房门，让他出去。

方三响以为要去提审，没想到狱卒却嘿嘿一笑，暗自做了个恭喜的手势。他走出去一看，一脸疲惫的姚英子和林天晴正并肩站着，旁边还有一个意想不到的人物——喜昌。

喜昌见到方三响，下巴不自觉地抖了抖，似乎仍含怨恨。直到姚英子轻咳了一声，喜昌这才敛起恶念，堆出一个生硬的笑容走过来：

"方医生，误会，都是误会。"

方三响还没明白发生了什么，喜昌已继续道："方医生，您知道的，我不是生了疟疾嘛，一直在舱室里养病，外头发生的事儿，都是吉升跟我讲的。谁想到呢，这小子谎报军情，欺上瞒下，我才误会方医生您参与了叛乱。现在回头想想，您是头一回登上海容号，谁谁都不认识，上哪儿煽动叛乱去？您要是能一句话就把一条船说降，那何必在红十字会干呢？早该安排到外务部，把洋人兵船一条条说过来。哈哈哈哈，笑谈，笑谈。"

喜昌开始还有点不情愿，后来越说越顺，越说越投入。姚英子和林天晴在旁边看他侃侃而谈，都露出尴尬神情。

"我当时也是深为国家忧虑，痛心水师迷途，急火攻心，这才有了误会。我今儿个已重写了文状，去易总长那边澄清了误会。不知者不怪，你大人有大量。"

喜昌伸出手来，拱了一拱。话都说到这份上了，方三响无言以对，也只好勉强一拱手，喜昌道："这事儿就算揭过去了，咱们不打不相识。以后你有机会去京城，我请你喝豆汁儿！"

说完以后，他看了姚英子一眼，微微点头，转身匆匆走了。方三响走到她俩跟前，满脸疑惑："你是给他吃了什么药？"

姚英子得意扬扬道："自然是我姚家的独门秘方，药到病除。"方三响神色一动，登时明白她使的什么手段。

昨晚姚英子在中英药房那里一直等到凌晨，经过层层中转，终于等来了金琢章的电报。在电报里，金琢章也很关心方三响的遭遇，尽量详细地讲述了整个过程。他提到一件事，最令姚英子在意。

当初海容号决心起义的前夜，舰上的革命党人不欲杀戮过重，所以大家决定礼送两位旗人军官下船，凑了些大洋做遣散费。吉升大怒，拔枪要打死水手代表，却被喜昌拦住。没过多久，吉升离奇跳江，而喜昌站出来说他要照顾吉升妻小，这遣散费他帮吉升收下，然后拿着钱离开了。

而根据农跃鳞的描述，喜昌一下船便宣称自己是力叱叛军，被礼送下舰。农跃鳞质疑了几句，喜昌立刻翻脸，把他送进监狱里。至于遣散费云云，喜昌对官方只字未提，照顾吉升妻小的事自然也没了下文。

姚英子敏锐地注意到，这个喜昌是个胆小如鼠、嗜财如命的人。她与林天晴重新聚首之后，获知了方三响在船上的详细经历，注意到喜昌从头到尾没离开过自己的舱室，没亲见追捕方三响的过程，于是心里更有了计较。

天色一亮，姚英子径直找到喜昌，直截了当地威胁说，倘若他不撤回指控，便要把遣散费的事曝光，让他一分大洋都拿不到，还要被人戳脊梁骨说欺负孤儿寡母。喜昌本来还有些扭捏，姚英子亮出了姚家大小姐的身份，答应事成之后，再给他两百大洋好处。

这下喜昌毫不犹豫地答应下来，无比痛快地撤去了控诉。

"可你还得给他两百大洋。"方三响忧心忡忡，"我可能要很久才能还上这笔钱。"林天晴赶紧道："此事因我而起，应该我来还才是。"

姚英子哈哈一笑，随即正色道："还钱的事放一放，我们先赶紧去球场路！那边还没解决呢。"方三响一怔："不是易乃谦昨天派人去调查了吗？"

"那子夏不知受了什么刺激，把询问文书当场给撕了，把人也赶了回去——现在那边只有孙希和峨利生教授撑着，还不知怎么样了呢。"

方三响吃惊不小，那子夏再如何跋扈，怎么会跟总参谋长直接撕破脸？他赶紧与姚英子、林天晴两人朝球场路赶去。

一到现场，他们立刻被眼前的景象震惊。

只见六座坟冢被挖开了四座，满地泥土，几百具尸骸，整整齐齐地排列在球场上，每具尸体上面都搁了一张小纸片。在第四座被挖开的尸坑中，一个熟悉的身影仍在忙碌着，他的步履不稳，双肩摇动，显然已疲惫至极，但动作仍旧有条不紊地进行着。

一夜之间，一个人要检验这么多尸体，工作量简直不可想象。

"孙希！"方三响一马当先，冲到坟冢旁边，怒气勃发，"你怎么光站在这里看着?! 怎么不去替一下教授?!"孙希整个人颓丧地瘫坐在地上，一脸沮丧："我去过，可教授坚决不让。教授说，不能给那子夏翻脸的机会，不然坟冢难保，那些死者的尊严就全被践踏了。"

方三响急了："那也不能让峨利生教授一个人忙活！在几百具尸体中间待上一宿，光是腐毒和尸味就会要人命啊！我去替他！"

"谁敢来！我毙了他！"

一声厉喝从土坡上传下来，那子夏高高在上，满是血丝的眼睛瞪向这边。方三响又是一动，士兵们登时举枪口对准他。吓得姚英子和林天晴一边一个，拽住了他的胳膊。

那子夏同样疲惫不堪，但他勉力支撑着，就像一个红眼赌徒，把所有赌注都押在与峨利生教授的对赌上，赌谁先撑不住倒下。他绝不允许在这个节骨眼上，有人来搅乱局面。

无论是方三响他们几个，还是邓医官，这时候都觉得不太对劲了。那子夏的举动，实在太过古怪。堂堂一个管带，为何非要跟几座坟冢过不去？为此还不惜与峨利生教授死顶，不惜与易乃谦撕破了脸？这简直不合逻辑。

场面正在僵持，忽然从远处传来一阵喧闹与皮靴响动。众人转头看去，发现易乃谦亲自带队赶来，腰间别枪，身后还跟着几十名黑装乌帽的武装宪兵。

那子夏的士兵试图阻拦，却被宪兵毫不客气地推开。易乃谦走到前头，皱着眉头扫视了一圈狼藉的坟丘，然后仰起脖子大声喝道："那子夏！我以参谋长的名义，命令你立刻停止行动，马上到我面前报到！"

那子夏微微冷笑："你是什么东西，敢来命令我？"

易乃谦嘴角一抽，从怀里抽出一张纸来："今晨南北已签订停战协议，即刻停止一切军事敌对行动。"那子夏闻言，身子晃了晃，嗓子嘶哑着道："何人有这个权力，敢轻言与叛贼停战?!"

易乃谦沉下脸色道："北洋总理大臣袁大人派出代表刘承恩、蔡廷干两人，与湖北军政府黎元洪派出的代表蒋翊武、吴兆麟两人，在武昌宝通寺已签妥协议，大印钤成，形同朝廷旨意。诸部都须遵令。"

是言一出，周围的人一阵恍然。从十月打到今日，两边打得尸山血海，就这么突然地停战了？

"旨意？呵呵！"那子夏发出一声嗤笑，"你干脆让袁世凯自己写一份算了！反正也没什么分别。和谈是他袁氏与叛军和谈，却不是朝廷！"

易乃谦盯着他，不言语。那子夏继续喊道："什么朝廷，什么皇帝，在他袁官保眼里就是团泥！想怎么搓弄就怎么搓弄。如今南北停战，他挟叛贼以欺天子，接下来是不是就该五色逼宫的戏码啦？"

这"五色逼宫"指的是五折逼迫皇帝的京戏。《黄逼宫》是杨广弑父；《黑逼宫》是李刚逼迫周赧王；《蓝逼宫》是马武逼迫汉光武帝；《白逼宫》是曹操杀伏后逼汉献帝；《红逼宫》是司马师逼吓曹芳。京中旗人子弟多是票友，那子夏用这五折戏来作比，形同赤裸裸地骂街。

其实那子夏骂的句句是实话。自从开战以来，北洋军忽进忽停，袁世凯趁机要挟朝廷，玩弄诸位大臣于股掌之间。与其说是革命党跟清军交战，倒不如说是袁氏借革命党去要挟朝廷。所有人对此心照不宣，唯是那子夏当众把它说破。

"子夏，有话下来慢慢说！"易乃谦还试图安抚。

"我偏要在这里讲！朝廷里从摄政王往下，全他妈是糊涂蛋！年年编练新军，结果编练出来的不是袁氏心腹，就是他妈的反贼。我这样的忠臣，反倒成了袁崇焕，成了岳鹏举！！大清国我看是要亡！"

那子夏唾沫横飞，似乎陷入某种狂热，浑然不觉自己比附这两个人物的荒唐。方三响忍不住怒喝道："民心尽丧到了这地步，你还认为只是朝廷权术玩得不好，真是活该要完！"

易乃谦为难地耸了耸鼻子，方三响的话他觉得没毛病，可自己毕竟还是大清参谋长，立场上似乎应该呵斥才对。

这时那子夏赤红着眼睛，瞪向方三响，似乎想不出什么可反驳的，便举起指挥刀，要活劈了这乱臣贼子。易乃谦悄悄拔出佩枪，琢磨了一下，觉得不合适，又把枪放回去，命令宪兵们冲上去按住这疯子。

只见坡顶寒光一闪，打头的宪兵捂着耳朵滚落下来。那子夏收回沾血的指挥刀，仰天长叹："大厦将倾，一两个孤臣孽子，又有何用？有心杀贼，无力回天，我连南北和议都搅扰不了，实在有负皇恩哪！"

坡下众人，这才明白其中奥秘。原来那子夏决心挖坟戮尸，不是单纯为了泄愤，竟是为了破坏南北和谈。只因为他忌惮洋人，才被峨利生教授生生逼住，变成了一场旷日持久的大验尸。

更多的宪兵嗷嗷地扑上去，那子夏身子一晃，巧妙地从人群间隙中钻出去。他情绪上头，什么也不顾了，提着剑直朝尸坑扑去。

孙希、方三响和姚英子同时脸色一变。方三响反应最快，左手按住邓医官肩膀，右腿一蹬，邓医官"哎哟"一声被压得跪下去，方三响借势冲上前去，要抓那子夏的后襟。那子夏回头一刀，刺啦一声，连衣衫带肉，把方三响胸口划开一道深深的血痕，方三响仰面倒下去。

但也幸亏方三响这么一阻，他慢了一步，被孙希率先冲进尸坑，用身体把峨利生教授护住。那子夏也不分辨是谁，举起刀来就要狠劈——如今不必顾忌这洋人了，杀死他，怎么也能给袁世凯添点堵吧？

啪！

一声清脆的枪响，那子夏身子一僵，栽倒在裹着无数腐骸的烂泥里。

姚英子缓缓放下枪，把它扔还给脸色煞白的易乃谦。易乃谦怒道："你……你竟打死了一个军官？"姚英子面无表情地回道："不，我只是打伤了一个疯子。"易乃谦这才注意到，那一枪是擦着那子夏右脑过去，把他震昏而已。一只残缺不全的热乎右耳，就落在数步之外。

"无论如何，你是对一位朝廷命官开了枪。"

"然后呢？"姚英子毫无畏惧地看着他，"易总长，您打算向哪个朝廷检举？"易乃谦自负久历宦海，却一下子被噎住了。"哪个朝廷"，这四个字可真是辛辣无比。

那边孙希见那子夏被击倒，松了一口气，这才松开胳膊，满怀欣喜道："老师，没事了，您可以休息了！"

"哦。"

浑身沾满了泥土的峨利生教授低下头，轻轻吐出一个单词，身子轻晃，直接昏迷在自己学生怀里……

"接岸喽！"

随着艄公一声吆喝，小舢板晃晃悠悠地贴近码头。孙希第一时间跃上岸去，手里紧紧攥着一个鼓鼓囊囊的小布袋，快步朝大智门跑去。

距离南北签署停战协议已过了十天，无论汉口还是武昌、汉阳皆恢复了往日的热闹。三镇民众深藏骨子里的商业本性，让市面以极快的速度复苏着。车马、摊贩、店铺乃至乞丐全都冒出头来，报童呼喊着号外满街乱跑，一片杂乱中透着勃勃的生机。

可惜孙希根本无心欣赏这番和平景象，他面色凝重，脚步飞快，很快便来到了大智门附近那座漂亮的三层小楼前。楼顶一面红十字旗，正迎风展开。

红会临时医院一度移动到了武昌，但随着停战，它又搬回了汉口这栋小楼里。医院里的两军伤员早已移交各方，如今格外安静，只有二楼仍收容着一位病人。

孙希进了医院之后，先找到克立天生女士，把布袋递给她："这是我从一家南洋店里翻出的樟脑丸，按四比五的比例与勃兰地酒混合，滴入白糖水，按口杯分盛。"克立天生女士接过去，脸上有挥之不去的忧色："会管用吗？"

"至少能对腹泻管点用吧……"

孙希说完，正看到盐谷铁钢拎着行囊，走出厅来。

"孙桑，我的任务完成了，准备和赤十字社的其他人返回日本。"盐谷见到他，古板的脸色居然浮起扭捏，大概是想起了自己的醉态。孙希点了点头，伸手与他相握。盐谷强调说："那日的话，并不完全是醉话。我衷心希望，中国会有一个新的开始，这对于日本和亚洲都是好事。"

孙希笑了笑："我只懂医学，不懂政治。那天喝醉说的话，我可是都忘啦。"盐谷一张方脸似乎微微有些失望，但他仍旧保持着礼貌，回头看向二楼："峨利生教授的事情，我很遗憾没办法帮上忙。这真是一个医生的耻辱。"

"接受无可改变的客观事实，这也是医生应有的素质。这是峨利生教授常教导我的。"

"对于他的义行，鄙人深感敬佩，请代我向他转达敬意。"盐谷说完深鞠一躬，走出门去。

孙希目送他的身影离开，鼻子深深吸了一下，迅速走上二楼。林天晴正端着一个木盆出来，盆里的液体稀薄如水，微微带有腥臭。

她是主动留下来帮忙的，此刻一见孙希，有些担忧道："教授今天上午又腹泻了三次，热度一直在三十九摄氏度。"孙希道："他现在精神如何？"

"意识还好。"林天晴没再说什么，端起木盆下楼去倒。孙希推门走进屋子，看到峨利生教授半靠在床头，侧头向窗外看去。

"Thomas，你来了。"峨利生教授的眼窝深陷，面色枯槁，只有灰蓝色的双眸依旧闪着理性之光。

自从十二月二日在球场路昏迷之后，峨利生教授的身体迅速垮了下去。他反复出现原因不明的发热，而且持续腹泻，短短十天之内便消瘦得不成样子，身体虚弱到连船都无法乘坐，只能留在汉口当地。

根据柯师太福医生的判断，峨利生教授一个多月来的高强度工作导致体质骤降。尤其十二月一日至二日那一次开坟验尸，他长时间沉浸在满是腐气和毒素的环境里，健康受到严重侵害，成为压倒骆驼的最后一根稻草。

红会的所有医生对此都束手无策，租界里的几位名医被请来会诊，也无法阻止衰弱的趋势。原先峨利生教授在课堂上说，医学对人体奥秘的探索，还远远不够。孙希到现在才深刻地感觉到这种无力。

此时见到峨利生教授这副样子，孙希几乎抑不住眼里的泪水。峨利生敏锐地注意到他的神态，微微抬起手，示意他坐到床头来，因为自己没力气大声讲话。

"你不必如此，医生要保持冷静，冷静是理性之母。"他像平常那样教诲道。

孙希用力吸了吸鼻子："我找来了一些樟脑与勃兰地酒调配，可以缓解您的腹泻，兼具退热功效。"

峨利生教授摇摇头："你的用药没有问题，但我认为腹泻只是表征，我胸下位置很不舒服，很可能是心脏出了问题。很多案例显示，下壁位置的心肌梗死，会刺激到膈神经，造成肠胃道的异常反应。"

他的口气冷淡，简直不像是在谈论自己的病情，而孙希的嘴唇剧烈地颤动起来。倘若峨利生教授的判断是对的，那么他已经判了自己死刑。以现在的外科技术，绝无可能在心脏上动刀。

"我问你，腹泻反过来对心脏有什么影响？"峨利生教授像平常一样突然提问。

孙希对此已形成条件反射，略做思考便回答道："腹泻失去大量水分，会导致血液黏度过高，造成动脉血栓……"

峨利生教授对这个回答还算满意。他努力呼吸了一下，灰蓝色的双眸看过来："你有心事，而且与我的病情无关。"

这不是疑问句，而是个陈述句，他的敏锐，丝毫不因病情而减弱。孙希只好硬着头皮，讲起了他和邓医官在坟前的辩论。虽然那场辩论被易乃谦打断，但孙希总觉得自己输了，因为他想不出如何反驳邓医官，也不知道真正的答案。

你们做这种吃力不讨好的事，到底图什么？邓医官的声音再度响起。

峨利生安静地听完，淡淡一笑："我还记得 Thomas 你第一天到医院的事。你和方三响、Jane 三个人，路遇一个脖颈动脉被割开的伤者，把他送来医院。我问你，你救他的时候，有没有计算救他能带来什么好处？"

"哪里顾得上啊？我连他是谁都不知道，就想着赶紧把他救过来。"

"你看，你遇到病人，会有一种冲动去拯救他。你不知道他是什么人，也不知道救他对你有什么好处，但你就是有冲动，为什么？"峨利生把手按在胸口上，"因为医学不只教会我们救人的技术，也赋予了我们一种救人的天职。从某种意义上来说，医术是一种深入骨髓的利他本能，希波克拉底誓言不过是这种本能的症状罢了。你还记得王培元教授爱背的那段'苍生大医'吗？"

孙希点头，那是孙思邈的《备急千金要方》第一卷的内容，在蚌埠集时，王培元为了鼓舞士气背诵过，还是他亲口翻译给老师听的。

"那一段话，我真的很喜欢。'见彼苦恼，若己有之'，这说的不就是医者的责任与共情吗？可见无论东方还是西方，真正的医者，心意都是相通的。你的祖先是一位好医生。"

孙希"呃"了一声，刚想要解释，不是姓孙的都是一家人，峨利生已继续道："你还记得我们去球场路时的那场谈话吗？"

孙希点点头。

"你问我，为什么选择来中国……"峨利生教授说到这里，居然面露腼腆，"说实话，我当初决定来中国的原因，并不怎么高尚。我狂热地崇拜老师奥斯特教授，他曾说过，一位良医应该拥有狮子般的勇气，可以直面最恐怖的事物。中国在丹麦人眼里，是一个充满病菌与古怪的蛮荒之地，如果我连中国都敢去并通过考验，说明我的勇气完全合乎良医的标准。"

孙希能理解老师为什么有点羞涩，原来他年轻时也那么轻狂不着调。

"那么您现在不惧怕了吗？"

"不！这个词不够准确。"峨利生教授辩解似的提高声调，"经过这些年的观察，我认为这片土地不需要去恐惧，它需要的是去理解。我始终无法喜欢王培元喝茶不放糖与奶，我也不明白沈会董与中国官员打交道时的古怪逻辑，但我能感觉到他们对于生命的珍视，以及对这片土地的热诚。孙思邈与希波克拉底对医道的理解，并无分别。

"还有你们，这几年你们几个经历了很多事，包括这一次来武昌，从你们身上我听到了强烈的心跳，那是狮子的心跳，多么美妙。能拥有这样心跳的土地，又怎么会让人恐惧呢？"

"教授……"孙希感觉他的口吻像是在做临终忏悔，双眼乞求他不要继续说下去了。

峨利生教授伸出手，放在孙希的手背上，眼神中流露出一种少见的情绪："我因为误解而来到这里，在离开这个国度之前，我希望能培养出至少一位独立执刀的本土良医，让这里的生民多一分希望，也让外界少一分误解。"

孙希感觉有什么东西堵住了嗓子眼。自己去英国的打算，居然被老师觉察到了。他不敢直视老师："可是……我辜负了您的期望，我没有勇气去替您在尸坑里检验，我没有勇气跟老方和英子说实话，我没有勇气去拒绝冯大人的要求，我……我没法通过您的考核！"

峨利生教授淡淡笑道："Thomas，你有一双稳定的手，更重要的是，你有一颗善良、悲悯之心。勇气和其他物质一样，不是凭空而来，而是用这些基本品质化合而成。你是我留给这个国家的礼物，不要让我失望。我的尸检解剖就交给你了，你可以验证一下心梗导致腹泻的猜想……"

"我……我……"

"另外，我还有一个想法，不过恐怕没机会去研究了，我把它作为留给你的最后一个课题。"峨利生教授吃力地转动着瞳孔，"这一次战地救治，医生实在太匮乏了，很多伤员是死于等待之中。如果能够设法改善一下救治流程，也许就能多救一些生命。"

孙希哽咽着点点头，泪流满面。

峨利生教授闭上眼睛，再次吟诵起"苍生大医"来。他的发音很流畅，明显是下了苦功夫："凡大医治病，必当安神定志，无欲无求，先发大慈恻隐之心，誓愿普救含灵之苦。若有疾厄来求救者，不得问其贵贱贫富，长幼妍蚩，怨亲善友，华夷愚智，普同一等，皆如至亲之想，亦不得瞻前顾后，自虑吉凶，护惜身命。见彼苦恼，若己有之……如此可为苍生大医。大医……"

峨利生仿佛觉得自己发音不够标准，勉强重复了一次，旋即彻底沉默下去。只有那只瘦弱的手掌，依旧覆在孙希颤抖的双手之上。

在外面不远的大街上，方三响和姚英子正各自拎着一个药箱返回医院。快接近小楼时，两人突然感应到什么，抬起头，只见医院楼顶那一面飘扬的红十字旗，正被一个人影缓缓降下到旗杆的中间位置。

两个药箱齐齐坠落在地，姚英子捂住了嘴，方三响双手抱住了头。一个小报童恰好从他们两人身边经过，童稚嘹亮的声音在整条街道上回荡：

"号外，号外，今日起义十四省代表与袁世凯特使齐集南京，南北和谈，共议全新国体。共和宪政，实行在望！"

三人后续事迹，请看第二部《大医·日出篇》。

后记

我创作这部小说的动机，要追溯回二〇一七年。

当时华山医院的赵重波医生打算举办一次职工文化讲座，恰好我们有个共同的朋友，于是辗转邀请到我。活动当天，我抵达华山医院的时间早了一个小时，赵大夫很热情，说："我带你参观一下我们的院史馆吧。"

我对此颇不以为然，一个医院的院史馆能有什么东西？无非就是一堆锦旗、奖状，外加几张剪报和老照片罢了。赵医生估计早看出了我的不屑，也没说什么，呵呵一笑，带着我去了门诊楼旁一座西式风格的二层小楼前。

要知道，老建筑和古董一样，有一种类似于包浆的气场。我第一眼看到这座小楼，便感觉到不一般，气质雍容，造型厚重，绝非仿古新建筑可比。里面的一砖一瓦，似乎都藏着无数故事。

果不其然，赵大夫在旁边淡淡地道："这座楼叫哈佛楼，是华山医院最早的门诊建筑，也不算太古老，一九一〇年建成。"我脑袋里一炸，连忙拱手："失敬，失敬……"

哈佛楼里的展厅不算太大，里面摆放的也不是什么奇珍异宝，大部分是红十字会与华山医院的历史文献、照片和少数文物等，内容也仅限于本院活动。如果你不熟悉历史，大概会看得索然无味。但倘若参观者对中国近现代史有所了解，便会发现，这些展示物几乎每一件都能勾连到中国近现代史上的大事件、大人物，串联成一条隐线，与波澜壮阔的大时代如影随形。

作为一个创作者，尤其是一个历史小说创作者，我感觉到，这绝对是一个上好的题材。想想看，从一家医院或一个医生的视角，去审视那个时代，这是一件多么令人兴奋的事。

讲座结束后，我回到酒店，把拍下来的照片存进电脑，一一检视。逐渐冷静下来之后，我发现这个题材的创作难度远超想象。创作者不光要熟知近现代史，还必须熟知上海城市发展史，以及附着其上的文化、科技、思想、政治、军事、交通、教育、饮食……更关键的，这是个医疗题材，所以创作者还必须精通医学。以我当时的知识储备来说，实在无法完成，于是只好遗憾地把照片存档，留待日后再说。

不过我这个人脾气有点偏，越不许做什么，就会越惦记。在接下来的几年里，这个题材时不时会浮现在我心头，轻轻地诱惑一下，撩拨得我内心炽热难忍。我每次出差去上海，还会去哈佛楼转一圈，顺便约华山医院的几个医生聊天，而且开始有意无意地购买相关的书籍，甚至养成了每天读几份老《申报》的习惯。

等到我回过神来时，发现与民国医学相关的书籍堆满了一个大书架，从清末出版的《药学大全》到二十世纪六十年代的《赤脚医生手册》和《农村常见病防治》；从余新忠先生的《清以来的疾病、医疗和卫生》到马金生的《发现医病纠纷：民国医讼凸显的社会文化史研究》；从《吴淞卫生示范区档案》到《红十字会历年征信录》……我忽然意识到，人的内心渴望是无法抗拒的，早晚有一天要向它妥协。

于是在二〇一八年，我正式开始了前期调研。这是个艰苦而充满乐趣的过程，我把市面上能找到的相关资料都扫荡了一遍，翻遍了学术文库、二手书市场和各地图书馆，走访了很多老医生和老专家，还挖空心思进入华山医院的旧档案库。我甚至考虑过找个医科大学报一门基础课，学上一两个学期——当然，后来由于种种原因没成行。

调研持续了差不多一年半的时间，到了二〇一九年十二月三十日，我把《两京十五日》的定稿交给编辑，甚至没等到次一年的新年，在同月三十一日便迫不及待地打开一个新文档，郑重其事地敲下"华山医院，第一章"几个字。

当时我并没预料到，两个月之后，全球进入了疫情时代。每一个人的命运都发生了巨大的变化。而作为我的新创作中心的华山医院，再度进入中国老百姓的视野，变得人人皆知。

我一度想放弃这个项目，生怕被人误解是追热点、蹭热度。但随着写作和调研的深入，我发现当下疫情的种种现象，其实与当年有着惊人的相似。在那个时代，中国多次面临深重的公共健康危机，席卷全国的时疫几乎每年都有，也同样有许多白衣侠士挺身而出，毁家纾难，义无反顾，用自己的专业知识拯救万民于水火。这种"苍生大医"的精神，从那时起就一脉相承，绵延至今。

我分享了一些搜集来的抗疫老故事给周围的人听，所有人都深深为这些故事与时下抗疫的相似性而震撼。他们听完之后，无一例外都会感叹一句："我都不知道，原来还有这样的事情。"

是呀，原来还有这样的事情，可惜他们都不知道。

关于中国近现代的医疗故事，公众了解得实在太少了。这些大医的事迹，只停留在学术专著和一些回忆录里，乏人问津。大部分人并不知道，在那个艰苦的时代，曾存在这样一批人，怀着强国、保种的理想，默默地支撑着国家和民族的健康事业。

我忽然有了一种责任感。既然我接触到这些资料了，既然我也被他们感动，为什么不把这种感动传递出去呢？如果让更多的人了解到医界先辈的情怀、功绩和做出的牺牲，那么对于当下的疫情时代，人们就能多一分理解、深一点思考，更能体会医疗工作者的不易和伟大。

所以我犹豫了一周之后，决定还是继续写下去，方不违本心。

这次旅程持续了足足两年时间，其间诸多波折。即使我做足了准备，仍旧低估了这个题材的创作难度。别的且不说，单单医疗细节的描写，就让我愁得几乎秃头——当然，这是修辞，我其实仍有一头浓密的头发。

为了显得足够专业，我找了几位医生做顾问，但很快发现他们帮不上太大的忙……不是他们学艺不精，而是学艺太精。他们都是接受了现代医学培训的精英，熟知正确的治疗方式。但我要描写的时代是二十世纪初到中叶，在清末、在民初、在北洋时代、在国民政府时代、在抗战时代，每一个时代的医学发展情况都是不同的，医疗理念与我们所熟知的常识大相径庭。

换句话说，很多场景下，我需要的不是现代的正确做法，而是错误的处理方式，才符合当时的实际情况。

比如说输血吧，一九〇〇年医疗界才初步有了"血型"的概念，一九一一年医生们才普遍接受输血与受血血型必须相同。直到一九一四年出现了抗凝用的枸橼酸钠溶液，才能够初步实现血液的储备与远程运输。而人类大规模建设远程血库，要到"二战"期间"全血用 ACD 保养液"被发明之后。

如果我要写一九一〇年一位医生进行输血操作，就必须让他不验血型，抽出血来就用，而且必须现场抽新鲜的，因为没有抗凝剂——这在现代医学观念里是错误的，但这才是那时的真实情况。

类似的情况，实在太多。盘尼西林（青霉素的旧称）在一九四三年美国才实现量产，一九四五年之前的中国主要是靠磺胺来抗菌。如果我写一位抗战义士被医生打了青霉素，显然是错误的；在一九三一年墨菲氏滴管发明之前，输液无法调节速度，所以只能用于紧急情况的辅助。那种满满一屋子男女老少打吊针的场景，要二十世纪三十年代之后才可能出现。

我发现，不光要学习医疗技术，而且要学习医疗技术史，才能准确写出每一个时代不同的治疗方式，这又是一个艰难的挑战。如果读者有专业医学背景的话，请一定谅解书中那些错误的治疗方式，现代医学正是在不断的试错中取得进步的。

我从二〇一九年十二月三十一日正式动笔，一直到二〇二一年十二月三十日，写下"全文完"三个字。正好是两年时间，冥冥之中给我凑了个整。

在这段漫长的创作生涯里，我得到了太多帮助。第一要感谢的，是华山医院的靳建平副院长。

当初我起意想要创作这个题材时，很是不安。毕竟华山医院是真实存在的，如果我擅自写它的故事，人家会不会有意见？于是我多方联系上了靳副院长，靳副院长听完我的创作想法后，大为支持，主动打开了展馆和档案室，给我提供了很多极其宝贵的一手资料。那段时间我去华山医院去得极其频繁，以至于很多熟人怀疑我得了什么顽固怪病。

第二要感谢的是苏州大学的池子华老师。

他是中国红十字会历史研究专家，发表了大量相关的学术著作，考据精细，极见功力。我买了他几乎所有的研究专著，差不多快翻烂了。不夸张地说，这部小说之所以能完成，正是因为先有了池老师的筚路蓝缕之功。

我在创作期间，特意跑去苏州拜会了一次池老师。池老师人很和善，且对文学创作持宽容态度，鼓励我说："只要不违大事，适当的虚构是可以的，毕竟是小说嘛。"在此后的创作中，我时不时还会询问他一些史实细节，池老师都耐心解答，问一答十，使我获益良多。

最让我感动的是，全稿完成之后，池老师还不辞辛苦地从头到尾读了一遍，挑出若干史实错误，并出具了一份正式的审阅报告，可以说是关怀备至了。

第三要感谢的是中山医院的杨震医生。

对了解中国近现代医疗史来说，杨震医生绝对是个宝藏。他几十年来，一直利用业余时间收集医疗史相关的各种原始档案、照片和文物等。我在他那里见到过华山医院的就诊券、伪满洲国牙医的执照、重庆医科大学的患者名册、广州护士学校的毕业合影……这些零碎的东西在收藏界并不受重视，但如果叠加上医疗史的讲述，便可以清晰地呈现一个大时代的风貌。

我在创作期间，没事就去他那里翻收藏，听他讲当年各个医院的逸事与掌故。大到中山医院的购地风波，小到病人拍一次 X 光照片的价格，杨震医生随手拈来。一件收藏，都能讲上半天，每一件背后都有一个令人或忍俊不禁，或热血沸腾，或悲伤动容的小故事。他的东西如果单拉出来办个大展或出一本书，绝对是一次文化盛事。

除他们三位之外，还得感谢来自很多位医生的技术支持，感谢小蹄和索大的同步试读，感谢复旦大学严锋教授的指点，感谢 Fam 同学进行专业审阅，感谢上海图书馆沙青青副主任和诸位同人提供的查询便利。感谢我丈母娘和老丈人——他们老两口是地道的上海人，让我一个北方糙汉多少能体验到一点海派风格。最后还要感谢我太太。在这两年的艰苦创作中，她替我挡住了我儿子的大部分打扰，让我得以专心创作。

最后还要感谢华山医院本身。我在创作期间，进出这里几十次，熟悉得像是自己家一样。如此频繁地出入医院，却是因为取材而不是因为看病，实在是太幸运了。

马伯庸